KB175449

차시일백수

차시 일백수

송재소 역해

2024년 5월 20일 초판 1쇄 발행

펴낸이	한철희
펴낸곳	돌베개
등록	1979년 8월 25일 제406-2003-000018호
주소	(10881) 경기도 파주시 회동길 77-20 (문발동)
전화	(031) 955-5020
팩스	(031) 955-5050
홈페이지	www.dolbegae.co.kr
전자우편	book@dolbegae.co.kr
블로그	blog.naver.com/imdol79
페이스북	/dolbegae
트위터	@Dolbegae79

편집	이경아
표지디자인	김민해
본문디자인	이은정·이연경
마케팅	심찬식·고운성·김영수·한광재
제작·관리	윤국중·이수민·한누리
인쇄·제본	영신사

ISBN 979-11-92836-67-6 (03810)

책값은 뒤표지에 있습니다.

차시 일백수

송재소 역해

돌베개

차시(茶詩)는 차를 소재로 한 시이다. 차의 본고장이라 할
중국에서는 수천 년 동안 차를 소재로 한 시를 써 왔으며,
우리나라에서도 신라 시대에 차가 들어온 이래 수많은 문인
학자가 차시를 써 왔다. 이렇게 오랜 기간에 걸쳐 수많은
사람이 차를 예찬하는 시를 쓴 것은 차를 단순한 기호식품
이상으로 보았기 때문일 것이다.

옛사람은 차를 마시면서 대략 두 가지의 효능을 경험한
듯하다. 첫 번째는 건강과 관련한 차의 효능이다. 차는 잠을
쫓고 숙취를 없앨 뿐만 아니라 각종 질병에도 효과가 있다고
인식되었다. 심지어 차가 인삼만큼 귀하다고 노래한 시인도
있었다. 차를 마시면 정신이 맑아진다는 것이 차의 두 번째
효능이다. 차를 마시면서 차의 세계에 깊이 빠져 신선이 된
듯하다는 표현이 시에 자주 나온다. 특히 불교 승려들 사이에서
차가 성행했는데, 중국 선종(禪宗)의 6조 혜능(惠能)이 승려의
수행을 돕는 도구로 차를 음용한 이래 차를 가꾸고 마시는 것을
일종의 구도(求道) 과정으로 여긴 데서 비롯되었다. 이른바
'다선일미'(茶禪一味) 사상이 이루어진 것이다.

중국에는 차를 전문적으로 연구하면서 일생을 바친 사람도
있고, 차가 좋아서 늘 차를 마시면서 차를 예찬한 '차 마니아'도

많다. 청나라 건륭(乾隆) 황제는 차를 좋아해서 "임금에게는 하루라도 차가 없을 수 없다"라고 말할 정도였다.

차시는 이렇게 차를 마시면서 느낀 가지가지의 정서를 다양하게 표현하고 있다. 이 책에서는 한국과 중국의 대표적인 차시 113수를 번역하여 수록했다. 그리고 부록으로 '한국의 차 문화'와 '중국의 차 문화'를 수록했는데, '중국의 차 문화'는 졸저 『시와 술과 차가 있는 중국 인문기행』(전4권, 창비)에서 산발적으로 썼던 글을 약간 수정해서 모아 놓은 것이다.

우리나라에서는 조선조 말까지만 해도 차가 일부 양반층과 승려들이 마시던 음료였는데, 지금은 널리 대중화되어 있으니 퍽 다행한 일이라 하겠다. 그러나 거리에서 눈에 띄는 찻집은 대부분 커피를 파는 집이다. 커피도 훌륭한 기호식품임이 틀림없지만, 젊은이의 커피 선호도가 도를 지나쳤다는 느낌이 든다. 우리나라 젊은이도 차시를 읽으면서 옛 선현의 차를 통한 마음공부를 배울 필요가 있지 않을까? 세상은 현기증이 날 정도로 빠르게 변해 가는데 그럴수록 향기로운 차 한 잔의 여유가 그립다.

『당시 일백수』, 『주시 일백수』에 이어 이번에도 경제적으로 도움이 되지 않을 책을 흔쾌히 출판해 준 돌베개 출판사의 한철희 사장님과 섬세한 손길로 책을 만들어 준 이경아 팀장에게 감사의 뜻을 전한다.

2024년 3월 지산시실(止山詩室)에서
송재소

5

차
례

1부

한국의 차시

2부

중국의 차시

1부

한국의 차시

이
규
보

李奎報, 1168~1241

자(字)는 춘경(春卿), 호는 백운거사(白雲居士), 본관은 여주(驪州),
시호는 문순(文順)이다. 22세에 사마시(司馬試)에 합격했으나
벼슬을 얻지 못하다가 40세에 최충헌의 인정을 받아 관직에
나아간 이래 무신 정권하에서 국가의 요직을 두루 거치고
최고위직까지 역임했다. 그래서 후대에 '최씨의 문객', '어용
문인'이란 평을 들었지만, 신흥사대부 시대의 막을 연 인물로
평가된다. 『동국이상국집』(東國李相國集) 63권과 시화집
『백운소설』(白雲小說)이 전한다.

1 운봉의 연로한 규 선사가 조아차를 얻어 나에게
보여 주기에 내가 유차라 이름 붙이고 시를
청하므로 지어 주다 제1수

세상의 모든 맛은 일찍 맛봄이 귀하거니
하늘이 사람 위해 계절을 거꾸로 해 주네

봄에 자라 가을에 익는 것이 당연한 이치라
이에서 어긋나면 이상한 일이건만

요사이 습속은 기이함을 좋아하니
하늘도 인정의 즐겨 함을 따라서

시냇가 차나무 봄 전에 싹트게 해
황금색 새싹을 눈 속에 뽑아냈네

남방 사람은 맹수도 두려워 않고
위험을 무릅쓰며 칡덩굴 휘어잡아

어렵사리 따다가 불에 덖고 덩이 만들어
첫 번째로 임금님께 드리려 하거늘

선사는 어디에서 이 물건을 얻었는가

손에 닿자 향기가 코를 찌르네

화로에 불붙여 직접 달이고
꽃 잔에 따르니 색과 맛을 자랑하네

입에 넣자 연하고 부드러워
어린아이 젖 냄새 같도다

고관대작 집에서도 보지를 못했는데
우리 선사 이를 얻다니 신기하구려

남방의 아이들이 선사 거처 모를 터
선사께 드리려고 어찌 여기 왔겠는가

이는 응당 구중궁궐 깊은 곳에서
선사를 대우하려 예물로 비축하고

차마 못 마시고 아끼고 간직하다가
봉함하여 중사(中使) 시켜 보내왔으리

세상살이 모르는 쓸모없는 나그네가
차와 함께 혜산수(惠山水)까지 맛보았으니

한평생 불우하여 늘그막이 슬펐는데

으뜸가는 맛으로는 이것뿐일세

이름난 유차(孺茶) 받고 어이 사례 없을쏜가
그대에게 권하느니 봄 술 빚어 맛보고

차 들고 술 마시며 일생을 보내면서
오락가락 풍류를 지금부터 시작하세

雲峯住老珪禪師 得早芽茶示之 予目爲孺茶 師請詩爲賦之

人間百味貴早嘗	天肯爲人反候氣
春榮秋熟固其常	苟戾於此卽爲異
邇來俗習例好奇	天亦隨人情所嗜
故敎溪茗先春萌	抽出金芽殘雪裏
南人曾不怕鬈鬚	冒險衝深捫葛藟
辛勤採摘焙成團	要趁頭番獻天子
師從何處得此品	入手先驚香撲鼻
塼爐活火試自煎	手點花甆誇色味
黏黏入口脆且柔	有如乳臭兒與稚
朱門琯戶尙未見	可怔吾師能得致
蠻童曾未識禪居	雖欲見餉何由至
是應藥圃九重深	體貌禪英情禮備
愛惜包藏不忍啜	題封勑遣中使寄

不分人間無賴客 得嘗況又惠山水

平生長負遲暮嗟 第一來嘗唯此耳

餉名孺茶可無謝 勸公早釀春酒旨

喫茶飲酒遣一生 來往風流從此始

—『동국이상국전집』(東國李相國全集) 권13

운봉(雲峯)-지금의 전라북도 남원군 운봉읍. •조아차(早芽茶)-일찍 싹
튼 찻잎으로 만든 차. •유차(孺茶)-젖먹이같이 여린 찻잎으로 만든 차
라는 뜻. •중사(中使)-궁중에서 임금의 명령을 전하는 내시(內寺).
•혜산수(惠山水)-중국 강소성 무석(無錫)에 있는 혜산천의 샘물로, 물
맛이 좋기로 유명하다. 이에 다성(茶聖) 육우(陸羽)가 '천하제이천'(天下
第二泉)이라 명명한 바 있다. 이 시에서는 규 선사가 혜산천의 물처럼
좋은 물로 차를 달여 주었다는 뜻으로 쓴 것이다.

이 시는 2수로 되어 있는데 여기 번역한 것은 제1수이다. 이
시는 당시에 여러 사람에게 읽힌 듯하다. 많은 사람이 이 시에
차운(次韻)했고, 차운한 시를 받은 후 이규보가 다시 차운하여
보낸 시가『동국이상국전집』에는 3수나 수록되어 있다. 위의 시
끝부분에서 규 선사에게 술을 빚으라고 권한 것에 대하여
제2수에서 이렇게 부연하고 있다.

　선사께 술 빚으라 권함이 어찌 망발이리오

술 취한 후에라야 차의 참맛 알기 때문

勸師早釀豈妄云 欲識茶眞先醉耳

과연 이규보가 술과 차 두 방면에서 모두 고수(高手)임을 알
만한데, 그에게는 술이 먼저일까, 차가 먼저일까?

2   차 맷돌을 준 사람에게 사례하다

돌을 쪼아 바퀴 하나 만들었으니
돌리는 덴 한 팔만 쓰면 되네

어찌하여 그대가 이 맷돌 쓰지 않고
왜 이 초당(草堂)에 보내 주었나

내가 유독 잠 즐기는 걸 알고 있기에
나에게 이것을 부쳐 온 게지

푸르고 향기로운 가루를 갈아 내니
그대 마음 더욱더 고맙네그려

謝人贈茶磨

琢石作孤輪　迴旋煩一臂
子豈不茗飮　投向草堂裏
知我偏嗜眠　所以見寄耳
硏出綠香塵　益感吾子意
ー『동국이상국전집』권14

22

누군가에게 차를 가는 맷돌을 선물 받고 쓴 시인데, 이것을 보면
당시에는 산차(散茶)가 보편화되지 않고 이른바 '떡차'를
맷돌에 갈아서 끓여 마셨다는 것을 알 수 있다. 그리고 차가
잠을 쫓는 데에도 효과가 있다는 것을 알 수 있다.

3　엄 스님을 방문하다

이 스님은 술을 내놓는 일이 드물었으나 나를 보면 반드시 술을 내왔다.
그래서 시를 지어 이를 말렸다.

내가 지금 산가(山家)를 찾아온 것은
술 마시려는 뜻이 아니었는데

올 때마다 술자리를 베풀어 주니
얼굴이 두꺼운들 어찌 땀이 나지 않겠소

스님의 품격이 저절로 높은 것은
오직 차를 마시기 때문일 터

몽정(蒙頂)의 새싹을
혜산(惠山)의 물로 달여 내오니

차 한 잔 한마디 말에
심오한 경지로 점점 들어가

이 즐거움 참으로 맑고도 담박한데
어찌 반드시 얼큰히 취할 필요 있으리

訪嚴師

此師稀置酒, 見我必置. 故以詩止之.

我今訪山家　飲酒本非意
每來設飮筵　顏厚得無泚
僧格所自高　唯是茗飮耳
好將蒙頂芽　煎却惠山水
一甌輒一話　漸入玄玄旨
此樂信淸淡　何必昏昏醉

―『동국이상국후집』(東國李相國後集) 권1

――――――

몽정(蒙頂)의 새싹-중국 사천성(四川省) 몽정산에서 나는 유명한 몽정
차(蒙頂茶).　•혜산(惠山)의 물-이 책 17면 1번 시 참조.

――――――

"몽정(蒙頂)의 새싹을/혜산(惠山)의 물로 달인다"는 것은 정말
몽정차를 혜산천의 물로 달인다는 말이 아니고 '좋은 차를 좋은
물로 달인다'는 뜻이다. 엄 스님이 내놓은 이 차를 맛보고
천하의 술꾼 이규보도 차의 맛에 매료된다. "앓을 때도 오히려
술을 사양 못 하니/죽는 날에야 비로소 술잔을 놓으리라"(졸저
『주시 일백수』 28면 「그다음 날 또 짓다」 참조)고 했을 만큼 술을
즐겼던 그가 엄 스님의 차를 맛보고는 "이 즐거움 참으로
맑고도 담박한데/반드시 얼큰히 취할 필요 있으리"라고 하여

차 마시는 즐거움이 술 마시는 즐거움 못지않다고 말했다.
이렇게 보면 이규보는 술뿐만 아니라 차에 대해서도 일가견이
있는 인물이었다.

천
책

天頙, 고려 후기(생몰년 미상)

자는 몽저(蒙且), 호는 내원당(內願堂), 시호는 진정국사(眞靜國師)
이며 속명(俗名)은 신극정(申克貞)이다. 소년 급제하여 이름이
났으나 23세에 만덕산(萬德山) 백련사(白蓮寺)로 출가하여
원묘국사(圓妙國師)의 제자가 되었다. 저서로 『선문보장록』
(禪門寶藏錄), 『해동법화전홍록』(海東法華傳弘錄),
『호산록』(湖山錄) 등이 있다.

4   선사가 차를 보내 준 것에 사례하다

몽정산에서 얻은 귀한 차이기에
혜산의 이름난 물을 길어 왔다네

수마(睡魔)를 능히 물리칠 수 있고요
손님과는 한가함 누릴 수 있지요

땀구멍엔 단 이슬이 맺히고
겨드랑이엔 맑은 바람 일어나니

하필 영약(靈藥)을 마신 후에야
동안(童顔)을 유지할까 보냐

謝禪師惠茶

貴茗承蒙嶺　名泉汲惠山
掃魔能却睡　對客更圖閑
甘露津毛孔　淸風鼓腋間
何須飮靈藥　然後駐童顔
ー『호산록』(湖山錄) 권 상

몽정산, 혜산-이 책 24면 3번 시 참조. •수마(睡魔)-졸음을 오게 하는 마귀. •겨드랑이엔…일어나니-노동(盧仝)의 시에서 "일곱째 잔은 마시지 않아도/두 겨드랑에 맑은 바람 이는 것만 느낄 뿐"이라 말한 구절을 원용한 것이다. 이 책 295면 76번 시 참조. 노동의 이 시는「다가」(茶歌) 또는「칠완다가」(七椀茶歌)로도 불린다. 이하에서는「다가」또는「칠완다가」로 표기한다.

이
곡

李穀, 1298~1351

자는 중보(仲父), 호는 가정(稼亭), 시호는 문효(文孝), 본관은
한산(韓山)이며, 이색(李穡)의 아버지이다. 원(元)의 정동성
향시(征東省鄕試)에 수석으로 합격한 이래 여러 차례 원나라에
가서 문명을 떨치고 벼슬은 정당문학(政堂文學),
도첨의찬성사(都僉議贊成事)에 이르렀다. 『가정집』(稼亭集)
20권이 전하며, 가전체 소설 「죽부인전」(竹夫人傳)을 지었다.

5 홍 합포가 귤과 차를 부쳐 준 것에 사례하다 제2수

봄 우레 기다려서 돋아난 황금색 싹
대궐에 바치고 보내온 향기롭게 덖은 차

옥천(玉川)의 일곱 잔, 신묘한 효과 빨라
곧장 바람 타고 달나라에 이르겠네

謝洪合浦寄橘茶

芽茁黃金待一雷　焙香新寄貢餘來
玉川七椀神功速　便擬乘風到月臺
―『가정집』(稼亭集) 권15

봄 우레 기다려서-차나무는 초봄에 첫 천둥소리를 듣고 놀라서 새싹을
틔운다는 말이 있다. •옥천(玉川)의 일곱 잔- '옥천'은 「다가」(茶歌)를
쓴 노동의 호. 「다가」에 대해서는 이 책 295면 76번 시 참조.

이
색

李穡, 1328~1396

자는 영숙(穎叔), 호는 목은(牧隱), 시호는 문정(文靖), 본관은
한산(韓山)이다. 일찍이 원나라의 국자감(國子監) 생원(生員)이
되어 성리학(性理學)을 연구했고 이어 정동성 향시와 원나라
전시(殿試)에 합격함으로써 문명을 떨쳤다. 1367년에는
성균관(成均館) 대사성(大司成)이 되어 김구용(金九容),
정몽주(鄭夢周), 이숭인(李崇仁) 등 신진 사인을 학관으로
채용하여 성리학 보급에 앞장섰다. 이성계(李成桂) 일파와
노선을 달리하여 만년에는 여러 곳으로 유배되었다.
『목은문고』(牧隱文藁), 『목은시고』(牧隱詩藁)가 전한다.

6   차를 마신 뒤 짧게 읊다

작은 병에 샘물을 길어다가
깨진 솥에 이슬 맞은 새싹을 끓이니

귀뿌리가 갑자기 맑아지고
코끝을 보니 붉은 놀과 통하네

잠깐 사이 눈 흐림이 사라져
바깥에 조그만 티도 없어지고

혀로 맛보고 목으로 삼키니
살과 뼈가 정히 평온해지며

방촌(方寸)의 마음이 깨끗해져서
생각에 사특함이 없어지거늘

어느 겨를에 천하를 언급하리오
군자는 의당 집안을 바루어야지

茶後小詠

小瓶汲泉水　破鐺烹露芽

耳根頓淸淨　鼻觀通紫霞

俄然眼翳消　外境無纖瑕

舌辨喉下之　肌骨正不頗

靈臺方寸地　皎皎思無邪

何暇及天下　君子當正家

—『목은시고』(牧隱詩藁) 권6

34

7   차를 끓이다

찬 우물에 두레박줄을 내려
갠 창 앞에서 차를 끓인다

목을 축이니 오장의 열(熱) 다스리고
뼈에 스미니 나쁜 기운 쓸어 낸다

찬 시냇물은 달 속에 떨어지고
푸른 구름은 바람 밖에 비꼈는데

이미 참맛의 무궁함을 알았거니와
다시 또 흐릿한 눈 씻어야겠네

點茶

冷井才垂綆　晴窓便點茶
觸喉攻五熱　徹骨掃群邪
寒磵月中落　碧雲風外斜
已知眞味永　更洗眼昏花
―『목은시고』 권26

참맛의 무궁함-소식(蘇軾)의 「전안도가 건차를 보내 준 시에 화답하다」 (和錢安道寄惠建茶) 시에 "마시고 나니 참맛의 무궁함을 알겠네"(啜過始 知眞味永)라는 구절에서 따온 것이다.

원
천
석

元天錫, 1330~?

자는 자정(子正), 호는 운곡(耘谷), 본관은 원주(原州)이다.
1360년에 과거에 급제했으나 고려 말의 어지러운 정국을 피해
치악산으로 들어가 은거했다. 조선 개국 후에 태종이 불렀으나
불응하고 은거했다. 두문동 72현의 한 사람이다.

8   선차 이사백이 차를 보낸 것에 사례하다

반갑게도 서울 소식 숲속 집으로 왔는데
가느다란 초서에다 작설차 함께 왔네

식후에 한 사발은 유독 맛이 좋고요
술 취한 뒤 석 잔은 정말 자랑할 만하네

마른 창자 적셔 주어 찌꺼기 없어지고
병든 눈 활짝 뜨여 어른거림 사라졌네

이 물건 신통한 효과는 헤아릴 수 없으니
수마(睡魔)는 멀어지고 시마(詩魔)가 이르네

謝弟李宣差師伯惠茶

惠然京信到林家　細草新封雀舌茶
食罷一甌偏有味　醉餘三椀最堪誇
枯腸潤處無查滓　病眼開時絶眩花
此物神功誠莫測　詩魔近至睡魔賖

—『운곡행록』(耘谷行錄) 권5

선차(宣差)-왕명을 전하기 위해 임시로 뽑아 보내는 관원. • 수마(睡魔)-이 책 28면 4번 시 참조. • 시마(詩魔)-시상(詩想)을 일으키는 마력(魔力).

조
준

趙浚, 1346~1405

자는 명중(明仲), 호는 우재(旴齋)·송당(松堂), 시호는 문충(文忠),
본관은 평양이다. 고려 말 정도전(鄭道傳)과 함께 이성계를 도와
전제(田制) 개혁을 단행하는 등 조선 개국의 1등 공신이 되었으며,
후에는 이방원(李芳遠)이 왕위를 계승하는 데 공을 세웠다.

9

스님이 차를 보낸 것에 사례하다

물맛이 일품인 조계수(曹溪水)에다
자벽산(紫壁山)의 황금빛 어린 싹이라

솔바람 파도 소리 돌솥에서 일어나고
하얀 우윳빛 구슬 꽃을 피우네

한 사발 마시니 날개가 돋고
두 사발 마시니 맑은 바람 가득하네

수마는 항복하는 깃발 세우고
늠름하게 끝내 줄어들지 않는다

가슴속은 한 조각 흰 구름이요
호일(豪逸)한 기상은 붉은 노을 찌르네

묻노니 지금이 어느 때인가
송당(松堂)엔 달빛이 물결 같구나

원공(遠公)의 마음을 소중히 여겨
찻잔 덮고 짧은 노래 지어 보노라

謝師送茶

一味曹溪水　紫壁黃金芽

松濤起石鼎　雪乳開瓊花

一甌羽翼生　二甌淸風多

眠魔豎降幡　凜凜終不磨

胸中一片白　逸氣凌紫霞

且問此何時　松堂月似波

珍重遠公意　覆甌書短歌

—『송당유고』(松堂遺稿) 권2

조계수(曹溪水)-조계(曹溪)는 중국 광동성(廣東省)에 있는 시내인데 육조(六祖) 혜능(惠能)이 이곳에 보림사(寶林寺)를 세우고 불법을 크게 일으켰다. 후에 신라의 도의 선사(道義禪師)가 혜능의 법통을 이어받아 한국의 조계종(曹溪宗)을 창설했다. 이 시에서의 '조계수'는 중국 '조계'(曹溪)의 물이 아니라, 차를 보내 준 사람이 조계종 소속의 승려이기 때문에 이렇게 말한 것이다. '맑고 깨끗한 물'이란 뜻이다. •솔바람 파도 소리〔松濤〕-차 끓는 소리를, 소나무가 바람에 흔들려 나는 소리와 파도치는 소리에 비유한 것이다. •구슬 꽃을 피우네-차가 끓을 때 생기는 하얀 거품을 구슬 꽃에 비유한 것이다. •한 사발…가득하네-이 책 295면 76번 시 참조. •수마(睡魔)-이 책 28면 4번 시 참조. •송당(松堂)-이 시를 쓴 조준의 당호(堂號)이자 호(號)이다. •원공(遠公)-동진(東晉)의 고승 혜원(慧遠)인데, 여기서는 차를 보내 준 스님을 높여 혜원에 비긴 것이다.

이
숭
인

李崇仁, 1347~1392

자는 몽가(蒙哥)·자안(子安), 호는 도은(陶隱), 시호는 문충(文忠),
본관은 성주(星州)이다. 1368년 문과에 급제하여 여러 관직을
거쳤으나 고려 말의 어지러운 정국에서 46세에 영남으로 유배
가는 도중 장살(杖殺)되었다. 『도은집』(陶隱集)이 전한다. 시문에
뛰어났다.

10

차 한 봉지와 안화사 샘물 한 병을 삼봉에게 주며

숭산(崧山) 바위틈에 작은 샘이 굽이굽이
솔뿌리 얽힌 곳에서 솟아난 것이라오

긴긴날 머리에 오사모(烏紗帽) 쓰고서
돌 냄비에서 바람 소리 좋이 들으시구려

茶一封幷安和寺泉一瓶 呈三峯

崧山巖罅細泉縈　知自松根結處生
紗帽籠頭淸晝永　好從石銚聽風聲
―『도은선생시집』(陶隱先生詩集) 권3

안화사(安和寺)-개성의 자하동에 있었던 절. •삼봉(三峯)-정도전의
호. •숭산(崧山)-개성 송악산(松岳山)의 별칭. •오사모(烏紗帽)-벼슬
아치와 사대부가 쓰던 검은 천으로 만든 모자. •바람 소리-찻물 끓는
소리의 비유.

이숭인과 정도전은 한때 학문적 지향을 같이하는 동지였고 차

끓이는 샘물까지 보낼 만큼 친밀한 사이였다. 그러나 고려 말의 어지러운 정국에서 정치적 노선을 달리했기 때문에 조선의 개국과 함께 이숭인은 정도전이 보낸 자객에 의하여 유배지에서 살해되었다. 이렇게 샘물까지 보낸 것을 볼 때 음다(飮茶)에서 물이 얼마나 중요한가를 알 수 있다.

11   백 안렴사가 차를 보내왔기에 제1수

선생이 내게 보낸 화전춘(火前春) 차는
빛깔과 맛과 향이 하나하나 새롭구려

하늘 끝에 떠도는 나의 한을 씻어 주니
좋은 차는 미인 같음을 알아야 할지니

白廉使惠茶

先生分我火前春　色味和香一一新
滌盡天涯流落恨　須知佳茗似佳人
―『도은선생시집』 권3

화전춘(火前春)-금화절(禁火節)인 한식(寒食) 이전에 따서 만든 귀한
차. •좋은…같음을-소식의 시에서 "예부터 좋은 차는 미인과 같다
네"(從來佳茗似佳人)란 구절을 인용한 것(이 책 367면 97번 시 참조). 이
시에서 '미인'은 차를 보내 준 백 안렴사(按廉使)를 가리킨다.

12 백 안렴사가 차를 보내왔기에 _{제2수}

타는 불에 맑은 샘물 손수 끓이니
푸른 잔에 향이 어려 고약한 냄새 씻어 주네

벼랑 끝 위태로운 만백성의 목숨을
봉래산(蓬萊山) 신선들께 묻고자 하네

白廉使惠茶

活火淸泉手自煎　香浮碧椀洗羶羶
巔崖百萬蒼生命　擬問蓬山列位仙
─『도은선생시집』권3

봉래산(蓬萊山) 신선들─조정의 고위 관리를 비유한 것. 여기에는 차를
보내 준 백 안렴사도 포함된다.

이 시 제3·4구는 노동의 시 「다가」의 뜻을 이어받은 것이다.
노동은 「다가」 끝부분에서, 조정에 바칠 귀한 차를 따느라
목숨을 걸고 벼랑 끝에 올라 고생하는 백성들을 염려하는

내용을 담았다(이 책 295면 76번 시 참조). 백 안렴사가
누구인지 미상이지만, 안렴사는 고려 시대 도(道)의 장관으로
지방 행정 조직의 수장(首長)이기 때문에 차를 보내 준 것에
감사하는 한편 그에게 백성을 잘 돌볼 것을 당부하고 있다.

이
연
종

李衍宗, ?~?

고려 중기의 문신으로 이승휴(李承休, 1224~1300)의 아들이다.

1321년 사헌규정(司憲糾正)으로 안축(安軸), 최해(崔瀣) 등과

원나라 과거에 응시했으며, 공민왕이 즉위한 뒤

밀직사겸감찰대부(密直使兼監察大夫)에 임명되었다.

13 박치암이 차를 보내 준 것에 사례하다

소년 시절 영남사(嶺南寺)의 손님이 되어
스님 따라 여러 번 차 겨루기 했었지

용암(龍巖)의 바위 가, 봉산(鳳山)의 기슭에서
스님 따라 대숲에서 찻잎을 땄다네

화전차(火前茶) 덖은 것이 가장 좋다 하는데
용천(龍泉)과 봉정(鳳井)의 물까지 있음에랴

사미승(沙彌僧)들 날랜 솜씨 삼매경(三昧境)에 빠진 듯
사발에 하얀 거품 쉬지 않고 마셨지

그 후로 벼슬하며 풍진에 헤매어
세상맛 남북으로 두루두루 맛보고

이제 병들어 한가하게 방에 누웠으니
번잡한 세상사는 내 일이 아니로다

양락(羊酪)도 순채국도 생각이 없고
좋은 집의 풍악도 부럽지 않아라

한낮 죽창(竹窓)에 향로 연기 비꼈는데
낮잠에서 깨었을 때 차 한 잔 요긴하네

몇 번이나 영남사의 차 달이던 일 추억했나
산중의 벗들은 소식이 없었거늘

하물며 당시의 재상들이야
미련한 나를 기억하여 내사품(內賜品) 나눠 주랴

치암 상국(恥菴相國) 홀로 나를 잊지 않고서
초당으로 하인 시켜 차를 보냈네

봉함 뜯어 자줏빛 찻잎 보기도 전에
차 향기가 종이 뚫고 코를 찌르네

놋화로가 차의 운치 손상할까 염려되나
불을 지펴 손수 차를 끓이니

솥에서 쏴쏴 솔바람 소리 일어나
듣기만 해도 마음을 맑게 하기 족하고

찻잔 가득 번지는 향과 맛이 진하여
마시자 상쾌하여 뼈가 바뀐 듯

영남사에 노닐 때는 어렸을 적이라
차 마심에 깊은 운치 있는 줄 몰랐는데

오늘 그대가 용봉차(龍鳳茶) 내려 주어
선령(仙靈)과 통하기가 옥천자(玉川子) 같으니

나 역시 두 겨드랑에 이는 바람을 타고
봉래산 꼭대기로 날아 올라가

서왕모(西王母)의 자하주(紫霞酒)를 한 번 기울여
종전의 속된 기운 말끔히 씻고 지고

내 장차 구전진금단(九轉眞金丹)을 가지고 와서
그대의 진중(珍重)한 뜻에 보답하리라

謝朴恥菴惠茶

少年爲客嶺南寺　茗戰屢從方外戲
龍巖巖畔鳳山麓　竹裏隨僧摘鷹觜
火前試焙云最佳　況有龍泉鳳井水
沙彌自快三昧手　雪乳飜甌點不已
掲來從宦走風塵　世味遍甞南北嗜
如今衰病臥閑房　碌碌營營非我事

不思羊酪與蓴羹　不羨華堂擁歌吹

竹窓日午篆煙斜　一甌要及睡新起

幾回回首憶南烹　山中故人無信使

何況當時卿相門　肯記踈頑分內賜

恥庵相國獨不忘　寄與頭綱草堂裏

未暇開緘見紫茸　已覺透紙香熏鼻

銅灰雖恐損標格　活火煎烹手自試

松風入鼎發颼飀　聽之足可清心耳

滿椀悠揚氣味濃　啜過爽然如換髓

南遊昔時方童蒙　不識茗飲有深致

今日因公輒賜龍　通靈也似玉川子

亦欲時乘兩腋風　飛向蓬萊山上墜

一傾王母紫霞觴　洗盡從前煙火累

還將九轉眞金丹　來謝我公珍重意

—『동문선』(東文選) 권7

박치암(朴恥庵)-박충좌(朴忠佐, 1287~1349). 치암(恥庵)은 그의 호이
다. •차 겨루기〔茗戰〕-봄에 햇차가 나오면 향과 빛깔과 맛을 기준으
로 우열을 다투는 풍습이다. 오대(五代), 북송(北宋) 말 복건성 건안(建
安)의 민간에서 시작되어 성행하다가 명대(明代)에 소멸되었다고 한다.
'투다'(鬪茶)라고도 한다. 중국의 이 풍습이 우리나라에서도 유행되었
던 듯하다. •화전차(火前茶)-이 책 46면 11번 시 참조. •사미승(沙彌
僧)-아직 비구(比丘)가 될 만큼 수행이 익지 않은 어린 중. •양락(羊
酪)-양젖을 가공한 귀한 음식. •순채국〔蓴羹〕-순채(蓴菜)를 넣고 끓인

53

국으로, 그리운 고향 음식. •내사품(內賜品)-임금이 신하들에게 내려
주는 물품. •뼈가 바뀐 듯〔換髓〕-골수가 바뀌어 신선이 된 듯하다는
뜻. •용봉차(龍鳳茶)-중국 무이산에서 생산하는 차(이 책 141면 45번
시 참조). 여기서는 용봉차만큼 귀한 차라는 뜻으로 쓰였다. •선령(仙
靈)과…같으니-노동의 시 「다가」의 "여섯 잔을 마시니 선령과 통한
다"(六碗通仙靈)는 말을 원용한 것. 이 책 295면 76번 시 참조. 옥천자
(玉川子)는 노동의 호이다. •두 겨드랑…올라가-역시 노동의 시 「다
가」에, 차를 마시고 두 겨드랑에 맑은 바람이 일어 신선이 되어 봉래산
에 오른다는 표현이 있다. •서왕모(西王母)-곤륜산(崑崙山)에 산다는
전설 속의 선녀. •자하주(紫霞酒)-신선들이 마신다는 술. •구전진금
단(九轉眞金丹)-먹으면 신선이 된다는 약.

재상들은 임금으로부터 받은 내사품을 아래 신하들에게 나눠
주기도 했다. 이 시의 작자도 조정에서 벼슬하던 때에는
내사품으로 내려진 차(茶)를 나눠 받기도 했는데 늙고 병들어
외진 곳에 사는 지금은 아무도 내사품을 나눠 주는 사람이
없다. 그런데 박충좌가 내사품으로 받은 귀한 차를 하인을 시켜
보내왔다. 이에 감사한 마음으로 이 시를 쓰면서 젊은 시절
영남사에서 차 겨루기 하던 일을 추억한다.

서거정

徐居正, 1420~1488

자는 강중(剛中), 호는 사가정(四佳亭), 시호는 문충(文忠), 본관은
달성(達城)이다. 25세 때 문과에 급제한 후 요직을 두루 거쳤으며
특히 홍문관(弘文館) 대제학(大提學)으로 23년간 문형(文衡)을
잡아 국가의 문한(文翰)을 관장했다.『동문선』·『삼국사절요』(三國
史節要)·『동국통감』(東國通鑑) 등의 편찬을 주도했으며,『동인시화
』(東人詩話)·『태평한화골계전』(太平閑話滑稽傳)·『필원잡기』(筆苑
雜記) 등의 저술을 남겼다.

14 　　잠 상인이 작설차를 보내 준 것에 사례하다

스님은 오래도록 산중에서 사는데
산중의 즐거운 일이 그 무엇이던고

봄 천둥 아직 안 치고 경칩(驚蟄)도 되기 전에
산다(山茶)에 뾰족뾰족 새싹이 올라오면

주옥(珠玉)을 벌여 놓은 황금의 덩어리
새싹 하나하나 구환단(九還丹) 같은지라

스님이 흥에 겨워 지팡이 끌고 올라가
따고 따서 푸른 대바구니 가득 채워서

돌아와선 혜산 샘물 좋이 길어다
불기를 조절하여 손수 달이면

향과 색깔, 냄새와 맛이 정말 그만이리니
가슴 열고 속이 맑아 기특한 공 많을시고

스님께선 멀리서 홍진(紅塵)에 묻힌 이 사람이
십 년이나 소갈증(消渴症) 앓는 것을 염려하여

계림(鷄林)의 눈빛 같은 하얀 종이로 싸고는
용사(龍蛇) 같은 두세 글자 써서 봉했네

뜯어 보니 하나하나 봉황의 혓바닥
살짝 덖어 곱게 가니 옥가루가 날리네

곧장 아이 불러 다리 꺾인 냄비 씻고
눈 녹은 맑은 물에 생강 넣어 달이니

게의 눈이 지나가자 물고기 눈이 생기고
때때로 지렁이 구멍에서 파리 울음 들리네

한 번 마시니 만고의 울적함 씻어 내 주고
두 번 마시니 십 년 묵은 고질을 씻어 버리니

어찌 노동의 마른 창자 속 문자 오천 권만 찾으랴
이백(李白)의 금간(錦肝) 시구 삼백 편도 구상할 수 있겠네

필탁(畢卓)은 부질없이 항아리 밑에서 잠을 잤고
여양(汝陽)은 하릴없이 누룩 수레 보고 침 흘렸으니

어찌 이 작설차 한두 잔을 마신 것과 같으랴
두 겨드랑에 날개 돋아 봉래산 위를 나는 걸

어느 때나 푸른 행전 베 버선에 옷자락 떨치며
스님 찾아 산중으로 들어가서는

부들자리 맑은 책상 밝은 창 아래서
돌솥의 솔바람 소리 함께 들을까

謝岑上人惠雀舌茶

上人長向山中居　山中樂事知何如
春雷未動蟄未驚　山茶茁茁新芽成
排珠散玉黃金團　粒粒眞似九還丹
上人乘興去携筥　採採已滿蒼竹籠
歸來好汲惠山泉　文武活火聊手煎
香色臭味眞可論　開襟爽懷多奇勳
上人遠念紅塵客　十年臥病長抱渴
裹以鷄林雪色紙　題封二三龍蛇字
開緘一一鳳凰舌　輕焙細碾飛玉屑
呼兒旋洗折脚鐺　雪水淡薤兼生薑
蟹眼已過魚眼生　時聞蚓竅蒼蠅鳴
一啜滌我萬古勃鬱之心腸　再啜雪我十載沈綿之膏肓
豈但搜盧仝枯腸文字卷五千　亦可起李白錦肝詩句三百篇
畢卓謾向甕底眠　汝陽空墮麴車涎
那如飲此一兩杯　兩腋生翰飛蓬萊

何時靑縢布纏拂我衣　尋師去向山中歸

蒲團淨几紙窓明　石鼎共聽松風聲

—『사가시집』(四佳詩集) 권13

봄 천둥 아직 안 치고-이 책 31면 5번 시 참조. •구환단(九還丹)-도가
에서 단사(丹沙)를 아홉 번 제련하여 만든 약으로, 이것을 복용하면 불
로장생한다고 한다. 일명 구전단(九轉丹). •혜산(惠山) 샘물-이 책 17면
1번 시 참조. •불기를 조절하여-원문은 "文武活火"(문무활화)인데,
문화(文火)는 불을 천천히 약하게 때는 것이고 무화(武火)는 불을 급하
게 세게 때는 것이다. 문무화는 차를 달일 때 불의 세기를 조절하는 것
을 말한다. •소갈증(消渴症)-당뇨병. 중국 한(漢)나라 사마상여(司馬相
如)가 소갈증을 앓아서 늘 차를 마셨다고 한다. •용사(龍蛇) 같은 두세
글자-용이나 뱀이 꿈틀거리는 듯한 힘찬 글씨. •봉황의 혓바닥-스님
이 보낸 작설차(雀舌茶)는 모양이 '참새 혓바닥' 같다고 해서 붙인 이름
인데 이를 미화하여 봉황의 혓바닥이라 말한 것. •게의 눈이…생기
고-게의 눈〔蟹眼〕은 찻물이 막 끓기 시작할 때 게의 눈처럼 잘게 일어
나는 기포(氣泡)를 말하고, 물고기 눈〔魚眼〕은 찻물이 한창 끓을 때 물
고기 눈알처럼 크게 일어나는 기포를 말한다(이 책 68면 18번 시 참
조). •지렁이…들리네-한유(韓愈)의 「석정 연구」(石鼎聯句)에 "때로는
지렁이 구멍에서/파리 울음소리 가늘게 들리네"(時於蚯蚓竅 微作蒼蠅
鳴)라 한 데서 온 말로, 차 끓이는 물에 마치 지렁이가 출입하는 구멍처
럼 작은 구멍이 생기면서 보글보글 끓는 소리를 파리가 우는 소리에 비
유한 말이다. •노동(盧仝)의…찾으랴-노동의 「다가」에 나오는 "셋째
잔은 메마른 창자를 찾아가니/오천 권의 문자만 들어 있다네"란 구절
을 응용한 것이다(이 책 295면 76번 시 참조). •금간(錦肝) 시구-문사
(文思)가 뛰어나거나 화려한 문장. 이백의 「송종제영문서」(送從弟令問

59

序)에 "자운선 아우가 늘 술에 취해 내게 말하기를 '형의 심장, 간장 등의 오장은 모두 비단으로 되어 있습니까? 그렇지 않다면 어찌하여 입만 열면 글을 이루고 붓만 휘두르면 안개처럼 쏟아져 나옵니까?'"(紫雲仙季常醉目吾曰 兄心肝五臟 皆錦繡耶 不然何開口成文 揮翰霧散)라 하였다. •필탁(畢卓)-동진(東晉) 때 관리로 그는 공무(公務)를 돌보지 않을 만큼 술을 좋아했다. 어느 날 저녁 이웃집에 술이 익자 몰래 들어가 술독 사이에서 술을 훔쳐 먹고 잠들었다가 주인에게 붙잡혔다. 이튿날 보니 필탁이어서 곧 풀어 주니 그는 주인과 함께 술독 옆에서 실컷 마시고 헤어졌다. •여양(汝陽)-여양왕(汝陽王) 이진(李璡). 두보의 「음중팔선가」(飮中八仙歌)에 "여양왕은 술 서 말에 비로소 조천(朝天)하고/길에서 누룩 수레 보면 입에서 침 흘리며/주천(酒泉) 태수 못 됨을 한탄한다네"(汝陽三斗始朝天 道逢麯車口流涎 恨不移封向酒泉)라는 구절이 있다(졸저 『주시 일백수』 290면 이하 참조). •두 겨드랑에 날개 돋아-이 책 295면 76번 시 참조. •솔바람 소리-찻물 끓는 소리를 비유한 말.

이 시의 작자 서거정은 누구보다 술을 좋아한 사람이다. 그는 「봄날의 시름」(春愁)에서 이렇게 노래했다.

끝없는 봄 시름은 뿌리와 넝쿨 있어
해마다 생겨나서 끊어지지 않는다네
(중략)

나의 소원은 봄 강물을 봄 술로 바꿔
만고에 우뚝한 시름의 성을 깨끗이 씻어 버리는 것

시름은 절로 시름이요 취함은 절로 취함이니
시름 속에 살든가 취해 죽든가, 둘 중에 하나를 택할 수밖에

　이렇게 술을 좋아한 서거정이 앞의 시에서는 술의
달인(達人)이라 할 수 있는 필탁이 술 마시는 것을 "부질없다"라
했고, 누룩 수레 보고 침 흘린 여양을 "하릴없다"라 했다.
그러면서도 차를 마시면 "이백의 금간(錦肝) 시구 삼백 편도
구상할 수 있겠네"라고 하여 술보다 차가 더 좋다고 했다.
그러나 그가 정말 술보다 차를 더 좋아한 것은 아니고 차를
강조하다 보니 나온 말이다. 그는 고려의 이규보 못지않게 술과
차 모두를 좋아한 문인이다.
　이 시에서 또 하나 눈길을 끄는 것은 "눈 녹은 맑은 물에
생강 넣어 달이니"라는 구절로 보아 당시 차를 달일 때 생강을
함께 넣었음을 알 수 있다.

15   달을 보며 차를 마시다

앉아서 반달을 마주하고
석 잔의 차를 기울이노니

어찌하면 두 날개 달고
하늘로 가 계화(桂花)를 완상할거나

對月飮茶

坐對半輪月　爲傾三椀茶
何由揷兩翼　去賞天桂花
―『사가시집』권28

16 진원 박 태수가 차를 보내 준 것에 사례하다

몇 년간 소갈증을 어찌하지 못했는데
고맙게도 그대가 아름다운 차 보냈구려

돌솥에 좋이 끓어 게 눈이 일어나고
수마가 쫓겨나니 시마가 또 찾아오네

謝珍原朴太守寄茶

年來病渴可如何　珍重煩君寄美茶
石鼎好煎生蟹眼　睡魔驅盡又詩魔
—『사가시집』 권29

• 게 눈〔蟹眼〕-이 책 56면 14번 시 참조. •수마(睡魔), 시마(詩魔)-이
책 38면 8번 시 참조.

63

홍유손

洪裕孫, 1431~1529

자는 여경(餘慶), 호는 소총(篠叢)·광진자(狂眞子), 본관은
남양(南陽)이다. 중인(中人)이었으나 남양 군수 채수(蔡壽)가 역을
면제해 주어 김종직(金宗直)의 제자가 되었다. 무오사화(戊午史禍)
때 제주도로 유배되었다가 중종반정(中宗反正)으로 해배되었다.
저서로 『소총유고』(篠叢遺稿)가 있다.

17 은 냄비에 차를 끓이며

마른 창자 밤중에 만 길의 여울 소리
새벽밥엔 고기반찬 알지 못하네

붉은 곳에서 어린 찻잎 집어내어서
맑은 샘물 길어다 풍로에 끓이니

백 마리 나귀, 수레 끌며 푸른 언덕 달리고
흰 구름 잠긴 연못에 물결이 일렁이네

한 잔을 마시니 요지(瑤池) 연회 참석한 듯
굽어보니 삼신산(三神山)이 제비 알 같네

銀鐺煮茗

槁腸夜發灘萬仞   曉飯未解羊蹴蔬
拈出紅區蓓蕾片   汲此井華煎風爐
百驢拽車走靑坂   白雲倒蘸潭紋衮
一罌去參宴瑤池   俯視三山如燕卵
—『소총유고』(篠叢遺稿) 하

만 길의 여울 소리-배에서 꼬르륵 소리가 난다는 말. •고기반찬〔羊蹴蔬〕-어떤 사람이 늘 채소만 먹다가 양고기 맛을 보게 되었는데, 그날 밤 꿈에 오장신(五臟神)이 나타나서 "양이 채소밭을 짓밟았다"(羊沓婆菜園)라고 했다는 일화가 있다. 이 시에서는 '양이 채소밭을 짓밟았다'를 '양이 채소를 걷어찼다'(羊蹴蔬)라 표현했다. •붉은 곳-미상. •요지(瑤池)-주(周)나라 목왕(穆王)이 서왕모를 만났다는 선경(仙境)으로 곤륜산(崑崙山)에 있다고 한다. •삼신산(三神山)-신선이 산다는 세 산, 즉 봉래(蓬萊), 방장(方丈), 영주(瀛洲).

──────────────

「동고팔영」(東皐八詠) 중의 세 번째 시이다. 이 시 제5구는 찻물 끓는 소리를 형용한 것이고, 제6구는 잔에 일렁이는 찻물을 묘사한 말이다. 제7구는 차를 마신 후 신선의 연회에 참석한 듯한 기분을 말한 것이다.

유
호
인

俞好仁, 1445~1494

자는 극기(克己), 호는 임계(林溪)·뇌계(雷溪), 본관은
고령(高靈)이다. 1474년 문과에 급제하여 거창(居昌) 현감(縣監),
홍문관(弘文館) 교리(校理) 등의 관직을 역임했다.

18 차를 읊다

흰 고의(袴衣) 입고 맑은 창 앞에서 오비(五沸) 소리 울리니
아름답다, 끓는 소리 한가한 맛이로다

마른 창자 삼천 권에 흠뻑 흘러 들어가
이로부터 벼슬살이가 꿈에 들어 맑아지네

詠茶

白袴晴牎五沸鳴　可憐閑味靜中聲
枯腸剩汲三千卷　遊宦從今入夢淸
—『뇌계집』(雷溪集) 권2

오비(五沸)-찻물이 끓는 단계를 다섯 개로 나눈 것. 일찍이 육우는 『다
경』(茶經)에서 끓는 단계를 어목(魚目), 용천연주(涌泉連珠), 등파고랑
(騰波鼓浪)의 삼비(三沸)로 나누었다. 어목은 물이 처음 끓을 때 물고기
눈〔魚目〕 같은 작은 거품이 일면서 가느다란 소리가 나는 것으로 이것
이 일비(一沸)이고, 용천연주는 물이 샘처럼 솟구치며 구슬이 이어진
것 같은 거품이 이는 단계로 이것이 이비(二沸)이며, 등파고랑은 거센
파도가 치듯 일렁이며 물이 끓는 단계로 이것이 삼비(三沸)이다. 더 이
상 끓으면 물이 늙어서 마셔서는 안 된다고 했다. 명나라 때 장원(張源)

68

은 이 삼비설(三沸說)을 더 세분하여 오비설(五沸說)을 제시했다. 즉 하
안(鰕眼-새우 눈), 해안(蟹眼-게 눈), 어안(魚眼-물고기 눈), 용천연주,
등파고랑의 다섯 단계로 나눈 것이다.

조
위

曹偉, 1454~1503

자는 태허(太虛), 호는 매계(梅溪), 본관은 창녕이다. 1474년
문과에 급제하여 여러 관직을 거쳐 호조참판, 충청도 관찰사에
이르렀다. 김종직(金宗直)과 친교가 두터웠고, 초기 사림파의
대표적인 인물이다.

19   가섭암

대통 따라 샘물이 바위에서 흘러와
암자 앞에 쏟아지니 차고도 맑아

산승(山僧)이 움켜 마셔 아침 허기 달래니
달고 맑기 강왕곡(康王谷) 물보다 훨씬 낫다네

손님 오면 중을 불러 날마다 차 끓여
풍로에 불붙이니 설유(雪乳)가 번득이네

그 누가 세 사발을 노동에게 부치고
다시 이 절품(絶品)을 육우에게 자랑할까

내 평생 먼지 몇 말을 질리도록 마셔서
폐는 시들고 입술은 말라 윤기가 없더니

꽃 잔에 시원히 눈 같은 차를 기울이자
문득 몸 전체가 맑아짐을 깨닫겠네

迦葉庵

連筒泉水出巖腹　來瀉庵前寒更淥

山僧掬飲慰朝飢　清甘遠勝康王谷

客至呼僧烹日注　活火風爐翻雪乳

誰持三椀寄盧仝　更將絕品誇陸羽

平生厭食幾斗塵　肺枯吻渴無由津

花甌快傾如卷雪　頓覺六用俱淸新

—『매계집』(梅溪集) 권3

강왕곡(康王谷)-육우가 강서성 여산(廬山)에 있는 강왕곡의 곡렴천(谷簾泉) 샘물을 천하제일천(天下第一泉)으로 품평했다. •설유(雪乳)-말차(抹茶)를 찻사발에 넣은 뒤 뜨거운 물을 붓고 저으면 일어나는 흰 거품. 다유(茶乳) 또는 유화(乳花)라고도 한다. •노동(盧仝)-중국 당나라의 시인으로 차의 품평을 잘했으며 유명한 「다가」(茶歌)의 저자이다(이 책 295면 76번 시 참조). •절품(絕品)-뛰어난 물품. •육우(陸羽)-『다경』(茶經)의 저자로 다신(茶神), 다성(茶聖)으로 일컬어진다. •몸 전체〔六用〕-'육용'(六用)은 불교 용어로 눈, 귀, 코, 혀, 몸, 생각의 공능(功能)을 말한다.

정
희
량

鄭希良, 1469~1502

자는 순부(淳夫), 호는 허암(虛庵), 본관은 해주(海州)이다.

김종직의 문인으로 27세 때 문과에 급제하여 예문관(藝文館)

검열(檢閱)을 지냈으나 30세 때 무오사화에 연루되어 의주(義州),

김해(金海) 등지로 유배되었고, 34세 때 고양(高陽)에서 시묘살이

하던 중 강가에 옷과 신발을 남기고 잠적했다고 한다.

홀로 앉아 차를 끓이다 매계에게 드리다 제1수

긴긴날 여관에서 졸음이 오더니
좋은 차 달여 마시매 병든 눈이 뜨여서

한 백년 속세의 때 씻어 버리고
묘고야산(藐姑射山) 옥인(玉人)을 친히 보고 왔도다

獨坐煎茶 奉呈梅溪

日長旅館聞生睡　煮啜瓊漿病眼開
抃洗百年塵土穢　姑山親見玉人來
—『허암유집』(虛庵遺集) 권2

매계(梅溪)-조위(曺偉)의 호.

정희량은 1498년 무오사화에 연루되어 조위와 함께 의주로 유배되었는데 이 시는 그때 지은 것으로 보인다.
묘고야산(藐姑射山)은 신선이 산다는 산이고, 옥인(玉人)은 그 산에 사는 신선으로 볼 수도 있고 노동으로 볼 수도 있다.

노동의 호가 옥천자(玉川子)이기 때문이다. 그는 「다가」에서 차
일곱 잔을 마시고 신선의 세계에서 노니는 듯했다고 말했다.
그러므로 정희량이 차를 마신 후 신선의 세계에 가서 그곳에
노닐고 있는 노동을 만나고 왔다고 해석할 수 있다.

21   밤에 앉아 차를 달이며

밤이 얼마쯤 되었나, 눈이 오려 하는데
푸른 등불 낡은 집에 추워서 잠 못 이뤄

상머리의 이끼 낀 항아리 가져다가
푸른 바다 같은 찬 샘물 쏟아 넣고

화력을 조절하여 알맞게 불 피우니
달빛 비친 벽 위에 푸른 연기 피어나고

솔바람이 우수수 빈 골짝에 울리는 듯
폭포수가 콸콸 긴 내로 떨어지는 듯

우레 치고 번개 번쩍 그치지 않다가
급히 가던 수레가 덜커덕 넘어지는 듯

이윽고 구름 걷히고 바람도 자니
파도가 일지 않아 맑고 잔잔해

바가지에 따르니 빙설처럼 빛나고
간담이 훤히 뚫려 신선과도 통할 듯

천천히 혼돈(混沌)에 구멍을 뚫어 내고
홀로 신마(神馬)를 몰고 선천(先天)에 노니네

돌아보니 지난날 자갈밭 같던 마음에
요마(妖魔)와 속념(俗念) 모두 아득해지고

깨닫겠네, 마음의 근원이 활짝 트이어
물외(物外)의 하늘에서 마음껏 노니는 걸

좋은 경지 찾아서 묘처(妙處)에 이르러선
손뼉 치며 이소편(離騷篇)을 마구 읊어 댄다네

들으니 상계(上界)의 진인(眞人)은 깨끗함을 좋아하여
이슬을 마셔서 더러운 것 씻어 내고

노을과 옥을 먹어 수명을 연장하며
골수를 씻어 내고 털을 베어 동안(童顔)이 곱다지

나 스스로 세간에서 본 것이 이와 같은데
어찌 고목(枯木)과 오래 살기 다투리

그대 보지 못했는가, 노동이 삼백 조각에 굶주려
오천 권의 문자만 부질없이 남았는 걸

夜坐煎茶

夜如何其天欲雪　靑燈古屋寒無眠

手取床頭苔蘚腹　瀉下碧海冷冷泉

撥開文武火力均　壁月浮動生靑煙

松風颼颼響空谷　飛流激激鳴長川

雷驚電走怒未已　急輪轉越轘轅巓

須臾雲捲風復止　波濤不起淸而漣

大瓢一傾氷雪光　肝膽炯徹通神仙

徐徐鑿破混沌竅　獨御神馬遊象先

回看向來碬礐地　妖魔俗念俱茫然

但覺心源浩自運　揮斥物外逍遙天

漸窮佳境到妙處　拍手浪吟離騷篇

吾聞上界眞人好淸淨　噓吸沆瀣糞穢痊

餐霞服玉可延年　洗髓伐毛童顔鮮

我自世間看如此　豈與枯槁爭長年

君不見盧仝飢三百片　文字汗漫空五千

—『허암선생유집』권1

혼돈(混沌)에 구멍을 뚫어 내고—『장자』「응제왕」(應帝王) 편에 나오는 우화로, 남해의 제왕 숙(儵)과 북해의 제왕 홀(忽)이 자기들을 잘 대접해 준 중앙의 제왕 혼돈의 은덕에 보답하기 위하여 "사람들은 모두 일곱 개의 구멍이 있어 보고 듣고 먹고 숨 쉬는데, 이 혼돈만은 없으니 시

78

험 삼아 구멍을 뚫어 줍시다"라 하고 하루에 한 구멍씩 뚫었더니 칠 일 만에 혼돈이 죽어 버렸다는 이야기가 있다. •요마(妖魔)-요사스러운 마귀. •이소편(離騷篇)-굴원(屈原)이 지은 초사(楚辭)의 편명. •골수를 씻어 내고[洗髓]-도가(道家)에서 수련을 통해 범골(凡骨)을 씻어 내고 선골(仙骨)이 되는 것을 말하는데, 전하여 철저하게 바꾼다는 뜻으로 쓰인다. •노동이…굶주려-노동이 간의대부(諫議大夫) 맹간(孟簡)으로부터 차를 선물 받고 쓴 「다가」에 "봉함 여니 간의의 얼굴 보는 듯한데/달처럼 둥그런 삼백 조각이 첫눈에 띄네"란 구절이 있다. "삼백 조각에 굶주렸다"는 것은 삼백 조각의 차를 굶주리듯 마셨다는 말이다 (이 책 295면 76번 시 참조). •오천 권의 문자만-역시 노동의 「다가」에 "셋째 잔은 메마른 창자를 찾아가니/오천 권의 문자만 들어 있다네"라는 구절이 있다.

차를 마시며 번뇌를 씻는 모습이 잘 그려져 있다. 특히 찻물이 끓는 소리를 표현한 제4연과 제5연, 제6연의 묘사가 탁월하다.

이
목

李穆, 1471~1498

자는 중옹(中雍), 호는 한재(寒齋), 본관은 전주이다. 1495년
문과에 급제하여 여러 관직을 두루 거쳤다. 1498년 무오사화 때
「조의제문」(弔義帝文)에 연루되어 김굉필(金宏弼), 정여창(鄭汝昌),
김일손(金馹孫)과 함께 처형당했다.

22 차를 마시다

첫 잔을 마시고 나니
마른 창자에 눈이 내린 듯

두 번째 잔을 마시고 나니
정신이 상쾌하여 신선이 된 듯

세 번째 잔을 마시고 나니
병든 몸 깨어나고 두통이 나아

마음은 공자가 부귀를 뜬구름 보듯 하고
맹자가 호연지기(浩然之氣) 기르듯 하네

네 번째 잔을 마시고 나니
호기(豪氣)가 생기고 근심과 울분이 사라져

기상은 태산에 올라 천하를 작게 여기고
하늘과 땅을 다 받아들이고도 남을 듯하네

다섯째 잔을 마시고 나니
색욕도 달아나고 식탐도 사라져

몸은 구름 치마 깃털 적삼에
월궁(月宮)에서 흰 난새를 타는 듯

여섯째 잔을 마시고 나니
마음은 해와 달이요, 만물은 거적자리라

정신은 소보(巢父) 허유(許由)를 마부로 삼고
　　백이(伯夷) 숙제(叔齊)를 종으로 삼아
하늘에서 상제(上帝)께 읍하는 듯

어이하여 일곱째 잔, 반도 마시지 않아
울연히 겨드랑에 맑은 바람 일어나

천궁(天宮)을 바라보니 바로 앞이요
봉래산은 멀어져 아스라하네

飮茶

啜盡一椀　枯腸沃雪
啜盡二椀　爽魂欲仙
其三椀也　病骨醒頭風痊
心兮若魯叟抗志於浮雲　鄒老養氣於浩然
其四椀也　雄豪發憂忿空

氣兮若登太山而小天下　疑此俯仰之不能容

其五椀也　色魔驚遁饕尸盲聾

身兮若雲裳而羽衣　鞭白鸞於蟾宮

其六椀也　方寸日月萬類簾篠

神兮若驅巢許而僕夷齊　揖上帝於玄虛

何七捥之未半　鬱淸風之生襟

望閶闔兮孔邇　隔蓬萊之蕭森

—『이평사집』(李評事集) 권1

소보(巢父) 허유(許由)—두 사람 모두 요(堯)임금 시대의 고사(高士)로,
요임금이 천하를 물려주려 하자 기산(箕山)으로 들어가 숨었다. • 백이
(伯夷) 숙제(叔齊)—은(殷)나라의 신하로, 주(周) 무왕(武王)이 은나라를
멸망시키자 주나라 곡식을 먹을 수 없다며 수양산(首陽山)으로 들어가
고사리를 캐 먹다가 굶어 죽었다고 한다. 이 부분은, 차를 마시면 정신
이 맑고 깨끗해져서 소보와 허유를 마부로 삼고 백이와 숙제를 종으로
삼을 만큼 높은 경지에 이른다는 뜻이다.

『이평사집』에 실린 이목의 「다부」(茶賦) 중에서 일부분을
발췌하여 수록했다. 제목은 필자가 임의로 붙인 것이다.
「다부」는 차의 품종, 산지, 풍광, 채취, 달이기, 마시기, 다섯
가지 공과 여섯 가지 덕, 차에 대한 자신의 철학 등을 부(賦)의
형식으로 노래한 작품이다.

이목의 '차의 다섯 가지 공(功)'

옥당에 서늘한 기운이 일 때 밤늦도록 책상에 앉아 만권 서적을 독파하려고 잠시도 쉬지 않고 읽어서 동중서(董仲舒)처럼 입술이 문드러지고 한유처럼 이가 빠질 때, 네가 아니면 누가 그 갈증을 풀어 주리. 이것이 첫 번째 공이다.

다음은 한나라 궁전에서 부(賦)를 읽고, 양효왕(梁孝王)의 감옥에서 글을 올릴 즈음, 깡마른 모습에 초췌한 안색으로 창자가 하루에 아홉 번이나 꼬이고 가슴에 마치 불이 붙은 듯할 때, 네가 아니면 누가 그 울적함을 풀어 주리. 이것이 두 번째 공이다.

다음은 천자가 한 통의 서찰을 반포하여 만국이 한마음이 되고, 사신이 명을 전하여 제후들이 받드는 자리에서, 읍양(揖讓)의 예식이 베풀어지고 인사가 끝나려는 때, 네가 아니면 빈주(賓主)의 마음을 누가 화합하게 하리. 이것이 세 번째 공이다.

다음은 천태산(天台山)의 은사와 청성산(靑城山)의 도사가 돌부리에서 기운을 내뿜고 소나무 뿌리로 정기를 단련하며 낭중지법(囊中之法)을 시험하려는데 뱃속에서 우렛소리가 날 때, 네가 아니면 누가 삼팽(三彭)의 고(蠱)를 물리치리. 이것이 네 번째 공이다.

다음은 금곡원(金谷園)에서 잔치를 마치고 토원(兎園)에서 돌아올 때, 숙취가 아직 깨지 않아 간과 폐가 찢어지는 듯할 때, 네가 아니면 누가 새벽녘 숙취를 그치게 하리. 당나라 사람은 차(茶)

를 두고 숙취를 물리치는 사또로 삼았다. 이것이 다섯 번째 공이다.

當其涼生玉堂 夜闌書榻 欲破萬卷 頃刻不輟 董生脣腐 韓子齒豁 靡爾

也 誰解其渴 其功一也 次則讀賦漢宮 上書梁獄 枯槁其形 憔悴其色 腸

一日而九回 若火燎乎膈臆 靡爾也 誰敍其鬱 其功二也 次則一札天頒

萬國同心 星使傳命 列侯承臨 揖讓之禮旣陳 寒暄之慰將訖 靡爾也 賓

主之情誰協 其功三也 次則天台幽人 靑城羽客 石角噓氣 松根鍊精 囊

中之法欲試 腹內之雷乍鳴 靡爾也 三彭之蠱誰征 其功四也 次則金谷

罷宴 兎園回轍 宿醉未醒 肝肺若裂 靡爾也 五夜之醒誰輟 唐人以茶爲輟

醒使君 其功五也

—『이평사집』권1

⸻

동중서처럼…빠질 때-동중서와 한유는 각각 한나라와 당나라를 대
표하는 유학자로, 이들이 학술을 닦고 저술을 하느라 고생한다는 뜻.
• 양효왕(梁孝王)의 감옥에서-서한(西漢) 때 부(賦)에 능한 추양(鄒陽)이
경제(景帝)의 아우 양효왕의 문객이 되어 총애를 받다가 양승(羊勝)의
모함을 받아 옥에 갇혔는데, 옥중에서 양효왕에게 억울함을 밝히는 글
을 올려 석방되었다. • 돌부리에서…단련하며-이 부분은 도사(道士)들
의 수련 방법인 듯하다. • 낭중지법(囊中之法)-북위(北魏)의 이예(李預)
가 고인들이 옥(玉)을 먹는 것을 부러워해, 남전(藍田-유명한 옥 생산
지)에 가서 채취한 옥 중 70개를 가루로 만들어 복용했다고 한다. 이 이
야기를 근거로 두보(杜甫)는 그의 시 「거의행」(去矣行)에서 "未試囊中餐
玉法 明朝且入藍田山"이라 했는데 그 뜻은 '주머니 속의 옥을 꺼내어 먹
는 법을 아직 시도해 보지 않았으니, 내일 아침에 남전산에 들어가련
다'이다. 이예가 옥을 복용한 것은 일종의 도교적인 신비한 효험을 기

85

대했음인데, 두보는 생활이 곤궁해서 양식 대신 옥을 먹으려 한 것이다. 이목이 '낭중지법'이라 한 데에서 두보의 뜻을 따른 것으로 보이지만 이 단락 전체의 맥락에서는 도교적 수련과도 일정한 관계가 있는 듯하다. •우렛소리-배가 고파 쪼르륵 소리가 난다는 뜻. •삼팽(三彭)의 고(蠱)-도교 용어로, 인체에 있는 3개의 무형의 벌레. 이 3개의 벌레는 각각 사치와 쾌락과 음욕을 관장하기 때문에 도가에서는 삼팽을 물리쳐야 신선이 된다고 믿었다. •금곡원(金谷園), 토원(兔園)-금곡원은 진(晉)나라의 부호 석숭(石崇)이 밤낮으로 연회를 열던 별장이고, 토원은 양효왕이 문인들을 불러 잔치를 벌이던 별장이다.

『이평사집』에 실린 이목의 「다부」 중에서 일부분을 발췌하여 수록했다. 제목은 필자가 임의로 붙인 것이다.

이목의 '차의 여섯 가지 덕(德)과 다인(茶人)'

사람을 장수하게 하니 요임금과 순임금의 덕을 지녔고, 사람의 병을 낫게 해 주니 유부(兪附)와 편작(扁鵲)의 덕을 지녔도다. 사람의 기(氣)를 맑게 해 주니 백이(伯夷)와 양진(楊震)의 덕을 지녔고, 사람의 마음을 편안하게 해 주니 이로(二老)와 사호(四皓)의 덕을 지녔다. 사람을 신선으로 만들어 주니 황제(黃帝)와 노자(老子)의 덕을 지녔고, 사람이 예의를 차리게끔 해 주니 희공(姬公)과 중니(仲尼)의 덕을 지녔도다.

차는 일찍이 옥천자(玉川子)가 칭송하고 육자(陸子)가 즐겼다. 매성유(梅聖兪)는 차로 인생을 깨달았고, 조업(曹鄴)은 차로 망귀(忘歸)의 경지에 들었도다. 차는 한 조각 봄볕같이 백낙천(白樂天)의 심기를 고요하게 했고, 십 년의 가을 달같이 동파(東坡)의 졸음을 물리쳤네. 오해(五害)를 쓸어 없애고 팔진(八眞)을 능가하니 이것은 조물주가 은혜를 내린 것이고 나와 옛사람이 함께 즐기는 것이로다. 의적(儀狄)이 만든 미치광이 약이 내장을 찢고 문드러지게 하여, 천하 사람들로 하여금 덕을 손상시키고 생명을 재촉하는 것과 어찌 함께 놓고 말할 수 있겠는가.

使人壽脩 有帝堯大舜之德焉 使人病已 有兪附扁鵲之德焉 使人氣淸 有伯夷楊震之德焉 使人心逸 有二老四皓之德焉 使人仙 有黃帝老子之德焉 使人禮 有姬公仲尼之德焉

斯乃玉川之所嘗贊 陸子之所嘗樂 聖兪以之了生 曹鄴以之忘歸 一村春

光 靜樂天之心機 十年秋月 却東坡之睡神 掃除五害 凌厲八眞 此造物

者之蓋有幸 而吾與古人之所共適者也 豈可與儀狄之狂藥 裂腑爛腸 使

天下之人德損而命促者 同日語哉

유부(兪附)와 편작(扁鵲)-중국 고대의 명의(名醫). •양진(楊震)-후한의
청렴한 인물. 친구인 왕밀(王密)이 밤중에 몰래 황금 10근을 들고 와서
바치려 하자 "하늘이 알고 귀신이 알고 내가 알고 자네가 안다"라고 하
며 거절했다. •이로(二老)-백이와 강태공. •사호(四皓)-한나라의 상
산사호(商山四皓)인 동원공(東園公), 하황공(夏黃公), 기리계(綺里季), 녹
리선생(甪里先生)을 가리키는데 모두 덕이 높아 국가의 대로(大老)로 추
앙받았다. •희공(姬公)-주공(周公). •육자(陸子)-『다경』(茶經)을 쓴 육
우. •매성유(梅聖兪)-매요신(梅堯臣). 성유(聖兪)는 그의 자(字). 그는 차
를 좋아했고 차를 깊이 연구했다. •조업(曹鄴)-816~875. 광서성(廣西
省) 계림(桂林) 양삭(陽朔) 출신의 만당 시인. •오해(五害)-사람에게 해
를 끼치는 쥐, 모기, 파리, 바퀴, 흰개미를 말한다. •팔진(八眞)-미상.
•의적(儀狄)이 만든 미치광이 약-의적은 술을 처음 만들었다는 인물,
미치광이 약은 의적이 만든 술을 가리킨다.

『이평사집』에 실린 이목의 「다부」 중에서 일부분을 발췌하여
수록했다. 제목은 필자가 임의로 붙인 것이다.

이
행

李荇, 1478~1534

자는 택지(擇之), 호는 용재(容齋), 시호는 문정(文正), 본관은
덕수(德水)이다. 18세 때 문과에 급제하여 벼슬이 좌의정에까지
올랐으나 55세 때 김안로(金安老)의 전횡을 비판하다가 평안도
함종(咸從)으로 유배되고, 57세에 적소(謫所)에서 사망했다.
『용재집』이 전한다.

23 공석 김세필이 작설차를 보내 주었기에 제2수

공석은 당시 호남 감사로 있었다.

봄 산의 작설이 가장 잘 우나니
용봉의 겉모습 그 명성 부질없네

눈병 나서 어안(魚眼) 해안(蟹眼) 분간 못 하고
때때로 귓가의 파리 소리 들어 보네

公碩金世弼 以雀舌茶見餉

公碩時爲湖南監司.

春山雀舌最能鳴　龍鳳形骸浪得名
病眼未分魚蟹眼　耳邊時復候蠅聲

—『용재집』(容齋集) 권1

김세필(金世弼)-1473~1533. 호는 십청헌(十淸軒), 본관은 경주(慶州),
시호는 문간(文簡)으로 공석(公碩)은 그의 자이다. •작설(雀舌)-참새의
혀처럼 생긴 찻잎을 말하는데 여기서는 혀를 놀려 우는 진짜 참새에 비
유했다. •용봉(龍鳳)-송나라 때 무이산(武夷山) 차로 만든 용봉단차(龍
鳳團茶). 황제에게 진상하던 매우 귀한 차. 용과 봉이라는 화려한 이름

의 용봉단차보다 용과 봉에 비하여 보잘것없는 참새의 이름을 가진 작
설차가 더 낫다는 것이 1·2구의 뜻이다. •어안(魚眼) 해안(蟹眼)-찻물
이 끓을 때 생기는 거품 모양을 묘사한 말(이 책 56면 14번 시 참조).
•파리 소리-찻물 끓는 소리를 형용한 말(이 책 56면 14번 시 참조).

24　공석 김세필이 작설차를 보내 주었기에 제5수

가슴속 불평을 깨끗이 씻는 데에는
일곱 잔 차가 한 잔 술보다 도리어 낫네

어찌하면 그대와 이를 얘기하리오
청산에 길이 있어 일찍 부른 것이오

公碩金世弼 以雀舌茶見餉

胸中磊隗正須澆　七椀還如勝一瓢
安得與君商略此　靑山有路早招要
—『용재집』권1

일곱 잔 차〔七椀〕-반드시 일곱 잔을 마신다는 뜻이 아니라, 노동이 양
선차(陽羨茶)를 일곱 번 우려 마시면서 그 느낌을 쓴 시를 일명 '칠완다
가'(七椀茶歌)라 부른 데에서 '일곱 잔 차'는 차 일반 또는 좋은 차를 가
리킨다.

92

공석 김세필이 작설차를 보내 주었기에 _{제7수}

일창(一槍)의 남은 기세 가슴에서 싸우더니
마귀의 항복 받는 뛰어난 공 세웠도다

상계(上界)에 왼쪽 자리 응당 비웠으리니
옥천(玉川)은 맑은 바람 부리고 싶네

公碩金世弼 以雀舌茶見餉

一槍餘烈戰胸中　收得降魔不世功
上界還應有虛左　玉川渾欲御淸風
—『용재집』권1

───────────

일창(一槍)-창(槍)과 기(旗)는 찻잎의 새싹을 말한다. "일창(一槍)의 남은 기세가 가슴에서 싸운다"라는 것은, 찻물이 가슴에 들어가서 수마(睡魔)와 싸운다는 말이다. • 마귀-이 시 제8수에서 "잠 귀신 항복하니 시마를 맞이한다"(眠魔降罷逆詩魔)라 한 것으로 보아 여기서 마귀는 수마(睡魔), 즉 잠을 오게 하는 마귀를 가리킨다. • 왼쪽…비웠으리니-왼쪽이 오른쪽보다 더 높은 자리이다. 수마의 항복을 받았으니 천상에서 응당 나를 위하여 왼쪽 자리를 비워 둘 것이라는 말. • 옥천(玉川)-「다가」를 지은 노동의 호. 여기서는 작자 자신을 가리킨다.

26   대숲에서 차를 달이다

외롭고 적적함을 어이 달랠까?
쓸쓸한 남쪽 기슭 대나무 숲에서

스스로 건계차(建溪茶)를 시음해 보니
이것 없으면 나를 속되게 하도다

북창 바람 앞에 산발하고 있으니
갈건(葛巾)으로 술 거를 필요 있으랴

竹塢煎茶

何以慰幽獨 蕭蕭南塢竹
自試建溪茶 無此亦令俗
散髮北窓風 葛巾安用漉
―『용재집』 권3

건계차(建溪茶)-복건성 민북(閩北)의 건계(建溪) 유역에서 생산되는 차
로, 무이산(武夷山)에서 나는 차를 총칭하는 말이다. 여기서는 좋은 차
를 말한다. •갈건(葛巾)으로…있으랴-도연명이 머리에 쓴 두건을 벗

어 술을 거르고 나서 다시 썼다고 한다.

———————

좋은 차를 마셔서 속됨을 면했는데 굳이 술을 마실 필요가
없다는 말이다.

이
정

李楨, 1512~1571

자는 강이(剛而), 호는 구암(龜巖), 본관은 사천(泗川)이다. 1536년
문과에 급제하여 대사간, 예조참의 등을 지냈다. 저서로
『구암집』(龜巖集), 『성리유편』(性理遺編) 등이 있다.

27 가을날의 차꽃

푸른 가지 초록 잎에 옥 같은 꽃 붙었으니
옹기종기 피어서 별처럼 반짝이네

옥천(玉川)의 몇 사발 차 무엇이 부러우랴
꽃 주위 맴도니 심신이 절로 맑아지네

秋日茶花

靑枝綠葉着瓊英　簇簇開來粲列星
何羨玉川數三椀　繞花心骨自輕淸
—『구암집』(龜巖集) 속집(續集) 권1

옥천(玉川)-「다가」를 쓴 노동의 호.

차시(茶詩)로는 드물게 차꽃을 읊은 시이다. 차꽃은 하얀 꽃잎에
노란 수술이 달리는데 양력 11월 초에 절정을 이룬다. 차꽃을
감상하는 것이 차를 마시는 것 못지않게 마음을 맑게 해 준다는
것이다.

정
유
길

鄭惟吉, 1515~1588

자는 길원(吉元), 호는 임당(林塘), 본관은 동래이다. 1538년
문과에 급제한 이래 여러 관직을 거쳐 벼슬이 좌의정에까지
이르렀다. 시문과 글씨에 뛰어났다.

한 정사의 「옥류천을 맛보고」에 차운하여

차를 마시려도 좋은 물 길을 곳 없었는데
설두(雪竇)가 이 샘물 맛보고 담박하다니

신령한 수원(水源)은 양자강으로 들어간다 모두들
　　말하는데
참된 맛이 조선에 있을 줄 어찌 알았으리오

처음엔 푸른 안개에 좁쌀 뜨는 것 보이더니
푸른 하늘에 솔바람이 몰아치는 소리 들리네

두 겨드랑에 이는 맑은 바람 징험할 수 있으니
옥천의 시구는 정말 전할 만하네

次韓正使嘗玉溜泉韻

試茶無地酌甘泉　雪竇嘗來更澹然
共道靈源入楊子　豈知眞味在朝鮮
初看粟粒浮蒼靄　漸聽松聲鬧碧天
兩腋淸風聊可驗　玉川詩句政堪傳
—『임당유고』(林塘遺稿) 권 하

한 정사(韓正使)-1572년 중국에서 온 사신 한세능(韓世能). •옥류천(玉溜泉)-황해도 평산(平山) 총수리(蔥秀里)에 있는 샘으로 물맛이 맑고 시원하기로 유명하다. •설두(雪竇)-980~1052. 중국 송나라 때의 고승 중현(重顯). 그가 설두산(雪竇山)에 주석(駐錫)했기 때문에 설두 선사(雪竇禪師)라 불렀다. 여기서는 정사 한세능을 설두에 비유했다. •좁쌀-찻물이 처음 끓을 때 생기는 조그마한 거품을 좁쌀이 뜨는 것에 비유한 것. •솔바람-찻물이 세게 끓을 때 나는 소리를 솔바람 소리에 비유한 것. •두 겨드랑에 이는 맑은 바람-이 책 295면 76번 시 참조. •옥천(玉川)의 시구(詩句)-노동의 「다가」를 가리킨다.

정유길이 원접사(遠接使)로 중국 사신 한세능을 영접하면서 함께 황해도의 옥류천에 들렀고, 한세능이 옥류천 물을 맛보고 지은 시에 정유길이 차운한 시이다. 왜 한세능을 설두에 비유했는지는 모르겠다.

노
진

盧禛, 1518~1578

자는 자응(子膺), 호는 옥계(玉溪), 시호는 문효(文孝), 본관은
풍천(豊川)이다. 문과에 급제하여 대사헌, 경상도 관찰사 등을
역임했다.

29   차를 끓이다

황금빛 여린 새싹을 따서
향기로운 잎사귀에 얼른 싸고는

새로 길은 샘물과 타는 숯불로
맑은 날 풍치 있는 솥에 끓이니

물고기 눈, 뜬 빛이 잦아들더니
솔바람 소리 귀에 들어 서늘하구나

한 솥에 알맞게 끓인 후에는
그윽한 생각 끝없어 헤아리기 어렵네

瀹茶

試摘金芽嫩　旋包蒻葉香
新泉兼活火　淸晝煮風鐺
魚眼浮光蠹　松聲入耳涼
一甌三沸後　幽思浩難量
―『옥계집』(玉溪集) 권1

102

잎사귀-원문은 "蒻葉"(약엽)으로 구약(蒟蒻)나물 잎이란 뜻인데 왜 구약나물 잎으로 썼는지는 알 수 없다. •물고기 눈-물이 처음 끓을 때의 거품을 물고기 눈에 비유한 것(이 책 56면 14번 시 참조). 솔바람 소리-찻물이 끓는 소리. •알맞게 끓인-원문은 "三沸"(삼비)인데 이에 관해서는 이 책 68면 18번 시 참조.

휴
정

休靜, 1520~1604

자는 현응(玄應), 속명은 최운학(崔雲鶴)이다. 30세에
승과(僧科)에 급제하여 선교양종판사(禪敎兩宗判事)의 자리에까지
올랐다. 1592년 임진왜란이 일어나자 선조의 요청에 응하여
제자인 사명(四溟)과 처영(處英)에게 궐기할 것을 호소하고 자신도
5천 명의 승군을 이끌고 전투에 참가하여 공을 세웠다. 이에
선조는 그에게 팔도선교도총섭(八道禪敎都摠攝)이란 최고의
승직을 내렸다.

30 행주선자에게 보이다

흰 구름은 옛 친구요
밝은 달은 삶이라

만 골짝 천 봉우리 속에서
사람을 만나면 곧 차를 권하네

示行珠禪子

白雲爲故舊　明月是生涯
萬壑千峰裏　逢人卽勸茶
—『청허집』(淸虛集) 권2

105

31   천옥선자

낮에는 한 사발 차
밤에는 한바탕 잠

푸른 산과 흰 구름이
함께 무생사(無生事)를 말하네

天玉禪子

晝來一椀茶　夜來一場睡
靑山與白雲　共說無生事
—『청허집』권2

무생사(無生事)-사물의 본질이 공(空)이므로 생멸하고 변화하는 일이
없다는 것, 곧 불교의 교리를 가리킨다.

구봉령

具鳳齡, 1526~1586

자는 경서(景瑞), 호는 백담(柏潭), 시호는 문단(文端), 본관은
능성(綾城)이다. 이황(李滉)의 문하로 문과에 급제하여 병조참의,
형조참판 등을 지냈다. 시문에 뛰어나고 천문학에도 조예가
깊었다. 저서로 『백담집』이 있다.

32　『다경』을 읽고

내 차시(茶詩)를 읽으려 하니
안개와 노을이 입안에 상쾌하지만

『다경』 읽어 가슴에
빙설(氷雪)이 서림만 같지 못하니

차시가 피부를 묘사했다면
『다경』은 혈맥을 찾아냈다네

홍점(鴻漸)은 진실로 뛰어난 선비라
뼈대를 살피고 겉모습은 버렸다네

한 번 읽으니 신령(神靈)에 통하고
두 번 읽으니 정신이 단련되네

이어 다시 옥유(玉乳)를 마시고 나니
겨드랑에 산들바람 솔솔 일어나

예전처럼 나를 태운 신선을 따라
하늘의 궁궐에 날아오른다

讀茶經

我欲詠茶詩　煙霞爽牙頰
不如讀茶經　氷雪生肺膈
茶詩狀皮膚　茶經搜血脈
鴻漸信奇士　相骨遺毛色
一讀通神靈　再讀鍊精魄
因復啜玉乳　習習風生腋
依然駕我仙　飛上淸都月
―『백담집』(柏潭集) 권5

─────────

『다경』(茶經)-다성(茶聖)으로 일컬어지는 당나라 육우가 지은 차에 대
한 전문서. •홍점(鴻漸)-육우의 자(字). •옥유(玉乳)-옥빛 우유. 아마
그때 마신 말차(抹茶)를 가리키는 듯하다. •겨드랑에…일어나-이 책
295면 76번 시 참조.

선
수

善修, 1543~1615

속성은 김씨(金氏), 호는 부휴(浮休). 20세에 출가하여 여러
사찰에서 수행하다가 서울로 가서 노수신(盧守愼)의 장서를 7년
동안 읽었다고 한다. 사후에 제자들이 해인사, 송광사, 칠불암
등에 부도(浮屠)를 세웠다. 『부휴당집』 5권이 있다.

깊은 산에 홀로 앉으니 만사가 가벼워져
문 닫고 하루 종일 무생(無生)을 배우리

살림살이 점검하니 나머지 물건 없고
한 사발 햇차와 한 권의 불경

贈巖禪伯

獨坐深山萬事輕　掩關終日學無生
生涯點檢無餘物　一椀新茶一卷經
—『부휴당집』(浮休堂集) 권1

암 선백(巖禪伯)은 선수(善修)의 제자 각성(覺性, 1575~1660)
이다. 각성의 호가 벽암(碧巖)이기 때문에 '암 선백'(巖禪伯)이라
했는데 '선백'(禪伯)은 스님을 높여 부르는 말이다. 스물여덟
글자로 제자인 각성의 수도(修道) 생활을 군더더기 없이
담박하게 그려 냈다.

유근

柳根, 1549~1627

자는 회부(晦夫), 호는 서경(西坰), 시호는 문정(文靖), 본관은
진주(晉州)이다. 1572년 문과에 급제하여 대제학, 좌찬성 등을
지냈다. 저서로『서경집』이 있다.

34 고 흥양과 이별하며

이제 한번 이별하면 천 리 길인데
다시 만날 날은 또 언제일런가

맥문동과 작설차를 멀리 부쳐서
그리운 마음을 달래 보노라

別高興陽

一別今千里　重逢又幾時
門冬與雀舌　遠寄慰相思
―『서경집』(西坰集)

흥양(興陽)은 전라남도 고흥(高興)의 옛 이름이다. '고 흥양'은,
고씨 성을 가진 사람이 흥양 현감에 재직하고 있거나 흥양
현감을 지낸 인물이기 때문에 그렇게 부른 것이다. 떠나는
이에게 한약재인 맥문동과 작설차를 부쳐 보내는 친구의
따뜻한 마음을 읽을 수 있다.

113

이
준

李埈, 1560~1635

자는 숙평(叔平), 호는 창석(蒼石), 시호는 문간(文簡), 본관은
흥양(興陽)이다. 유성룡(柳成龍)의 문인으로 문과에 급제하여
대사간 등을 지냈다. 저서로 『창석집』이 있다.

풍로의 눈 녹인 물에 푸른 연기 날리는데
한 사발 제호(醍醐) 마시니 신선이 될 듯

지난날 육우의 품평은 잘못되었지
혜산천 물맛만 맑고 달다 말했으니

雪水煎茶

風爐雪水颺靑煙　一椀醍醐骨欲仙
陸羽向來題品誤　淸甘但說惠山泉
—『창석집』(蒼石集) 권3

제호(醍醐)-우유를 정제하고 숙성시켜 만든 유제품 중에서 가장 맛이
좋은 것. 여기서는 차를 제호에 비유했다. • 혜산천(惠山泉)-이 책 17면
1번 시 참조.

서울 인왕산 동쪽 기슭에 있는 청풍계(淸風溪)의 열두 달을
계절에 따라 읊은 「청풍계」 12수 중에서 11번째 시이다. 여기서

"육우의 품평은 잘못되었다"라고 말한 것은, 청풍계의 눈 녹인 물이 육우가 천하 제2천이라 명명한 혜산천의 물 못지않게 좋다는 것을 강조한 말이다.

이
수
광

李睟光, 1563~1628

자는 윤경(潤卿), 호는 지봉(芝峯), 시호는 문간(文簡), 본관은
전주이다. 문과에 급제하여 공조참판, 이조판서 등을 역임했다.
조선 실학파의 선구적 인물로 평가받는다. 저서로 『지봉집』,
『지봉유설』(芝峯類說)이 있다.

36   차를 마시다

세지도 약하지도 않게 불 조절하니
현악도 관악도 아닌 솔바람 소리

노동의 일곱 잔을 마시고 나니
훌쩍 이 몸이 하늘로 오르는 듯

飮茶

不武不文火候 非絲非竹松聲
啜罷盧仝七椀 飄然身上太淸
―『지봉집』(芝峯集) 권13

───────────

세지도…조절하니－원문은 "不武不文"(불무불문)으로, 무화도 아니고
문화도 아니라는 말이다(이 책 56면 14번 시 참조).

강
항

姜沆, 1567~1618

자는 태초(太初), 호는 수은(睡隱), 본관은 전주이다. 성혼(成渾)의
문인으로 1593년 문과에 급제했다. 정유재란 때 포로가 되어
일본으로 압송되었다가 1600년에 귀국하였다. 일본 억류 중에
일본 학자들에게 주자학을 전수했다고 한다. 저서에
『간양록』(看羊錄)이 있다.

37 소나무 아래서 차를 달이다

솔 그늘 아래에서 솔방울로 차 달이며
솔뿌리에 걸터앉아 솔바람 소리 듣노라

솔바람은 본래 솔가지에서 나는데
갑자기 선생의 돌솥 속으로 들어오네

松下煎茶

松子煎茶松影裏　松根盤礴聽松風
松風本在松枝上　忽入先生石鼎中
—『수은집』(睡隱集) 권1

선생-작자 자신을 가리킨다. •돌솥 속으로 들어오네-돌솥에서 나는
끓는 물 소리를 솔바람 소리에 비유한 것.

「수월정 30영」(水月亭三十詠) 중 29번째 시이다. 제목 밑에
"정자의 주인은 정설(鄭渫)인데 벼슬이 목사(牧使)에
이르렀다"는 주가 달려 있다. '솔 그늘', '솔방울', '솔뿌리',

'솔바람 소리' 등 '솔'과 연관된 어휘를 집중적으로 배치한 솜씨도 놀랍거니와 솔바람 소리가 '돌솥 속으로 들어온다'는 표현이 참으로 절묘하다.

김
류

金瑬, 1571~1648

자는 관옥(冠玉), 호는 북저(北渚), 시호는 문충(文忠), 본관은
순천(順天)이다. 인조반정에 참여한 공으로
승평부원군(昇平府院君)에 봉해졌으며 벼슬이 영의정에까지
올랐다. 저서로 『북저집』이 있다.

38   화당에서의 낮잠

작은 동산에 꽃은 부드럽고 새소리 요란한데
적막한 사립문엔 등 넝쿨이 걸렸어라

한낮 창 아래에서 낮잠을 막 깬 뒤에
아이 불러 햇차를 달이게 하네

花堂晚睡

小園花暖鳥聲多　寂寞柴門帶薜蘿
日午山窓初罷睡　却呼童子試新茶
―『북저집』(北渚集) 권1

─────────

「귀휴당제영」(歸休堂題詠) 4수 중 세 번째 시인데, 화당(花堂)은
꽃이 만발한 귀휴당을 가리킨다.

123

조
희
일

趙希逸, 1575~1638

자는 이숙(怡叔), 호는 죽음(竹陰). 1602년 문과에 급제한 후
예조참판, 경상 감사 등을 지냈다. 저서로『죽음집』,
『경사질의』(經史質疑)가 있다.

눈 녹인 물로 차를 달이다

이른 새벽 귀찮게 정화수(井華水) 길을 것 없이
화로에 눈을 담아 햇차를 달이니

솥에서 물결 일어 이제 막 넘쳐나고
겨울 소나무 바람 소리 아스라이 들려오네

섬섬옥수로 받쳐 오니 사발엔 거품 일고
마른 창자 찾아드니 붓끝엔 꽃이 핀다

시인은 늘 문원(文園)의 갈증을 지니고 있는 법
노랑(盧郎)의 시 소탈함을 너무나 사랑하네

雪水煎茶

清曉無煩汲井華　磚爐貯雪試新茶
浪驚幽竇看初漲　風入寒松聽更賒
纖手捧來甌潑乳　枯腸搜盡筆生花
詞人久抱文園渴　苦愛盧郎詠不奢
―『죽음집』(竹陰集) 권6

125

물결 일어-찻물이 끓는 모양. •소나무 바람 소리-찻물이 끓는 소리. •붓끝엔 꽃이 핀다-문인이 글재주를 한껏 발휘한다는 뜻. 왕인유(王仁裕)의 『개원천보유사』(開元天寶遺事)에 "이백이 소년 시절에, 쓰고 있던 붓끝에 꽃이 피어나는 꿈을 꾸었는데 뒤에 천재성을 발휘하여 천하에 이름을 떨쳤다"라는 기록이 있다. 이를 '몽필생화'(夢筆生花)라 한다. •문원(文園)의 갈증-한(漢)나라 때 유명한 문장가인 사마상여(司馬相如)가 문원령(文園令)을 역임했기 때문에 문원은 그를 지칭하는 말이 되었다. 그는 소갈증을 앓아 갈증 때문에 차를 많이 마신 것으로 알려져 있다. 여기서는 사마상여처럼 차를 많이 마시기 때문에 사마상여처럼 좋은 문장이 절로 나온다는 말. •노랑(盧郞)의 시-노랑(盧郞)은 당나라 시인 노동. '노랑의 시'는 그가 쓴 「다가」(茶歌)를 가리킨다.

신
민
일

申敏一, 1576~1650

자는 공보(功甫), 호는 화당(化堂), 본관은 평산(平山)이다. 문과에
급제하여 대사성을 지냈다. 저서로 『화당집』이 있다.

40 객지에서 즉흥적으로 쓰다

밤꽃 막 피어나고 보리 바람 맑을 때
책상에 기대어 홀로 조니 세상 버린 심정이네

울타리엔 사람 없어 한낮이 고요하고
개울 너머 때때로 차 파는 소리 들리네

寓居卽事

栗花初發麥風淸　隱几獨眠遺世情
籬落無人白日靜　隔溪時聽賣茶聲
―『화당집』(化堂集) 권1

보리 바람〔麥風〕-5월에 부는 북동풍.

제목 밑에 "무인(戊寅)년 풍기(豐基)에 우거하다"란 주가 달려
있는 것으로 보아 그의 만년의 작품인 듯하다. 제4구의 "때때로
차 파는 소리 들리네"라는 말은 당시에 차를 팔러 다니는 차
장수가 있었음을 알려 주는 귀중한 자료이다.

128

이민구

李敏求, 1589~1670

자는 자시(子時), 호는 동주(東洲), 본관은 전주이다.

이수광(李睟光)의 아들로 문과에 급제하여 대사성, 도승지(都承旨)

등을 역임했다. 저서로 『동주집』, 『독사수필』(讀史隨筆) 등이 있다.

41   우통수를 길어 차를 달이다

성스러운 물이 사람의 성품을 바꾸어
탁한 자를 맑게 해 준다는데

아서라, 나는 마시고 싶지 않으니
나는 본래 총명함을 싫어한다오

取于筒水煎茶

聖水移人性　能令濁者清
停甌不欲飮　我自厭聰明
　　　　　—『동주전집』(東州前集) 권7

제목 밑에 "곁에 있던 아전이 '이 물을 마시면 사람이
총명해집니다'라고 하기에 웃으면서 쓴다"(傍有小史曰
飮此令人聰明 笑而書之)라는 주가 달려 있다. 우통수(于筒水)는
물맛이 좋기로 이름난 샘으로 일찍이 『삼국유사』에도 기록이
나온다. 허균(許筠)은 "우통수는 오대산 상원사 옆에 있는데
한강의 상류로 동국제일천(東國第一泉)이다"라 했으며, 이
밖에도 여러 문인이 차를 달이기에 가장 좋은 물이라

칭송하였다. 이로 보면 차를 달이는 데에 물이 매우 중요하다는
것을 알 수 있다.

하
진

河溍, 1597~1658

자는 진백(晉伯), 호는 태계(台溪), 본관은 진주(晉州)이다. 문과에
급제하여 헌납(獻納), 지평(持平) 등의 벼슬을 지냈다.

지금 선방(禪房)에서 정좌(靜坐)하고 있으니
티끌세상 맵고 쓴맛 모두 잊었네

좋은 차 한 잔 마시자 호기(豪氣)가 이는데
동서로 분주한 저 사람은 누구인가?

飮茶

禪房今作靜中身　塵世都忘蓼味辛
一吸瓊漿豪氣發　卯申奔走彼何人
—『태계집』(台溪集) 권4

———————

제4구의 "卯"(묘)는 십이지(十二支) 중 네 번째로 방위로는
동쪽이고 시간은 오전 6시이며, "申"(신)은 십이지의 아홉
번째로 방위로는 서남서(西南西), 시간으로는 오후 3시~
오후 5시이다. 그러므로 위 시의 "卯申奔走"(묘신분주)는
'동쪽으로 서쪽으로, 아침부터 밤까지 분주하다'라는 뜻이다.

정태화

鄭太和, 1602~1673

자는 유춘(囿春), 호는 양파(陽坡), 시호는 익헌(翼憲), 본관은
동래(東萊)이다. 문과에 급제하여 삼정승(三政丞)을 두루 지냈다.
저서로『양파유고』,『양파일기』가 있다.

동파의「전다」운에 차운하다

차의 풍미를 어찌 눈 녹인 물로 논하랴
아름답다, 강물도 본디 맑고 깨끗해

불을 지펴 새로이 차를 달이려
강물을 길어다 항아리 가득 채우노라

처음엔 화롯가에 안개 기운 맴돌더니
곧이어 차 따르니 샘물 소리 들리는데

맛을 보니 문득 정신이 상쾌해져
등불 앞에 책을 펴곤 이경(二更)에 이르렀네

次東坡煎茶韻

風味何論雪水烹　可憐江色本澄淸
要將活火新煎茗　爲汲長流正滿瓶
初見繞爐騰霧氣　却聞傾罐作泉聲
嘗來便覺精神爽　展卷燈前到二更
―『양파유고』(陽坡遺稿) 권1

동파의 「전다」 운(東坡煎茶韻)-동파 소식(蘇軾)이 쓴 「급강전다」(汲江煎茶) 시를 말한다. 이 시는 워낙 유명해서 이를 원운(元韻)으로 한 수많은 차운 시가 지어졌다(소식의 「급강전다」는 이 책 362면 95번 시 참조).
• 이경(二更)-오후 9시부터 오후 11시 사이.

임
상
원

任相元, 1638~1697

자는 공보(公輔), 호는 염헌(恬軒), 시호는 효문(孝文), 본관은
풍천(豊川)이다. 문과에 급제하여 공조판서,
한성부판윤(漢城府判尹) 등을 지냈다. 저서로『염헌집』,
『교거쇄편』(郊居瑣篇)이 있다.

44   황혼 녘에 차를 달이다

땅거미 새로 지니 더위 반쯤 가시고
끓는 차 바라보니 거센 솔바람 소리

물이 끓어 흰 눈이 솟구치더니
물결 잦자 푸른 연기 고요히 감도네

졸음은 안개 걷히듯 말끔히 가시고
잔병도 달아나 하늘을 날 듯

일 좋아하는 신라 스님이 전할 만하다 여겨
종자 가지고 멀리 바다 건너왔구나

薄暮煎茶

新霄炎威覺半銷 閑看茶熟響松飆
湯翻白雪仍灔灔 浪息靑烟轉寂寥
昏睡頓空如捲霧 微痾自遁欲凌霄
羅僧好事眞堪傳 挾子東來渡海遙
―『염헌집』(恬軒集) 권24

138

일 좋아하는…건너왔구나-임상원은 「팽다」(烹茶) 시의 주에서 "우리나
라에는 본래 차가 없었는데 신라의 스님이 당나라에 들어갔다가 종자
를 얻어 돌아와 심었다"(吾東本無茶 新羅僧入唐 得子歸種)라고 했다.

조
태
채

趙泰采, 1660~1722

자는 유량(幼亮), 호는 이우당(二憂堂), 시호는 충익(忠翼), 본관은
양주(楊州)이다. 문과에 급제하여 평안 감사, 좌의정 등을
역임했다. 저서에 『이우당집』이 있다.

중국의 차는 송나라에서 시작되어
대룡단(大龍團) 소룡단(小龍團) 한두 가지가 아니네

정위(丁謂)와 채양(蔡襄)이 전후로 진상했고
무이(武夷)와 양선(陽羨)에서 다투어 올렸는데

왕공(王公)들은 황제가 남긴 것 받아
경장(瓊漿)보다 귀하게 여겼더라오

이후로 이 물건이 천하에 두루 퍼져
좁쌀 같은 황금 새싹 수레로 날랐네

푸른 구름은 언제나 방사(方士)의 부엌에 감돌고
맑은 연기는 은자(隱者)의 화로 떠나지 않네

삼청(三淸)의 기화요초(琪花瑤草) 부러울 필요 없고
구절(九節)의 신령한 싹 원할 게 무어랴

내가 북경에서 몇 광주리 사 와서
때로 달여 마시니 얼마나 맑고도 향기로운지

141

한 잔에 입안 갈증 해소시키고
두 잔에 마른 창자 적셔 주나니

가슴속 불평한 기운 모두 씻어 내리니
맛 좋은 술인들 이 맛을 당할쏘냐

기이한 뿌리를 조선에 옮긴다면
마땅히 인삼과 귀함을 다투리라

오래 마신다고 장수할 순 없겠지만
자주 마시면 신령(神靈)과 통할 수 있다네

남쪽의 거친 땅에 가장 잘 자라니
내 번민 깨뜨리고 내 비린내 씻어 주네

담배가 가래에 특효 있다 말 말고
율무가 장독(瘴毒)에 좋다는 말 하지 마라

내 다가(茶歌) 지어 차의 공덕 칭송하니
짧은 시로 그 오묘함을 다하지 못하겠네

詠茶

中州有茶始於宋　大小龍團非一種
前丁後蔡競投進　武夷陽羨爭來貢
王公惟合至尊餘　貴之不啻瓊漿如
後來此物遍天下　粟粒金芽載以車
碧雲長繞方士廚　淸煙不散幽人爐
三淸瑤草不必羨　九節靈苗何足須
我於燕市得數筐　有時煎喫何淸香
一鍾能令解渴吻　二鍾能得潤枯腸
胸中降盡不平氣　美酒安能當此味
若使異根移東土　宜與三椏爭其貴
久服雖不得遐齡　頻飮自可通仙靈
南來惡地最相宜　破余孤悶滌余腥
君莫言煙草治痰有奇效　又莫言薏苡勝瘴爲良料
我作茶歌頌茶功　短篇不能盡其妙

—『이우당집』(二憂堂集) 권2

대룡단(大龍團) 소룡단(小龍團)-북송의 정위(丁謂)가 복건 조운사(漕運使)로 있던 997년에 무이산에서 생산되는 찻잎으로 단차(團茶-일종의 떡차)를 만들어 조정에 진상했는데 포장지에 용(龍)과 봉(鳳)을 그려 넣었다고 해서 이를 용봉단차(龍鳳團茶)라 불렀고, 후에는 대용봉단차(大龍鳳團茶)라 불렀다. 그 후에 역시 복건 조운사로 있던 채양(蔡襄)이 대

용봉단차의 제작 방법을 더욱 개선해서 만든 차를 조정에 진상했는데 이를 소용봉단차(小龍鳳團茶)라 불렀다. 이 시에서는 이를 대룡단, 소룡단으로 줄여 표현한 것이다. •무이(武夷)와 양선(陽羨)-무이는 복건성에 있는 지명이고, 양선은 강소성에 있는 지금의 의흥(宜興)으로 모두 명차의 생산지이다. •경장(瓊漿)-진귀한 음료를 나타내는 말. •푸른 구름, 맑은 연기-차를 달일 때 나는 거품과 연기. •삼청(三淸)-도교에서 옥청(玉淸), 상청(上淸), 태청(太淸)의 삼천(三天)을 일컫는 말인데 여기서는 신선이 산다는 선경(仙境)을 이른다. •구절(九節)의 신령한 싹-구절포(九節蒲), 즉 아홉 마디 이상 되는 창포로 장수하는 선약(仙藥)으로 일컬어진다. •장독(瘴毒)-산과 내에서 올라오는 나쁜 기운으로, 열병의 원인이 된다.

조태채는 1713년 동지사(冬至使)로, 1721년 사은사(謝恩使)로 두 차례 중국을 다녀왔는데 이때 용봉단차를 구입해 온 것으로 보인다. 이 시에서 "마땅히 인삼과 귀함을 다투리라", "담배가 가래에 특효 있다 말 말고/율무가 장독(瘴毒)에 좋다는 말 하지 마라"라고 말한 것으로 보아 조태채는 용봉단차의 약리적 효능에 특히 관심을 가진 듯하다.

유
일

有一, 1720~1799

자는 무이(無二), 호는 연담(蓮潭), 속성은 천씨(千氏)이다.

18세에 출가하여 수련과 강경(講經)을 하다가 장흥

보림사(寶林寺)에서 세수 80세에 입적했다.

6
행실 닦고 공력 늘어
점점 도(道)의 싹이 자라니

날마다 하는 일은 채소 심고 꽃에 물 주는 것
밝은 달을 벗 삼고 흰 구름으로 집 삼으니

승복 한 벌, 밥 한 그릇, 한 잔 차로 족하다네

和中峰樂隱詞

行增功加 漸抽道芽
日用事種菜灌花 明月爲友白雲爲家
足一衲衣一鉢飯一碗茶

10

외진 암자, 낮은 울에
온갖 귀한 풀과 꽃

세 번 꺾이고 네 번 기울어진 대나무 숲
발 너머 구름 일고 시내에 달빛 비치니

소반엔 나물 있고, 솥엔 밥 있고, 단지에는 차가 있어
　즐겁네

幽庵短笆　瑤草琪花
一叢竹三曲四斜　簾生雲氣溪印月華
喜盤有蔬鼎有餗瓶有茶
―『연담대사임하록』(蓮潭大師林下錄) 권1

중봉(中峰)-원대(元代)의 고승 중봉명본(中峰明本, 1263~1323).

중봉 스님의 「낙은사」에 화답한 시로 모두 16수인데 여기서는
2수만 번역했다. 연담의 제자인 아암혜장(兒庵惠藏)도 중봉의
「낙은사」에 화답한 시 16수를 남겼다.

정
약
용

丁若鏞, 1762~1836

자는 미용(美庸), 호는 다산(茶山)·사암(俟菴), 시호는 문도(文度),
본관은 나주(羅州)이다. 28세 때 문과에 급제하여 정조의 총애를
받으며 관직 생활을 하다가 1801년 천주교도라는 죄명으로
18년간 강진(康津)에 유배되었다.『목민심서』(牧民心書),
『경세유표』(經世遺表),『흠흠신서』(欽欽新書)를 비롯하여 500여
권의 방대한 저술을 남겼으며 실학을 집대성한 학자로 알려져
있다.『여유당전서』(與猶堂全書)가 전한다.

혜장 상인에게 부쳐 차를 빌다

들으니 석름봉(石廩峯) 아래
예로부터 좋은 차가 난다지

때는 마침 보리 말릴 시절이라
기(旗)도 펴고 창(槍) 역시 돋았을 터

궁하게 살면서 장재(長齋)가 습관 되어
누린내 나는 것 이미 싫어졌다오

꽃무늬 돼지고기, 닭으로 쑨 죽은
호사스러워 함께 먹기 어렵고

다만 근육이 땅겨 고통스럽고
때로는 술에 취해 깨지 못하니

기공(己公)의 찻잎을 빌려
육우(陸羽)의 솥에다 달였으면 하오

보시하여 이 병을 물리친다면
뗏목으로 물 건너 줌과 무어 다르랴

불에 덖어 말리기를 법대로 해 주오
그래야 우려낼 때 색이 곱겠지

寄贈惠藏上人乞茗

傳聞石廩底　由來產佳茗
時當曬麥天　旗展亦槍挺
窮居習長齋　羶膩志已冷
花猪與粥雞　豪侈邈難竝
秪因痃癖苦　時中酒未醒
庶藉己公林　少充陸羽鼎
檀施苟去疾　奚殊津筏拯
焙曬須如法　浸漬色方澄

—『여유당전서·시문집』(與猶堂全書·詩文集) 권5

혜장(惠藏)-1772~1811. 호는 아암(兒庵)으로 어려서 중이 되었다.
•석름봉(石廩峯)-전라남도 강진군 만덕산(萬德山)에 있는 봉우리 이
름. •기(旗), 창(槍)-찻잎이 막 돋아난 새싹을 창(槍)이라 하고 좀 더 핀
상태를 기(旗)라고 한다. •장재(長齋)-불가에서 한낮이 넘도록 굶는 것
을 재(齋)라 하고 그것을 반복하는 것을 장재(長齋)라 한다. •기공(己
公)-당나라 승려 제기(齊己). 차에 대하여 일가견이 있어 많은 차시를
지었다(제기의 시에 관해서는 이 책 328면 86번, 330면 87번 시 참조).

150

정약용은 강진에서 귀양살이하던 1805년에 만덕사(萬德寺) 스님 혜장을 처음 만나 그에게 『주역』을 가르쳐 주고 그로부터 차(茶)를 배우며 깊은 친교를 맺었고 이로부터 다산은 차의 세계에 깊이 빠져들었다. 혜장은 불행히도 40세에 세상을 떴는데 지금 해남(海南) 대흥사(大興寺)에 정약용이 지은 「아암장공탑명」(兒庵藏公塔銘)을 새긴 비석이 남아 있다.

.

48   혜장이 나를 위하여 차를 만들었는데 마침 그의
        문도 색성이 나에게 준 것이 있다고 해서 보내 주지
        않았으므로 원망하는 말로써 마저 주기를 요구했다

        옛날에 여가(與可)는 대나무를 탐하더니
        지금은 탁옹(籜翁)이 차를 탐한다오

        더구나 그대는 다산(茶山)에 살고
        산 가득 자줏빛 새싹이 돋아났겠다

        제자의 마음은 비록 후하나
        선생의 예(禮)는 자못 냉랭해

        백 근이라도 사양하지 않을 텐데
        두 꾸러미 함께 보내 줘야지

        술 같으면 한 병만으로
        어찌 길이 취할 수 있겠는가

        언충(彦沖)의 찻잔은 이미 비어 있는데
        미명(彌明)의 돌솥을 그냥 놀리란 말인가

        이웃에 토사곽란 앓는 자 많은데

152

찾아오면 어떻게 구제하리오

그렇지, 푸른 시내 위 달이
마침내 구름 헤치고 맑은 얼굴 내밀겠지

藏旣爲余製茶 適其徒贐性有贈 遂止不予 聊致怨詞 以徼卒惠

與可昔饞竹　籜翁今饕茗

況爾捿茶山　漫山紫箰挺

弟子意雖厚　先生禮頗冷

百舠且不辭　兩苞施宜竝

如酒只一壺　豈得長不醒

已空彦沖瓷　辜負彌明鼎

四鄰多霍癖　有乞將何拯

唯應碧澗月　竟吐雲中瀓

—『여유당전서·시문집』 권5

─────

여가(與可)-송나라 문동(文同)의 자(字). 특히 대나무를 잘 그렸다. •탁
옹(籜翁)-정약용의 호. •자줏빛 새싹〔紫箰〕-"紫箰"(자순)은 紫筍 또는
紫笋으로도 표기한다. 육우는 『다경』 「일지원」(一之源)에서 "양지바른
벼랑이나 그늘진 숲에서 나는 차는 (색깔로는) 자줏빛〔紫〕 나는 것이
상품이고 녹색 빛〔綠〕 나는 것이 그다음이다. (모양으로는) 죽순〔筍〕 같

153

은 모양의 차가 상품이고 새싹〔芽〕같은 모양의 차가 그다음이다"(陽崖
陰林 紫者上 綠者次 筍者上 芽者次)라고 했다. 육우가 만년에 절강성 장
흥(長興)과 강소성 양선(陽羨, 지금의 의흥)의 접경 지역에 있는 고저산
(顧渚山)에서 나는 차를 품평하면서 "향기가 세상에 으뜸이다. 추천하
여 상품(上品)으로 삼을 만하다"라고 했는데 후일 『다경』의 구절 중
'자'(紫)와 '순'(筍)을 따서 이 차를 '자순차'(紫筍茶)라 불렸고 이후 조
정에 진상하는 공차(貢茶)가 되었다. 여기서는 다산에서 나는 좋은 차
를 자순차에 비긴 것이다. •제자-혜장의 제자 색성(賾性). 그는 차에
조예가 깊었고 정약용에게 자주 차를 보냈던 것으로 보인다. •선생-
혜장을 가리킨다. •언충(彦沖)-유자휘(劉子翬, 1101~1147)의 자(字).
호는 병산병옹(屛山病翁)으로 주자(朱子)의 스승이다. 차를 몹시 좋아했
다고 한다. 여기서는 정약용 자신을 유자휘에 비긴 것이다. •미명(彌
明)-형산(衡山)의 도사인 헌원미명(軒轅彌明). 그는 한유(韓愈)의 제자
들과 돌솥〔石鼎〕을 두고 연구(聯句)를 지어 그들을 무릎 꿇게 하였다.

정약용의 '혜장에게 차를 청하는 글'

이 나그네는 요즘 차를 탐내어 약물 삼아 마시고 있다오. 육우
의 『다경』 3편의 묘한 뜻을 완전히 통달했고, 병든 속에 노동의
일곱 사발 차를 벌컥벌컥 들이켠다오. (중략) 아침 꽃이 막 피어
나고 뜬구름이 맑은 하늘에 하얗게 깔릴 때, 낮잠에서 막 깨어나
밝은 달이 푸른 시내에 걸려 있을 때, 작은 구슬 같은 눈발이 날
리고 화로에 자줏빛 새싹〔紫筍〕의 향기가 흩날릴 때 새 물을 길
어다 불을 지펴서 뜰에 자리를 깔고 백토(白菟)의 맛을 즐깁니
다. 홍옥(紅玉)으로 만든 꽃무늬 자기 찻잔의 화려함은 비록 노
공(潞公)에 미치지 못하지만 돌솥의 푸른 연기는 담박하고 소박
하기가 거의 한유(韓愈)에 가깝다오. 게 눈〔蟹眼〕이니 고기 눈
〔魚眼〕이니 하며 즐기던 옛사람의 기호는 다만 깊었을 뿐이고
궁중에서 나누어 주던 용단(龍團), 봉단(鳳團)은 이미 다하였다
오. 이제 나에게 깊은 병이 있어 애오라지 차를 구걸하는 심정
을 펼치오. 들으니 고해(苦海)의 중생을 제도(濟度)함에 보시를
베푸는 것이 가장 중요하다고 하니 이름난 산의 귀한 진액, 상서
로운 풀의 으뜸인 차를 몰래 보내 주오. 모쪼록 목마르게 바라
고 있음을 생각하고 은혜 베풀기에 인색하지 말기를 바라오.

旅人 近作茶饕 兼充藥餌 書中妙解 全通陸羽之三篇 病裏雄吞 遂竭盧
仝之七椀 (중략) 朝華始起 浮雲晶晶乎晴天 午睡初醒 明月離離乎碧

硼 細珠飛雪 山爐飄紫篸之香 活火新泉 野席薦白菟之味 花瓷紅玉 繁華雖遜於潞公 石鼎靑煙 澹素庶近於韓子 蟹眼魚眼 昔人之玩好徒深 龍團鳳團 內府之珍頒已罄 玆有采薪之疾 聊伸乞茗之情 竊聞 苦海津梁 最重檀那之施 名山膏液 潛輸艸瑞之魁 宜念渴希 毋慳波惠

―『여유당전서보유』(與猶堂全書補遺) '열수문황'(洌水文簧)

「이아암선자걸명소」(貽兒庵禪子乞茗疏)

―――――

노동(盧仝)의 일곱 사발 차-「다가」를 가리킨다. 이 책 295면 76번 시 참조. •자줏빛 새싹〔紫篸〕-이 책 152면 48번 시 참조. •백토(白菟)의 맛-미상. •노공(潞公)-북송의 정치가 문언박(文彦博). 노국공(潞國公)에 봉해졌기 때문에 그를 이렇게 부른 것이다. 소식(蘇軾)의 「시원에서 차를 달이다」(試院煎茶)에 "또 보지 못했는가, 지금의 노공이 서촉에서 차 달이는 걸 배워/홍옥을 깎아 만든 정주의 꽃무늬 찻잔에 따르는 걸"(又不見今時潞公煎茶學西蜀 定州花瓷琢紅玉)이란 구절이 있는 것으로 보아 노공이 화려한 다완을 사용했음을 알 수 있다. •돌솥-이 책 152면 48번 시 참조. •게 눈〔蟹眼〕, 고기 눈〔魚眼〕-이 책 56면 14번, 68면 18번 시 참조. •용단(龍團), 봉단(鳳團)- 이 책 141면 45번 시 참조. 여기서는 그가 마시던 좋은 차를 가리킨다.

―――――

정약용은 혜장을 만난 이래 그에게 차를 보내 달라는 시를 여러 편 썼을 뿐 아니라 1805년 겨울에 이 편지를 보냈다.

박
윤
묵

朴允默, 1771~1849

자는 사집(士執), 호는 존재(存齋), 본관은 밀양(密陽)이다. 시문과
글씨에 뛰어났다. 저서로 『존재집』이 있다.

49   엄산 현재덕 옹이 내국에서 숙직을 하면서 몸소
      차를 끓이기를 날마다 하였다. 때때로 나에게 차를
      보내오기에 시를 지어 사례한다

불을 피워 끓이니 게 눈이 생기고
솔바람 부는 곳에 흰 파도 경쾌하네

장손 댁 모임에서 순(筍)과 아(芽) 함께 먹고
자색(紫色) 좋다, 녹색(綠色) 좋다, 육우처럼 평하는데
    전기(錢起)가 장손(長孫) 댁에서 차 모임을 열었다.

온몸의 구멍 영통하여 잠은 달아나고
온갖 근심 사라져 기운이 평안하네

강심(江心)의 물맛은 얼마나 달던지
오늘 아침 한 사발의 정, 고맙고 고맙구려

弇山玄翁在德 於內局直中 躬自煎茶 日以爲常 有時饋我
作此詩以謝之

活火煎來蟹眼生　松風起處素濤輕
筍芽共啜長孫會　紫綠相推陸羽評
　　錢起於長孫宅爲茶會
萬竅靈通眠欲少　千愁劈破氣應平
江心水味甘如許　多謝今朝一椀情
—『존재집』(存齋集) 권2

게 눈-이 책 56면 14번, 68면 18번 시 참조. •솔 바람, 흰 파도-차가
끓는 소리와 끓는 모양. •순(筍)·아(芽)·자색(紫色)·녹색(綠色)-육우
가『다경』에서 차를 품평한 용어. 제2연은, 여러 가지 차를 마시면서 육
우처럼 찻잎을 품평한다는 뜻이다. •강심(江心)의 물맛-강심은 강의
한가운데를 말하는데 이곳의 물이 차를 달이기에 가장 좋다고 한다.

초
의

艸衣, 1786~1866

자는 중부(中孚), 법명은 의순(意恂), 본관은 나주, 속성은
장씨(張氏)이며, 초의(艸衣)는 법호이다. 15세 때 출가하여 후에는
정약용에게 시문을 배웠고 김정희(金正喜) 등과도 교유했다. 조선
다도의 정립자로 불린다. 저서로 『일지암유고』(一枝庵遺稿)가
있다.

1   하늘과 땅이 좋은 나무를 귤의 덕과 짝지우니

2   천성을 바꾸잖고 남국에서 나는데

3   빽빽한 잎은 눈과 싸워 겨우내 푸르고

4   흰 꽃은 서리에 씻겨 가을 송이 피우네

5   고야산(姑射山)의 신선인 양 분 바른 듯 고운 살갗

6   염부(閻浮)의 단금(檀金)인 양 예쁜 꽃술 맺었네

7   이슬에 맑게 씻긴 푸른 옥 같은 가지에

8   아침노을에 젖어 있는 물총새 혓바닥

◉ 차나무는 과로(瓜蘆)와 같고, 잎은 치자와 같고, 꽃은 백장미 같으
   며 꽃술은 황금색이다. 가을에 꽃이 피는데 맑은 향기가 은은하다.
◉ 이백(李白)이 이르기를 "형주(荊州) 옥천사(玉泉寺)의 푸른 시내가
   흐르는 여러 산에 차나무가 더부룩이 자라는데 가지와 잎이 푸른
   옥과 같다. 옥천사의 진공(眞公)이 늘 이 찻잎을 따서 마셨다"라
   했다.

───────────

고야산(姑射山)-신선이 산다는 전설상의 산. •염부(閻浮)의 단금(檀
金)-염부는 인도 갠지스강의 7대 지류 중 하나인데, 단금은 이 강에서

채취한 사금으로 적황색에 자줏빛을 띠고 있어 금 중에서 최고로 귀한
평가를 받았다. 여기서는 차꽃의 황금색 꽃술을 가리킨다.

9 하늘과 사람이 모두들 애지중지
10 너의 됨됨이가 참으로 기특하다
11 염제(炎帝)가 맛보고는 『식경』(食經)에 올렸고
12 제호(醍醐), 감로(甘露) 그 이름 예부터 전해 왔네

● 염제의 『식경』에 이르기를 "차를 오래 마시면 사람이 힘이 있고
  마음이 즐거워진다"라 했다.
● 왕자상(王子尙)이 팔공산(八公山)의 담재도인(曇齋道人)에게 갔는
  데 도인이 차를 대접하자 자상이 맛을 보고 말하기를 "이것은 감
  로(甘露)입니다"라 했다. 나대경(羅大經)의 「약탕」(瀹湯) 시에 "소
  나무에 바람 일고 빗소리 들리면/급히 구리 병 끌어다 대화로에서
  내려놓고/들려오던 소리 모두 고요해진 후/한 사발 춘설차가 제
  호보다 낫구나"라 하였다.

제호(醍醐)-이 책 115면 35번 시 참조.

¹³ 술 깨우고 잠 줄임은 주공(周公)이 증명했고

¹⁴ 거친 밥에 나물 반찬 안영(晏嬰)이라 알려졌지

¹⁵ 우홍(虞洪)은 제물을 바치고 단구자(丹邱子)에게 차
빌었고

¹⁶ 모선(毛仙)은 진정(秦精) 끌어 차 숲을 보여 줬네

● 『이아』(爾雅)에 "가(檟)는 고도(苦荼-차나무)이다"라 했고, 『광아』
(廣雅)에 "형주(荊州)와 파주(巴州)에서 잎을 따서 마시면 술을 깨
게 하고 사람의 잠을 적게 한다"라 했다.

● 『안자춘추』(晏子春秋)에 "안영이 제나라 경공(景公)의 재상으로 있
을 때 거친 밥에 구운 고기 세 꼬치와 새알 다섯 개와 차 나물을 먹
었을 뿐이었다"라 했다.

● 『신이기』(神異記)에 "여요(餘姚) 사람 우홍이 산에 들어가서 찻잎
을 따다가 한 도사를 만났는데 세 마리의 푸른 소를 끌고 있었다.
그는 우홍을 이끌어 포폭산(布瀑山)에 이르러 말하기를 '나는 단구
자(丹邱子)요. 그대가 차를 잘 갖추어 마신다는 얘기를 들어 늘 그
대의 차를 얻을 생각을 했었소. 산중에는 그대에게 줄 만한 좋은
차가 있으니 바라건대 훗날 마시고 남은 것이 있으면 보내 주기를
빕니다'라 했다. 이에 (단구자의) 제사를 지낸 후 산에 들어가면 항
상 좋은 차를 얻었다"라 하였다.

● "선성(宣城) 사람 진정(秦精)이 무창산(武昌山)에 들어가 찻잎을 따
다가 털이 난 사람을 만났는데 키가 10척이 넘었다. 그는 진정을
끌고 산 아래로 가서 차 숲을 보여 주고는 갔다. 조금 뒤에 다시 돌
아와 품속에서 귤을 꺼내어 진정에게 주었다. 진정은 겁이 나서 찻
잎을 짊어지고 돌아왔다."

163

『광아』(廣雅)-주공(周公)이 지었다고도 하는 『이아』의 속편 격인 『광아』는 위(魏)나라 장읍(張揖)이 지은 것인데 초의는 이를 주공의 저작으로 보았다. •우홍(虞洪), 진정(秦精)-우홍의 고사와 진정의 고사는 모두 육우의 『다경』에 실려 있는 글을 인용한 것인데 『다경』에는 진정의 고사가 『속수신기』(續搜神記)에 있음을 밝혔다. •상기 원주(原註)는 모두 『다경』에서 뽑은 것이다.

17 땅속에서도 만 전 돈 안 아끼고 사례했고
18 진수성찬 육청(六淸) 중에 으뜸이라 일컬었지
19 수(隋) 문제(文帝) 두통 고친 것 기이한 일로 전해지고
20 뇌소(雷笑)와 용향(茸香)이 차례로 생겨났네

● 토섬현(菟剡縣) 진무(陳務)의 아내는 젊어서 두 아들과 함께 과부로 살면서 차 마시기를 좋아했는데, 집안에 옛 무덤이 있어 차를 마실 때마다 문득 먼저 제사를 지냈다. 두 아들이 말하기를 "옛 무덤이 어찌 알겠습니까? 사람의 마음만 수고로울 뿐입니다"라 하고 파 없애려고 했으나 어머니가 막아서 그만두었다. 그날 밤 꿈에 한 사람이 나타나 말하기를 "내가 여기에 머문 지 300여 년이 되었는데 그대의 아들들이 항상 헐어 버리려고 하였으나 그대의 보호에 힘입고 도리어 좋은 차까지 받아 마셨다. 비록 깊은 땅속의 썩은 뼈라 하더라도 어찌 그 보은을 잊겠는가"라 하였다. 새벽이 되자 뜰 가운데서 돈 10만 냥을 얻었다.
● 장맹양(張孟陽)의 「등루」(登樓) 시에 "진수성찬이 수시로 나오는

데/온갖 맛이 묘하고 빼어나다/향기로운 차는 육청(六淸)의 으뜸
이요/뛰어난 맛은 온 천하에 퍼졌다"라 했다.

● 수 문제가 즉위 전 꿈에 신(神)이 그의 뇌골(腦骨)을 바꾸었는데 이
때부터 두통을 앓았다. 홀연히 한 스님을 만났는데 "산속에 있는
찻잎으로 고칠 수 있다"고 말하여 문제가 마셨더니 효험이 있었
다. 이에 천하 사람들이 비로소 차 마시는 것을 알게 되었다.

● 당나라 각림사(覺林寺)의 지숭(志崇) 스님이 세 가지 품질의 차를
만들고는 경뢰소(驚雷笑)는 자기가 마시고, 훤초대(萱草帶)는 부처
님께 공양하고, 자용향(紫茸香)으로는 손님을 접대했다고 한다.

토섬현 진무……-이 구절은 육우의 『다경』에 있는 글이다. •장맹양의
「등루」……-이 구절도 『다경』에 있는 글인데 장맹양은 서진(西晉)의 문
학가 장재(張載)로 맹양(孟陽)은 그의 자(字)이다. 「등루」 시의 원제목은
「등성도루」(登成都樓)이다. 원시는 32구로 되어 있는데 『다경』에서 이
중 16구만 인용했고 『동다송』에서는 또 4구만 인용했다. •육청(六淸)-
『동다송』에 '육정'(六情)으로 되어 있는데 '육청'이 옳다. 여섯 가지 맑
은 음료로, 물·미음〔漿〕·단술〔醴〕·맑은 장〔涼〕·식초〔醫〕·기장술〔酏〕
을 말한다. •수 문제……-이 구절은 청나라 육정찬(陸廷燦)이 편찬한
『속다경』(續茶經)의 『잠각유서』(潛确類書)에 권서문(權紓文)의 말로 나
온다.

21 당나라 상식(尙食)은 온갖 진미를 올렸는데
22 심원(沁園)에선 오직 자영(紫英)만을 기록했지

²³ 법대로 만든 두강차(頭綱茶)는 이때부터 성행했고

²⁴ 맑고 어진 명사들이 깊은 맛이라 자랑했네

● 당나라 덕종(德宗)은 동창공주(同昌公主)에게 음식을 내릴 때마다
차에는 녹화(綠花) 자영(紫英)의 호칭이 있었다.

● 『다경』에 차의 맛을 일컬어 준영(雋永)하다고 했다.

상식(尙食)-천자의 식사를 맡은 벼슬. ・심원(沁園)-후한 명제(明帝)의
딸 심수공주(沁水公主)의 원림인데, 일반적으로 공주의 원림을 뜻하는
말로 쓰인다. ・두강차(頭綱茶)-경칩이나 청명 전에 만든 그해 첫 공차
(貢茶). ・당나라…있었다-동창공주 이야기는 『속다경』 속에 당소악
(唐蘇鶚)의 『두양잡편』(杜陽雜編)에 나온다. ・준영(雋永)-살져 맛이 좋
은 고기처럼 깊은 맛이 난다는 뜻이다.

²⁵ 비단 장식 용봉차(龍鳳茶)는 점점 더 화려해져

²⁶ 만금을 들여서 떡차 백 개를 만들었다

²⁷ 누가 알랴, 참된 색과 향이 넉넉한 차라도

²⁸ 한번만 오염되면 참된 본성 잃는 줄을

● 대소 용봉단차(龍鳳團茶)는 정위(丁謂)가 만들기 시작해서 채군모
(蔡君謨-채양蔡襄)가 완성했다. 향과 약을 섞어 떡을 만들고 떡차
위에 용과 봉의 무늬로 장식했는데 임금께 바치는 것은 금으로 꾸

166

며 만들었다. 동파의 시에 "자금(紫金) 같은 떡차 100개에 만전(萬錢)을 소비했네"라 했다.

● 『만보전서』(萬寶全書)에 "차는 스스로 참된 향과 참된 맛과 참된 색을 지니고 있지만 한번 다른 것에 오염되면 문득 참된 본성을 잃는다"라 했다.

용봉단차(龍鳳團茶)-용봉단차에 대해서는 이 책 141면 45번 시 참조.
• 자금(紫金)-일종의 진귀한 광물이다.

29 도인(道人)은 차의 아름다움 온전히 하고자
30 일찍이 몽산(蒙山) 꼭대기에 손수 차를 심어서
31 다섯 근을 얻어서 임금께 바치니
32 길상예(吉祥蕊)와 성양화(聖楊花)가 그것이로다

● 부대사(傅大士)가 스스로 몽산 꼭대기에 살면서 암자를 짓고 차나무를 심었다. 무릇 3년 만에 매우 좋은 차를 얻었는데 이를 성양화, 길상예라 불렀다. 모두 다섯 근을 가지고 돌아와 임금께 바쳤다.

33 설화차(雪花茶)와 운유차(雲腴茶)는 강렬한 향기 다투고
34 쌍정차(雙井茶)와 일주차(日注茶)는 강소(江蘇)

절강(浙江)에서 유명하네

35 건양(建陽)과 단산(丹山)은 푸른 물의 고을이라

36 품질은 특별히 운간월(雲澗月)을 높였네

● 소동파의 시에 "설화(雪花)와 양각(兩脚)을 어찌 족히 말하리오"라
했고, 황산곡(黃山谷)의 시에 "강남의 우리 집에서 운유차(雲腴茶)
를 딴다"라 했다. 동파가 절간에 이르니 범영(梵英) 스님이 지붕을
이어 매우 깨끗했다. 차를 마시는데 향기가 짙어 묻기를 "이 차는
햇차입니까?"라 하니 범영 스님이 말하기를 "차의 본성은 햇차와
묵은차를 섞으면 향과 맛이 살아나지요"라 하였다. 잎차는 절강성
에서 나는데 절강성의 차 품질은 일주차(日注茶)가 제일이다. 경우
(景祐, 1034~1037) 연간 이래로 홍주(洪州)의 쌍정차와 백아차(白
芽茶)가 점차 성해졌는데 근세에는 차 만드는 법이 더욱 정교해져
그 품질이 일주차보다 훨씬 뛰어나 드디어 잎차 중에서 제일이 되
었다.

● 『돈재한람』(遯齋閑覽)에 "건안차(建安茶)는 천하제일이다"라 했다.
손초(孫樵)가 초 형부(焦刑部)에게 차를 보내면서 말하기를 "만감
후(晚甘侯) 15인을 보내어 계시는 거처에서 모시게 하옵니다. 이
들은 우레가 칠 때〔乘雷〕 따서 물에 절하고〔拜水〕 만든 것입니다.
대개 건양과 단산 푸른 물의 고을에서 나는 월간차(月澗茶)와 운감
차(雲龕茶)는 삼가 천하게 사용해서는 안 됩니다"라 하였다. 만감
후는 차의 이름이다. 다산 선생은 「걸명소」(乞茗疏)에서 "아침 꽃
이 막 피어나고 뜬구름이 맑은 하늘에 하얗게 깔릴 때, 낮잠에서
막 깨어나 밝은 달이 푸른 시내에 걸려 있을 때"라 하였다.

운간월(雲澗月)-『돈재한람』의 '월간'(月澗)과 '운감'(雲龕)을 시 본문에

서 '운간월'로 표현한 것으로 보인다. 다산의 「걸명소」는 이 책 155면 「혜장에게 차를 청하는 글」(貽兒庵禪子乞茗疏) 참조.

37 우리나라에 나는 것도 중국 차와 원래 같아
38 색과 향, 기(氣)와 맛이 한 공력이라 논하고
39 육안차(陸安茶)의 맛에다 몽산차(蒙山茶)의 약효까지
40 옛사람은 두 가지를 겸했다고 평가했네

● 「동다기」(東茶記)에 이르기를 "어떤 사람은 우리나라 차의 효험이 월(越)에서 생산되는 차에 미치지 못한다고 의심한다. 내가 보기에는 색과 향과 기와 맛이 조금도 차이가 없다. 『다서』(茶書)에 이르기를 '육안차는 맛이 뛰어나고 몽산차는 약효가 뛰어나다'라고 했는데 우리나라 차는 대체로 이 두 가지를 겸했다. 만약 이찬황(李贊皇)과 육우가 있었다면 반드시 내 말을 옳다고 할 것이다"라 했다.

• 옛사람-「동다기」를 쓴 이덕리(李德履)를 가리킨다. • 「동다기」(東茶記)-「동다기」에 대해서는 이 책 234면 참조. • 월(越)에서 생산되는 차-중국 차를 가리킨다.

⁴¹ 청춘을 되돌리는 신통한 효험 빨라

⁴² 여든 살 노인 얼굴 복사꽃처럼 붉어지네

⁴³ 내게 있는 유천(乳泉)으로 수벽탕(秀碧湯),
   백수탕(百壽湯)을 만들어

⁴⁴ 어떻게 남산 앞 해옹(海翁)께 갖다 바칠까

● 이백이 말하기를 "옥천산의 진공(眞公)은 나이 팔십인데 얼굴이 복사꽃, 오얏꽃 같다. 이 차의 향기는 맑기가 다른 곳에서 나는 것과 달라서 능히 청춘을 되돌리고 사람으로 하여금 장수하게 한다"라 했다.

● 당나라 소이(蘇廙)가 『십육탕품』(十六湯品)을 지었다. (그중에) "세 번째 백수탕은 사람이 백 번 숨 쉬는 시간을 넘어 물을 열 번 이상 끓인 것인데 이 때문에 혹은 말을 못 하고 혹은 일을 멈추기도 한다. 만일 이를 가져다 쓰면 탕은 이미 본성을 잃는다. 감히 묻노니, (이 백수탕을 마시고) 백발창안(白髮蒼顔)의 노인이 활을 잡고 화살을 당겨 과녁을 맞힐 수 있겠는가? 또 힘차게 활보하며 먼 길을 갈 수 있겠는가?"라 하였다. 또 "여덟 번째 수벽탕은, 돌은 하늘과 땅의 빼어난 기운이 엉겨 형체를 이룬 것이니 그 돌을 쪼아서 그릇을 만들면 빼어난 기운이 여전히 남아 있기 때문에 그 탕에 불량함이 있을 수 없다"라 했다. 근래에 유당(酉堂) 어른께서 남쪽 두륜산을 지나다가 자우산방(紫芋山房)에서 하룻밤을 묵고 그 샘물을 맛보고는 "맛이 수락(酥酪)보다 낫다"라 하였다.

유천(乳泉)-맑고 차고 감미로운 샘물. •옥천산의 진공⋯-이 구절은 이 책 241면 58번 시 참조. •해옹(海翁)-해거재(海居齋) 홍현주(洪顯

170

周)를 말한다. 초의는 홍현주의 부탁으로「동다송」을 지었다. •유당(酉堂)-추사 김정희의 아버지 김노경(金魯敬)의 호. 자우산방은 전라남도 대흥사 일지암(一枝庵).

45 또한 아홉 가지 어려움과 네 가지 향기의 현묘한 작용이 있는데

46 옥부대(玉浮臺) 위에서 좌선하는 너희들을 어떻게 가르치랴

47 아홉 가지 어려움을 범하지 않고 네 가지 향을 온전히 하면

48 그 지극한 맛을 구중궁궐에 바칠 수 있을 만해

● 『다경』에 이르기를 "차에는 아홉 가지 어려움이 있다. 첫째는 차를 만드는 일이고, 둘째는 차의 품질을 감별하는 일이고, 셋째는 찻그릇이고, 넷째는 불이고, 다섯째는 물이고, 여섯째는 덖는 것이고, 일곱째는 가루를 만드는 일이고, 여덟째는 끓이는 일이며, 아홉째는 마시는 일이다. 흐린 날 찻잎을 따서 밤에 불에 말리는 것은 제대로 된 조제법이 아니고, 씹어서 맛을 보고 향기를 맡는 것은 품질을 감별하는 법이 아니고, 누린내 나는 솥이나 비린내 나는 그릇은 옳은 찻그릇이 아니고, 진이 나는 장작과 부엌 숯은 좋은 불이 아니고, 쏟아지는 여울이나 괸 물은 물이 아니고, 겉은 뜨겁고 속이 선 것은 덖는 법이 아니고, 푸른 가루가 먼지처럼 날리는 것은 제대로 된 가루가 아니고, 서툴게 잡거나 손놀림이 급한 것은 끓이는 법이 아니고, 여름에는 많이 마시고 겨울에는 마시지 않는

171

것은 마시는 법이 아니다"라 하였다.

● 『만보전서』(萬寶全書)에 "차에는 진향(眞香)이 있고, 난향(蘭香)이 있고, 청향(淸香)이 있고, 순향(純香)이 있다. 겉과 속이 한결같은 것을 순향이라 하고, 설지도 익지도 않은 것을 청향이라 하고, 불기가 고르게 든 것을 난향이라 하고, 곡우 전에 신령함을 갖춘 것을 진향이라 하는데 이것을 네 가지 향기라고 한다"라 하였다.

● 지리산 화개동에는 차나무가 40~50리에 흩어져 자라고 있다. 우리나라 차밭의 넓이가 이보다 더 넓은 곳은 없다고 생각한다. 화개동에는 옥부대가 있고 옥부대 아래에는 칠불선원(七佛禪院)이 있다. 그곳에서 좌선하는 이들은 언제나 늦게 늙은 찻잎을 따서 장작불을 피워 솥에 끓이기를 나물국 끓이듯이 하여 (차가) 진하고 탁하며 색깔은 붉고 맛은 몹시 쓰고 떫었다. 바로 이른바 "천하의 좋은 차가 속된 솜씨로 못쓰게 되는 것이 많다"라는 것이다.

49 푸른 물결, 녹색 향이 마음에 스며들면

50 총명함이 사방에 통해 막힘이 없어지네

51 하물며 신령한 뿌리를 신산(神山)에 의탁했으니

52 선풍옥골(仙風玉骨) 지녀서 스스로 별종(別種)일세

● (차가) 마음의 군주[心君]에게 알현하는 것이다. 「다서」(茶序)에 이르기를, "찻잔에는 푸른 거품이 떠 있고, 맷돌에는 푸른 가루가 날린다"라 하였다. 또 이르기를 "차는 푸른 취색이 좋고, 거품은 남백색(藍白色)이 좋으며, 황색·흑색·홍색·어두운색은 좋은 품등에 들지 않는다. 구름 같은 거품이 상품이고, 푸른 거품이 중품이

172

며, 누런 거품이 하품이다"라 하였다. 진미공(陳糜公)의 시에 이르기를 "아름다운 그늘에 수레들 모여들어/영초(靈草-차)의 신기함을 맛보려고/죽로(竹爐)를 찾아내니/소나무 불이 이글이글 날리네/군자의 사귐은 물처럼 담박한데/차 겨루기는 치열하다네/녹색 향기 길에 가득하여/종일토록 돌아가기 잊었네"라 하였다.

● 지리산을 세상에서는 방장산(方丈山)이라 일컫는다.

진미공(陳糜公)- '미공'은 명나라 진계유(陳繼儒)의 호로, 인용된 시의 제목은 「시다」(試茶)이다. •지리산을…일컫는다-시 속의 신산(神山)이 지리산임을 밝힌 것이다.

53 푸른 싹과 붉은 순이 바위 뚫고 자라니
54 오랑캐 신발, 들소 가슴, 주름진 물결무늬 같고
55 맑은 밤이슬을 다 마시고 흠뻑 젖어
56 삼매경(三昧境)에 든 솜씨 속에 기이한 향 올라오네

● 『다경』(茶經)에 이르기를 "자갈밭에서 자란 것이 상품이고, 모래밭에서 자란 것이 다음이다"라 하였다. 또 말하기를 "골짜기에서 자란 것이 상품이다"라 하였다. 지리산 화개동의 차밭은 모두 골짜기와 자갈밭을 겸하였다. 『다서』(茶書)에 또 말하기를 "찻잎은 자줏빛 나는 것이 상품이고, 주름진 것이 다음이고, 녹색 빛 나는 것이 그다음이다. 죽순 모양이 상품이고, 새싹 모양이 다음이다. 그 생긴 모양이 오랑캐의 신발처럼 쭈그러진 것, 들소의 가슴처럼 모

173

서리가 젖어 있는 것, 가벼운 바람이 옷깃을 스치는 것처럼 맑고 촉촉한 것은 모두 차의 정수이다"라 하였다.

● 『다서』(茶書)에 이르기를 "차를 따는 시기는 제때에 맞추는 것을 귀중하게 여긴다. 너무 빠르면 차가 온전하지 않고 늦으면 신기(神氣)가 흩어진다. 곡우 5일 전이 상품이고, 곡우 5일 후가 다음이고, 또 다음 5일 후가 그다음이다. 그러나 우리나라 차에 적용하면 곡우 전후는 너무 이르니 마땅히 입하 전후를 적당한 때로 삼아야 한다. 찻잎을 따는 법은, 밤새 구름 없이 이슬에 젖은 것을 따는 것이 상품이고, 한낮에 따는 것이 그다음이며, 궂은비가 내릴 때는 차를 따지 말아야 한다.

● 동파가 겸(謙) 스님을 전송하는 시에 "도인이 새벽에 남병산(南屛山)에 나와서/삼매경에 든 솜씨로 차를 끓이네"라 하였다.

─────────

동파가…하였다-동파 시의 제목은 「송남병겸사」(送南屛謙師)이다.

57 그 속의 심오함, 미묘함은 드러내기 어려워
58 참된 정기는 체(體)와 신(神)을 나누지 말아야
59 체와 신이 온전해도 중정(中正)을 잃을까 염려되니
60 중정은 건(健)과 영(靈)이 어울림에 불과하네

● 『만보전서』「조다편」(造茶篇)에 이르기를, "찻잎을 새로 따서 늙은 잎을 가려서 버리고 뜨거운 솥에 말린다. 솥이 매우 뜨거워질 때를 기다렸다가 찻잎을 넣고 급히 덖는데 불을 늦춰서는 안 된다. 잘

익기를 기다려서 바야흐로 불을 물리고 체 안에 담아 가벼운 덩이를 몇 번 비빈 뒤에 다시 솥에 넣고 점점 불을 줄여 말리는 것을 법도로 한다. 그 가운데 심오한 이치가 있으나 말로 나타내기 어렵다"라 하였다. 『만보전서』「천품」(泉品)에 이르기를 "차는 물의 신(神)이고 물은 차의 체(體)이다. 참된 물이 아니면 차의 신을 드러내지 못하고 참된 차가 아니면 차의 체를 엿볼 수 없다"라 하였다.

● 『만보전서』「포법」(泡法)에 이르기를 "탕을 살펴 순숙(純熟-아주 익는 것)이 되면 곧 들어 올려 먼저 다관에 조금 따라서 냉기를 없애고 따라 낸 뒤에 찻잎을 넣는다. 찻잎의 많고 적음을 적절히 짐작하여 중(中)을 지나치거나 정(正)을 잃어서는 안 된다. 찻잎이 너무 많으면 맛이 쓰고 향이 가라앉으며, 물이 지나치면 맛이 적고 빛깔이 맑다. 다관을 두 번 사용한 후에는 다시 냉수로 씻어 내어 다관을 서늘하고 깨끗하게 한다. 그렇게 하지 않으면 차의 향이 줄어든다. 대개 다관이 뜨거우면 차의 신(神)이 건전하지〔健〕못하고, 다관이 맑으면 물의 본성은 의당 신령스럽다〔靈〕. 차와 물이 잘 어우러지기를 조금 기다린 후에 베에 걸러서 마신다. 베에 거르는 것이 빠르면 안 되니 빠르면 차의 신(神)이 나타나지 않는다. 마시는 것을 지체하면 안 되니 지체하면 묘한 향기가 먼저 사라진다"라 하였다. 평하여 말한다. "찻잎을 딸 때는 그 묘함을 다하고, 차를 만들 때는 그 정성을 다하고, 물은 참된 것을 얻고, 차를 우릴 때는 그 중(中)을 얻어서, 체(體)와 신(神)이 서로 조화를 이루며 건(健)과 영(靈)이 어우러지면 여기에 이르러 다도(茶道)가 완성된다.

61 옥화차(玉花茶) 한 잔 기울이자 겨드랑에 바람 일고

62 몸 가벼워 이미 상청경(上淸境)에 노닐어

175

63 밝은 달은 촛불 되고 친구도 되며
64 흰 구름은 자리 되고 병풍도 되어 주네

● 진간재(陳簡齋)의 「차시」(茶詩)에 "이 옥화차를 맛본다"라는 구절
이 있고, 노옥천(盧玉川)의 「다가」(茶歌)에 "오직 양쪽 겨드랑이에
서 맑은 바람이 솔솔 이는 것을 깨닫는다"라 하였다.

진간재(陳簡齋), 노옥천(盧玉川) - '간재'는 송나라 진여의(陳與義)의 호
이고, '옥천'은 당나라 노동의 호이다.

65 대숲 소리 솔바람 소리 모두가 서늘하여
66 맑고 찬 기운 뼛속 맑히고 마음이 평온하니
67 흰 구름과 밝은 달만 두 벗으로 허락하여
68 도인의 자리는 이것으로 승(勝)이 되네

● 차를 마시는 법에 "손님이 많으면 시끄럽고 시끄러우면 아담한 정
취가 사라진다. 혼자 마시는 것을 '신'(神)이라 하고, 손님이 둘이
면 '승'(勝)이라 하고, 서넛이면 '취'(趣)라 하고, 대여섯이면
'범'(泛)이라 하며, 일고여덟이면 '시'(施)라 한다"라 하였다.

東茶頌

1-2 后皇嘉樹配橘德 受命不遷生南國

3-4 密葉鬥霰貫冬靑 素花濯霜發秋榮

5-6 姑射仙子粉肌潔 閻浮檀金芳心結

7-8 沆瀣漱淸碧玉條 朝霞含潤翠禽舌

- 茶樹如瓜蘆 葉如梔子 花如白薔薇 心黃如金 當秋開花 淸香隱然云

- 李白云 荊州玉泉寺靑溪諸山 有茗草羅生 枝葉如碧玉 玉泉眞公常採飮

9-10 天仙人鬼俱愛重 知爾爲物誠奇絕

11-12 炎帝曾嘗載食經 醍醐甘露舊傳名

- 炎帝食經云 茶茗久服 人有力悅志

- 王子尙 詣雲齋道人于八公山 道人設茶茗 子尙味之曰 此甘露也 羅大經瀹湯詩 松風檜雨到來初 急引銅瓶移竹爐 待得聲聞俱寂後 一甌春雪勝醍醐

13-14 解醒少眠證周聖 脫粟伴菜聞齋嬰

15-16 虞洪薦餼乞丹邱 毛仙示藂引秦精

- 爾雅 檟苦茶 廣雅 荊巴間採葉 其飮醒酒 令人少眠

- 晏子春秋 嬰相齋景公時 食脫粟飯 炙三戈五卵茗菜而已

- 神異記 餘姚虞洪 入山採茗 遇一道士 牽三靑牛 引洪至布瀑山曰 予丹邱子也 聞子善俱飮 常思見惠 山中有大茗可相給 祈子他日有甌犧之餘 乞相遺也 因奠祀後 入山常獲大茗

177

- 宣城人秦精 入武昌山中採茗 遇一毛人 長丈餘 引精至山下 示以叢茗而去 俄而復還 乃探懷中橘以遺 精怖負茗而歸

17-18 潛壤不惜謝萬錢 鼎食獨稱冠六情

19-20 開皇醫腦傳異事 雷笑茸香取次生

- 剡縣陳務妻 與二子寡居 好飲茶茗 宅中有古塚 每飲輒先祭之 二子曰 古塚何知 徒勞人意 欲掘去之 母禁而止 其夜夢 一人云 吾止此三百年餘 卿子常欲見毀 賴相保護 反享佳茗 雖潛壤朽骨 豈忘翳桑之報 及曉於庭中 獲錢十萬
- 張孟陽登樓詩 鼎食隨時進 百和妙具殊 芳茶冠六情 溢味播九區
- 隋文帝微時 夢神易其腦骨 自爾而痛 忽遇一僧云 山中茗艸可治 帝服之 有効 於是天下 始知飲茶
- 唐覺林寺僧志崇 製茶三品 驚雷笑自奉 萱艸帶供佛 紫茸香待客云

21-22 巨唐尙食羞百珍 沁園唯獨記紫英

23-24 法製頭網從此盛 清賢名士誇雋永

- 唐德宗 每賜同昌公主饌 其茶綠花紫英之號
- 茶經 稱茶味雋永

25-26 綵莊龍鳳轉巧麗 費盡萬金成百餅

27-28 誰知自饒眞色香 一經點染失眞性

- 大小龍鳳團 始於丁謂 成於蔡君謨 以香葉合而成餅 餅上餙以龍鳳紋 供御者 以金莊成 東坡詩 紫金百餅費萬錢
- 萬寶全書 茶自有眞香眞味眞色 一經他物點染 便失其眞

29-30 道人雅欲全其嘉 曾向蒙頂手栽那

178

31-32　養得五斤獻君王 吉祥蕋與聖楊花

◉ 傳大士 自住蒙頂 結菴種茶 凡三年 得絕嘉者 號聖楊花吉祥蕋 其五
斤持歸供獻

33-34　雪花雲腴爭芳烈 雙井日注喧江浙

35-36　建陽丹山碧水鄉 品題特尊雲月澗

◉ 東坡詩 雪花雨脚何足道 山谷詩 我家江南採雲腴 東坡至僧院 僧梵
英 葺治堂宇嚴潔 茗飲芳烈 問此新茶耶 英曰 茶性新舊交 則味香復
草茶成兩浙 而兩浙之茶品 日注為第一 自景祐以來 洪州雙井白芽漸
盛 近世製作尤精 其品遠出日注之上 遂爲草茶第一

◉ 遯齋閑覽 建安茶爲天下第一 孫樵送茶焦刑部曰 晚甘候十五人 遣侍
齋閤 此徒乘雷而摘 拜水而和 盖建陽丹山碧水之鄉 月澗雲龕之品
愼勿賤用 晚甘候 茶名 茶山先生 乞茶疏 朝華始起 浮雲晶晶於晴天
午睡初醒 明月離離於碧澗

37-38　東國所產元相同 色香氣味論一功

39-40　陸安之味蒙山藥 古人高判兼兩宗

◉ 東茶記云 或疑東茶之効 不及產茶 以余觀之 色香氣味 小無差異 茶
書云 陸安茶以味勝 蒙山茶以藥勝 東茶盖兼之矣 若有李贊皇陸子羽
其人必以余言爲然也

41-42　還童振枯神驗速 八耋顏如夭桃紅

43-44　我有乳泉把成秀碧百壽湯 何以持歸木覓山前獻海翁

◉ 李白云 玉泉眞公 年八十 顏色如桃李 此茗香 清異于他 所以能還童
振枯 而令人長壽也

◉ 唐蘇廙 著十六湯品 第三曰百壽湯 人過百息 水逾十沸 或以話阻 或

179

以事癈 如取用之 湯已失性矣 敢問 皤鬢蒼頭之老夫 還可執弓抹矢
以取中乎 還可雄□ 濶步而邁遠乎 第八曰秀碧湯 石凝天地秀氣 而
賦形者也 琢而爲器 秀猶在焉 其湯不良 未之有也 近酉堂大爺 南過
頭輪 一宿紫芋山房 嘗其泉曰 味勝酥酪

45-46　又有九難四香玄妙用 何以敎汝玉浮坮上坐禪衆

47-48　九難不犯四香全 至味可獻九重供

- 茶經云 茶有九難 一曰造 二曰別 三曰器 四曰火 五曰水 六曰炙 七
  曰末 八曰煮 九曰飲 陰採夜焙 非造也 嚼味嗅香 非別也 羶鼎腥甌
  非器也 膏薪庖炭 非火也 飛湍壅潦 非水也 外熱內生 非炙也 碧粉飄
  塵 非末也 操艱攪遽 非煮也 夏興冬癈 非飲也
- 萬寶全書 茶有眞香 有蘭香 有淸香 有純香 表裡如一曰純香 不生不
  熱曰淸香 火候均停曰蘭香 雨前神具 曰眞香 此謂四香也
- 智異山花開洞 茶樹羅生四五十里 東國茶田之廣 料無過此者 洞有玉
  浮臺 臺下有七佛禪院 坐禪者 常晚取老葉曬乾 然柴煮鼎 如烹菜羹
  濃濁色赤 味甚苦澁 政所云 天下好茶 多爲俗手所壞

49-50　翠濤綠香纔入朝 聰明四達无滯壅

51-52　矧爾靈根托神山 仙風玉骨自另種

- 入朝于心君 茶序曰 甌泛翠濤 碾飛綠屑 又云 茶以靑翠爲勝 濤以藍
  白爲佳 黃黑紅昏 俱不入品 雲濤爲上 翠濤爲中 黃濤爲下 陳糜公詩
  綺陰攢盖 靈草試奇 竹爐幽討 松火怒飛 水交以淡 茗戰以肥 綠香滿
  路 永日忘歸
- 智異山世稱方丈

53-54　綠芽紫笋穿雲根 胡靴犎臆皺水紋

55-56　吸盡瀼瀼清夜露 三昧手中上奇芬

- 茶經云 生爛石中者爲上 礫壤者次之 又曰 谷中者爲上 花開洞茶田 皆谷中兼爛石矣 茶書又言 茶紫者爲上 皺者次之 綠者次之 如筍者 爲上 似芽者次之 其狀如胡人靴者 蹙縮然 如犎牛臆者 廉沾然 如輕 飆拂衣者 涵澹然 此皆茶之精腴也

- 茶書云 採茶之候 貴及時 太早則香不全 遲則神散 以穀雨前五日爲 上 後五日次之 後五日又次之 然而驗之 東茶 穀雨前後太早 當以立 夏前後爲及時也 其採法 徹夜無雲浥露採者爲上 日中採者次之 陰雨 下不宜採

- 老坡送謙師詩 道人曉出南屛山 來試點茶三昧手

57-58　中有玄微妙難顯 眞精莫敎體神分

59-60　體神雖全猶恐過中正 中正不過健靈倂

- 造茶篇云 新採揀去老葉 熱鍋焙之 候鍋極熱 始下茶急炒 火不可緩 待熟方退 徹入筐中 輕團枷數遍 復下鍋中 漸漸減火 焙乾爲度 中有 玄微 難以言顯 泉品云 茶者 水之精 水者 茶之體 非眞水 莫顯其神 非眞茶 莫窺其體

- 泡法云 探湯純熟 便取起 先注壺中小許 盪袪冷氣傾出 然後投茶葉 多寡宜的 不可過中失正 茶重則味苦香沉 水勝則味寡色清 兩壺後 又冷水湯滌 使壺凉潔 否則減茶香 盖罐熱則茶神不健 壺清則水性當 靈 稍候茶水冲和 然後令布釃飲 釃 不宜早 早則茶神不發 飲不宜遲 遲則妙馥先消 評曰 採盡其妙 造盡其精 水得其眞 泡得其中 體與神 相和 健與靈相倂 至此而茶道盡矣

61-62　一傾玉花風生腋 身輕已涉上淸境

63-64　明月爲燭兼爲友 白雲鋪席因作屛

181

● 陳簡齋茶詩 嘗此玉花句 盧玉川茶歌 惟覺兩腋習習生淸風

65-66 竹籟松濤俱蕭凉 淸寒瑩骨心肝惺

67-68 唯許白雲明月爲二客 道人座上此爲勝

● 飮茶之法 客衆則喧 喧則雅趣索然 獨啜曰神 二客曰勝 三四曰趣
五六曰泛 七八曰施也

68구에 달하는 「동다송」은 원래 단락이 구분되어 있지 않다.
여기에서는 독자들의 편의를 위하여 4구를 한 단락으로 하여
번역했다. 그리고 각 단락에 소속된 협주(夾注)도 각 단락 밑에
번역하여 붙였다. 이것은 어디까지나 독자의 편의를 위한
것이다. 그리고 협주 이외에 필요한 역주(譯注)도 따로 붙였다.
시 원문 다음이 협주(夾注) 즉 원주(原註)이고 그다음이
역주(譯注)이다. 「동다송」에 대한 개괄적인 해설은 이 책
236면을 참조하기 바란다.

김명희

金命喜, 1788~1857

자는 성원(性源), 호는 산천(山泉), 본관은 경주이다. 김정희의
아우로 1810년 진사시에 합격하여 현감을 지냈다.

51   차를 받고 사례하다

늙은이가 평소에 차를 즐기지 않아
하늘이 미워하여 학질에 걸렸는데

심한 열은 걱정 없고 타는 갈증 걱정되어
급하게 풍로에 차 싹을 달이네

연경(燕京)에서 들여온 건 가짜가 많아
향편(香片)이니 주란(珠蘭)이니 비단으로 쌌지만

들으니 좋은 차는 예쁜 여인 같다는데
이 계집종은 추하기 짝이 없네

초의가 갑자기 우전차(雨前茶)를 보내와
대껍질로 싼 응조(鷹爪)를 손수 개봉했다네

막힘 풀고 번뇌 씻어 공효가 뛰어나
우레 치듯 칼로 베듯 어찌 이리 굉장한가

노스님 차 고르길 부처님 고르듯 해
일창일기(一槍一旗)만 엄격히 지켜 땄네

능숙하게 덖고 말려 원통(圓通)을 얻었으니
향기와 맛 따라 바라밀(波羅蜜)에 들었네

이 비법 오백 년 만에 처음으로 드러나니
내 복이 옛사람보다 낫지 않겠나

알겠도다, 그 맛이 순유(純乳)보다 훨씬 나아
부처님 입멸(入滅) 전에 나지 못한 것 한탄 않네

차가 이리 좋은데 어찌 사랑하지 않으리
노동의 일곱 잔이 오히려 적다 하리

경망하게 바깥 사람에게 말하지 말게
산중 차에 세금 매길까 염려가 되니

謝茶

老夫平日不愛茶　天憎其頑中瘴邪
不憂熱殺憂渴殺　急向風爐瀹茶芽
自燕來者多贋品　香片珠蘭匣以錦
曾聞佳茗似佳人　此婢才耳醜更甚
艸衣忽寄雨前來　篛包鷹爪手自開
消壅滌煩功莫尙　如霆如割何雄哉

185

老僧選茶如選佛　一槍一旗嚴持律

尤工炒焙得圓通　從香味入波羅蜜

此秘始抉五百年　無乃福過古人天

明知味勝純乳遠　不恨不生佛滅前

茶如此好寧不愛　玉川七椀猶嫌隘

且莫輕向外人道　復恐山中茶出稅

—『초의시고』(艸衣詩稿) 권4

들으니…같다는데-소식(蘇軾)의 시에 "예부터 좋은 차는 미인과 같다
네"(從來佳茗似佳人)란 구절이 있다. 이 책 367면 97번 시 참조. •이 계
집종-중국에서 들여온 가짜 차를 말한다. •응조(鷹爪)-이른 봄에 돋
는 새싹을 창(槍)이라 하고 여린 잎을 기(旗)라 하는데, 하나의 새싹과
두 개의 여린 잎 즉 일창이기(一槍二旗)를 따서 만든 차를 작설(雀舌)이
라 하고, 일창삼기(一槍三旗)로 만든 차를 응조라 한다. 작설과 응조는
모두 곡우절 전에 딴 잎으로 만든 우전차(雨前茶)이기 때문에 고급 차
에 속한다. •원통(圓通)-일반적으로는 사리에 통달함을 뜻하고, 불교
에서는 보살의 깨달음의 경지를 뜻한다. •바라밀(波羅蜜)-불교에서
생사의 지경을 벗어나 피안(彼岸)에 도달하는 일. •노동(盧仝)의 일곱
잔-이 책 295면 76번 시 참조.

김명희가 초의로부터 차를 선물 받고 사례하는 시이다. 이 시를
받은 초의는 화답하는 차운시를 지어 보냈는데 제목은
「산천도인이 차를 받고 보내온 시에 화운하다」

186

(奉和山泉道人謝茶之作)이다. 김명희의 시는 『초의시고』 권4에 있는 초의의 차운시 뒤에 '원운'(原韻)으로 붙어 있다. 그리고 김명희의 원운 뒤에 다음과 같은 글이 붙어 있다.

학질을 앓고 갈증이 심하여 신령한 차를 구했는데, 요사이 연경의 가게에서 사 온 것은 수놓은 비단 주머니에 싸서 한갓 겉치장에만 치중했을 뿐 거친 가지와 단단한 잎이 입에 넣을 수가 없었다. 이때 초의가 보낸 차를 얻으니 응조(鷹爪)와 맥과(麥顆)라 모두 곡우 이전의 좋은 제품이었다. 한 잔을 다 마시기도 전에 갑자기 번뇌를 씻어 내고 갈증을 해소시키니 전욱(顓頊)의 갑옷이 이미 90리나 물러나 있었다. 고려 때 차를 심게 하여 공물(貢物)과 궁중의 하사품에 모두 차를 사용했다. 500년 동안 우리나라에 차가 있는 것을 몰랐는데, 찻잎을 따고 덖어 오묘함이 삼매경에 든 것은 초의로부터 비롯되었다. 그 터득한 공덕이 참으로 한량없다. 산천 노인이 병든 팔뚝으로 쓴다.

病瘧渴甚 乞靈茗椀 近日燕肆購來者 錦囊繡包 徒尙外飾 麤柯梗葉 不堪入口 此時得艸衣寄茶 鷹爪麥顆 眞雨前佳品也 一甌未了 頓令滌煩解渴 顓氏之冑 已退三舍矣 麗朝令植茶 土貢內賜皆用茶 五百年來 不識我東有茶 探之焙之 妙入三昧 始於艸衣 得之功德 眞無量矣 山泉老人試病腕

초의에게 보낸 김명희의 시에 대해서는 정민 교수의 『새로 쓰는 조선의 차 문화』(김영사, 2011) 474면 이하에 자세하다.

황
상

黃裳, 1788~1863

호는 치원(巵園)으로 다산 정약용이 강진 유배지에서 가르친 첫
제자이다. 후에는 초의와도 교유했으며, 다산 사후에 다산의
아들들과 정황계(丁黃契)를 맺었다.

육우의 좋은 차는 명성만 들었고
건안(建安)의 차 겨루기는 소문만 전하는데

승뢰(乘雷)니 배수(拜水)니 귀만 시끄러울 뿐
초의 선사 새싹 따서 만든 것만 못하도다

댓잎과 함께 덖어 새로운 경지 이뤘으니
북원(北苑) 이후로 집대성하였다네

명선(茗禪)이란 아호는 학사(學士)께서 준 것이고
초의차(草衣茶)란 이름은 선생에게 받은 것

내가 사는 골짝이 남령(南零)엔 못 미쳐도
그나마 전천(箭泉) 아래 둘 만은 하니

청컨대 그대는 자용향(紫茸香)을 아끼지 마오
고기 눈과 솔바람이 티끌로 속된 속을 서너 차례 씻어
　　주리니

乞茗詩

陸羽善茶但聞名　建安勝負獨傳聲

乘雷拜水徒聒耳　不如草師摹衆英

竹葉同炒用新意　北苑以後集大成

茗禪佳號學士贈　草衣茶名聽先生

我溪不及南零者　猶能可居箭泉下

請君莫惜紫茸香　魚眼松風塵肚俗腸三廻四廻瀉

—『치원유고』(巵園遺稿) 권2

건안(建安)의 차 겨루기-이 책 50면 13번 시 참조. •승뢰(乘雷), 배수
(拜水)-초의의 「동다송」(東茶頌) 주(註)에 "손초(孫樵)가 초 형부(焦刑
部)에게 차를 보내면서 말하기를, '만감후(晩甘侯) 15인을 보내어 계시
는 거처에서 모시게 하옵니다. 이들은 우레가 칠 때(乘雷) 따서 물에 절
하고(拜水) 만든 것입니다'라 했다"라는 기록이 보인다. 여기서 만감후
는 차의 이름인데 이를 의인화하여 말한 것이다(이 책 168면 참조).
•북원(北苑)-송 인종 때부터 차의 품질을 확보하기 위해 궁중에 설치
한 기구. •학사(學士)-김정희(金正喜)를 가리킨다. "추사가 명선이란
호를 주었다"(秋史贈茗禪之號)라는 원주(原註)가 달려 있다. •선생-정
약용의 아들 정학연(丁學淵)을 가리킨다. "유산은 좋은 차를 초의차라
했다"(酉山茶之善者 謂之草衣茶)는 원주가 달려 있는데, 유산은 정학연
의 호이다. •남령(南零)-물맛이 좋아 '양자강심 제일천'(揚子江心第一
泉)으로 불리는 명천(名泉). 당나라 이전에는 중령천(中泠泉)으로 불렸
다. •전천(箭泉)-"석가여래가 태자였을 때 백 리에 북을 세워 놓고 화
살 한 대를 쏘니 그 화살이 일곱 개의 북을 뚫고 땅으로 들어갔다. 그곳

191

에서 샘물이 솟아올랐는데 병든 사람이 이 샘물을 마시면 모두 나았다. 이 샘을 전천(箭泉)이라고 했다"(如來太子時 竪百里敲 放一箭 透七敲 箭入地 泉水涌出 病人飮則皆愈 名箭泉)라는 원주가 달려 있다. 여기서는 황상이 사는 골짜기의 물이 전천 다음은 간다는 뜻이다. •자용향(紫茸香)-오대(五代) 후당(後唐) 때 풍지(馮贄)가 쓴 『운선잡기』(雲仙雜記)에 나오는 말이다. 이 글에 의하면 각림원(覺林院)의 스님 지숭(志崇)이 차를 세 등급으로 나누어 제일 좋은 자용향(紫茸香)은 부처님께 바치고, 다음의 경뢰협(驚雷莢)은 손님 접대에 쓰고, 가장 못한 훤초대(萱草帶)는 자기가 마셨다고 한다. 여기서는 초의가 만든 차를 자용향에 비유한 것이다. •고기 눈과 솔바람-고기 눈은 차를 달일 때 생기는 거품을, 솔바람은 차가 끓을 때 나는 소리를 형용한 말이다.

황상은 정약용이 강진 유배 시절에 처음 만난 이른바 읍중 제자(邑中弟子) 6인 중에서 가장 아끼던 제자이고, 초의 또한 강진에서 '방외(方外)로 학연을 맺은 제자' 중에서 가장 아끼던 제자이다. 황상과 초의는 다산을 연결 고리로 서로 만났을 것으로 생각되는데, 두 사람이 본격적으로 교유하기 시작한 것은 정약용 사후인 1849년에 황상이 일지암으로 초의를 방문한 이후로 보인다. 당시 차에 깊이 빠져 있던 황상이 초의에게 차를 보내 달라고 요청하는 시이다.

이 시의 원주에 "유산(酉山) 정학연이 좋은 차를 초의차(草衣茶)라 했다"라 했지만 초의가 만든 차에 '초의차'란 명칭을 처음 부여한 사람이 정학연인지는 분명치 않다. 어쨌든 이 시를 통하여 초의차가 찻잎을 댓잎과 함께 덖어서

만들었다는 사실을 알 수 있고, 초의의 호 '명선'(茗禪)이 추사가
지어 준 호임도 확인되었다.

홍
현
주

洪顯周, 1793~1865

자는 세숙(世叔), 호는 해거재(海居齋)·약헌(約軒), 본관은
풍산이다. 홍석주(洪奭周)의 아우로 정조의 둘째 딸
숙선옹주(淑善翁主)와 결혼하여 영명위(永明尉)에 봉해졌다.
홍현주의 부친 홍인모(洪仁謨), 모친 영수합 서씨(令壽閤徐氏), 형
홍석주·홍길주(洪吉周) 등 일가가 모두 차를 즐겼다. 저서로
『해거재시집』이 있다.

계미년 겨울 섣달 납일(臘日)에
남창에서 해 높도록 실컷 자고 일어나니

구름 잠긴 대사립에 문 두드리는 사람 없고
눈에 싸인 매려(梅廬)엔 세속 티끌 끊어졌네

흰 깁으로 봉함한 옛 상자 꺼내 들자
보이차 덩어리에 둥근 달이 박혔네

봉함 여니 완연한 천 리 밖 얼굴
연남(燕南) 땅 친구의 정이 가득히 담겨 있네

방규원벽(方珪圓璧)이 곳곳에 넉넉하여
마른 솔, 늙은 홰나무 손길 따라 꺾어다가

오지 화로 수탄(獸炭)에 불기운이 살아나자
돌 냄비에 어안(魚眼) 일고 솔바람 소리 들리네

아이종에 못 맡기고 몸소 달이느라
머리 위 오사모(烏紗帽)가 반이나 기울었네

195

꽃 잔에 담아내니 아름다운 빛
한 잔에 갑자기 가슴이 트이네

통정(桶井)과 미천(尾泉)은 오히려 두 번째라
눈 녹인 물이 마른 목에 진정 알맞네

병이 많아 필요한 건 오직 차 마시는 일
내년을 기다려 남겨서 간직하리

臘雪水烹茶

冬十二月癸未臘　日高睡足南窓榻
雲鎖竹關無剝啄　雪擁梅廬絶塵雜
拈取舊篋白絹封　普洱茶膏月團搨
開緘宛見千里面　燕南故人情周匝
方珪圓璧隨處沃　枯松老槐信手拉
甌爐獸炭火候活　石銚魚眼松風颯
自煎不敢付僮僕　頭上半欹烏沙匼
花瓷盛來有佳色　一椀頓開襟鬲闟
桶井尾泉猶第二　寒英正與渴喉合
多病所須惟茗飲　留待明年剩貯納

—『해거재시초』(海居齋詩鈔) 권2

196

납일(臘日)-동지(冬至) 후 제3의 술일(戌日). 우리나라에서는 조선 태조 때부터 동지 후 제3의 미일(未日)로 정했다. •매려(梅廬)-매화나무가 심긴 집. •연남(燕南)-연경(燕京)의 남쪽 지역. •방규원벽(方珪圓璧)-송나라 때 어다원(御茶園)인 북원(北苑)에서 생산한 고급 단차(團茶)로 모양이 사각형 또는 원형이어서 이런 명칭이 생겼다. 여기서는 연남 땅 친구가 보내온 보이차를 가리킨다. •수탄(獸炭)-석탄을 가루로 만들어 짐승 모양으로 뭉쳐 놓은 것인데, 도성의 부호들이 이것을 태워서 술을 데워 마셨다고 한다. •어안(魚眼)-찻물이 끓을 때 생기는 거품. •솔바람 소리-찻물이 끓는 소리. •통정(桶井)과 미천(尾泉)-"서울 도성 가까운 곳에 있는 샘의 이름으로 맛이 매우 맑아서 도성 사람들이 다투어 길어 간다"(王城近地兩泉名 味甚淸 都人爭汲之)-원주. •눈 녹인 물-원문은 "寒英"(한영)으로 '눈꽃'이란 뜻이다.

이
상
적

李尙迪, 1804~1865

자는 혜길(惠吉), 호는 우선(藕船), 본관은 우봉(牛峯)이다.

역관(譯官)으로 김정희의 제자이다. 제주도 유배 시절에

김정희가 그린 〈세한도〉(歲寒圖)는 이상적에게 그려 준 것이다.

저서로 『은송당집』(恩誦堂集)이 있다.

작은 찻잔에 찻물을 따라 내니
일천 거품 어찌 저리 일어나는가

둥근 빛이 구슬처럼 흩어지는데
구슬마다 하나의 부처님이네

우리네 뜬 인생처럼 잠깐 사이인데도
천억 개 불신(佛身)이 황홀도 하다

이렇게 손과 눈이 열리고
이렇게 터럭이 나누어지네

깨달은 곳에선 일제히 머리 끄덕이고
참선할 땐 동시에 불자(拂子)를 세우니

누가 스승이고 누가 중생인가
나도 없고 물(物) 또한 없어졌다네

망망한 항하(恒河)의 모래알 같은 중생을
모두 구제함은 뗏목을 부른다고 될 일 아니라

199

거품이란 환상이어서 한 번 불면 그만이라
공(空)과 색(色)에는 조각달만 잠겼네

삼생(三生)의 금속영(金粟影) 여래께서는
좌망(坐忘)함이 어찌 그리 오뚝하던가

만 가지 인연이 참이 아니니
무엇을 기뻐하고 무엇을 화내랴

『다경』 읽어 육우의 등불을 전하고
시(詩)로써 옥천(玉川)의 의발(衣鉢) 받기 빌도다

把茶

小盌把茶水　千漚何蕩發
圓光散如珠　一珠一尊佛
浮生彈指頃　千億身怳惚
如是開手眼　如是分毛髮
悟處齊點頭　參時同竪拂
誰師而誰衆　無我亦無物
茫茫恒河沙　普渡非喚筏
泡花幻一噓　空色湛片月
三生金粟影　坐忘何兀兀

萬緣了非眞　焉喜焉足喝

經傳陸羽燈　詩呪玉川鉢

—『은송당집』(恩誦堂集) 권2

둥근 빛〔圓光〕-부처님 몸 뒤에 비치는 빛. 후광(後光). •불자(拂子)-소
꼬리를 묶어 자루를 단 기구로, 승려들이 먼지를 털거나 파리를 잡기
위하여 지녔던 물건. •항하(恒河)-갠지스강. •금속영(金粟影) 여래-
과거불(過去佛)로 유마거사(維摩居士)의 전신(前身)이라고 한다. •좌망
(坐忘)-스님이 잡념을 버리고 나를 잊는 무아(無我)의 경지. •등불을
전하고-육우의 정신을 이어받는다는 뜻. •옥천(玉川)-「다가」를 쓴 노
동의 호. '시'(詩)는 「다가」를 가리킨다. 이 구절은 '옥천의 제자가 되어
「다가」와 같은 훌륭한 시를 짓고 싶다'라는 뜻이다.

이
유
원

李裕元, 1814~1888

자는 경춘(京春), 호는 귤산(橘山)·묵농(黙農), 본관은 경주이다.
문과에 급제하여 영의정을 지냈으며, 조선 후기 손꼽히는 차
애호가 중의 한 사람이다. 저서에 『임하필기』(林下筆記),
『귤산문고』 등이 있다.

보림사(普林寺)는 강진(康津) 고을에 있는데
고을은 호남이라 공물이 호전(楛箭)이네

절 옆에 밭이 있고 밭에는 대나무 있어
대나무 사이에 풀이 자라 이슬에 젖는데

세상 사람 눈 어두워 평범하게 보는지라
해마다 봄이 오면 제멋대로 무성하네

박학한 정열수(丁洌水)가 어떻게 왔는지
바늘 같은 싹 고르는 법을 스님에게 가르쳐

일천 개 가지마다 가는 털이 엇꼬였고
한 움큼 모으면 가는 선이 둘렀는데

구증구포(九蒸九曝)하는 옛 법에 따라
구리 시루 대나무 체에 번갈아 갈았다네

천축국(天竺國) 부처님도 아홉 번 몸 씻었고
천태산(天台山) 선녀도 아홉 번 연단(鍊丹)했지

여러 광주리에 담아서 첨지를 붙였는데
'우전'(雨前)이라 표제하여 으뜸 품질 자랑하네

장군의 집안이나 왕손의 집안에선
기이한 향 어지러이 잔치 자리에 엉기니

정옹(丁翁)이 골수를 씻어 냈다 누가 말했나
산사(山寺)에 죽로차를 바쳤을 뿐이라네

호남의 귀한 보물 네 가지로 일컫는데
완당(阮堂) 노인 감식안은 당세에 으뜸이라

해남 박달, 제주 마늘, 빈랑(檳榔)의 잎과
서로가 엇비슷해 귀천을 못 가리네

초의(草衣) 스님 이 차를 선물로 보냈는데
산방의 봉함에는 존귀한 '양연'(養硯) 글자

내 일찍이 어렸을 때 어르신을 따랐기에
얻어 마신 차 한 잔을 못내 잊지 못했는데

훗날 완산(完山) 유람 때도 구할 수 없어
몇 해나 임하(林下)에서 아쉬움 남았던지

고경(古鏡) 스님 홀연히 한 봉지 보냈는데
둥글지만 사탕 아닌 떡인데도 붉지 않네

끈으로 꿰어서 포개고 또 포개어
첩첩이 쌓인 것이 110조각이네

두건 벗고 소매 걷고 반갑게 함을 여니
상 앞에 흩어진 것 전에 본 그것이라

새로 물을 길어다 돌솥에 끓이는데
그 즉시 아이 시켜 부채질 재촉하네

백 번 끓고 천 번 끓어 게 눈[蟹眼]이 솟구치고
한 점 두 점 참새 혀[雀舌]가 가려지네

가슴이 시원하고 잇몸에 단맛 돌아
마음 아는 벗들이 많지 않아 한스럽네

황산곡(黃山谷)은 시로써 동파(東坡) 노인 전송했지
보이차 한 잔으로 전송했단 말 못 들었고

육홍점(陸鴻漸)의 『다경』은 자인(瓷人)에게 팔렸으나
보이차 넣어 편찬했단 말 듣지 못했네

심양(瀋陽) 시장 보이차는 값이 최고라
한 봉지와 비단 한 필 맞바꾼다고 말하고

계북(薊北)의 낙장(酪漿)은 어즙(魚汁)처럼 걸쭉하여
차를 일러 종〔奴〕이라며 상에 함께 올리지만

우리나라 보림사 차 가장 좋으니
찻물에 유면(乳面)이 모여들까 걱정 없네

번열(煩熱)과 기름기 제거에 없어서는 안 되나니
국산으로 충분하여 저 보이차(普洱茶) 안 부럽네

竹露茶

普林寺在康津縣　縣屬湖南貢梏箭
寺傍有田田有竹　竹間生草露華瀎
世人眼眵尋常視　年年春到任蒨蒨
何來博物丁洌水　敎他寺僧芽針選
千莖種種交織髮　一掬團團縈細線
蒸九曝九按古法　銅甌竹篩替相碾
天竺佛尊肉九淨　天台仙姑丹九煉
筐之筥之籤紙貼　雨前標題殊品擅
將軍戟門王孫家　異香繽紛凝寢讌

誰說丁翁洗其髓　但見竹露山寺薦

湖南希寶稱四種　阮髯識鑑當世彦

海槎眈蒜檳榔葉　與之相埒無貴賤

草衣上人齎以送　山房緘字尊養硯

我曾眇少從老長　波分一椀意眷眷

後遊完山求不得　幾載林下留餘戀

鏡釋忽投一包裹　圓非蔗餹餅非茜

貫之以索疊而疊　纍纍薄薄百十片

岸幘褰袖快開函　床前散落曾所眄

石鼎撑黃新汲水　立命童豎促火扇

百沸千沸蟹眼湧　一點二點雀舌揀

胸膈清爽齒齦甘　知心友人恨不遍

山谷詩送坡老歸　未聞普茶一盞餞

鴻漸經爲瓷人沽　未聞普茶參入撰

瀋肆普茶價最高　一封換取一疋絹

薊北酪漿魚汁腴　呼茗爲奴俱供膳

最是海左普林寺　雲脚不憂聚乳面

除煩去膩世固不可無　我産自足彼不羨

―『가오고략』(嘉梧藁略) 4책

호전(楛箭)-호목(楛木)으로 만든 화살. 호목은 화살을 만들기에 적합하다고 한다. •정열수(丁洌水)-정약용(丁若鏞). 정약용이 열수(洌水-한강) 가에 살았으므로 부른 명칭. •구증구포(九蒸九曝)-아홉 번 찌고 아

홉 번 말리는 것. •연단(鍊丹)-도가(道家)에서 장생불사약인 단약(丹藥)을 만드는 것. •우전(雨前)-곡우(穀雨) 전에 딴 어린 찻잎을 말함. •정옹(丁翁)-정약용. •골수를 씻어 내다〔洗骨髓〕-이 책 76면 21번 시 참조. •완당(阮堂)-김정희(金正喜)의 호. •양연(養硯)-신위(申緯)를 가리킨다. 효명세자가 신위의 거처에 '양연산방'(養硯山房)의 제호(題號)를 내렸다. 이 구절의 뜻은, 초의가 신위에게 죽로차를 보냈는데 신위를 따르던 이유원이 신위의 댁에서 죽로차를 맛보았다는 것이다. •완산(完山)-지금의 전주. •황산곡(黃山谷)-송나라 시인 황정견(黃庭堅). 산곡(山谷)은 그의 호. •육홍점(陸鴻漸)-육우. 홍점(鴻漸)은 그의 자(字). •자인(瓷人)-차를 즐겨 마시는 다인(茶人)을 가리키는 듯하다. •계북(薊北)-지금의 하북성 북부 지역. •낙장(酪漿)-소나 양의 젖. •찻물-원문은 운각(雲脚)인데 운각은 차의 별칭이다.

이 시를 통해서 죽로차가 강진 보림사의 대밭에서 자생했으며, 다산 정약용이 찻잎의 선별과 구증구포법을 보림사 스님들에게 전했음을 알 수 있다. 또 다산의 구증구포법을 초의가 이어받아 그대로 만들었다는 사실도 알 수 있다.

이 시의 작자 이유원은 젊은 시절 신위의 집에서 초의가 신위에게 보낸 죽로차를 맛보고 못내 잊지 못하다가 후일 고경(古鏡) 스님으로부터 이 차를 선물 받은 기쁨을 말하고 있다.

이유원은 그의 저서 『임하필기』 권32 「호남의 네 가지 물품」(湖南四種)에서 "강진 보림사 대밭의 차는 열수 정약용이 얻어서 절의 승려에게 아홉 번 찌고 아홉 번 말리는 법을 가르쳐 주었다. 그 품질은 보이차 못지않으며 곡우 전에 채취한 것을 더욱 귀하게 여긴다. 이는 우전차(雨前茶)라 해도 될 것이다"라 말한 바 있다.

각
안

覺岸, 1820~1896

법호는 범해(梵海), 자는 환여(幻如), 속성은 최씨(崔氏)이다.
14세에 대흥사에서 출가하여 초의에게 구족계(具足戒)를 받았다.
죽을병을 차로 치료한 후 평생 차를 즐겨서 입적하는 순간에도
차를 마셨다고 한다.

책을 펴고 오래 앉아 정신이 피곤하니
솟구치는 차 생각을 참기가 어렵구나

꽃핀 우물의 물이 달고 따뜻해
그 물 길어 화로 끼고 끓는 소리 듣는다

일비(一沸) 이비 삼비에 맑은 향이 퍼지고
대여섯 잔을 마시니 땀이 송골 배어난다

상저옹(桑苧翁)의 『다경』이 옳은 줄 깨닫겠고
옥천 「다가」의 대체(大體)를 알겠도다

보림사 작설차는 감영으로 보내고
화개(花開)의 진품은 대궐에 바치네

함평 무안 토산품은 남방의 일품이고
강진 해남에서 만든 것은 서울까지 알려졌네

마음의 번뇌가 일시에 사라지고
정신의 청명함이 한나절을 더 가네

졸음은 물러가고 안화(眼花)가 일어
소화가 잘되어 가슴이 뻥 뚫리네

설사가 멈춤은 이미 경험하였고
감기와 해독에도 신통한 효험 있네

공자의 사당에 잔을 올려 참신(參神)하고
석가의 사당에 정성껏 공양하네

서석산(瑞石山)의 일기일창은 인(仁)을 통해 마셨고
백양사(白羊寺)의 설취(舌嘴)는 신(神)을 따라 마셨도다

덕용산(德龍山)의 용단차 마시며 두문불출하느라
월출산(月出山)에서 나온 이래 소식 끊긴 줄 몰랐네

중부(中孚) 스님 옛집은 이미 언덕 되었는데
이봉(离峯) 스님 쓰던 물병 반듯하게 모셔 놨네

무위(無爲) 스님 선방에선 법대로 달이셨고
예암(禮庵) 스님 휘장은 제대로 간수했네

남파(南坡) 스님 다벽(茶癖)은 좋고 나쁨 가리지 않고
영호(靈湖) 스님 그 뜻은 많고 적음 사양 않네

212

살펴보면 세상에 차 즐기는 사람 많아
당송 시절 성현(聖賢)들 못지않다네

선가(禪家)의 유풍은 조주(趙州) 스님 화두(話頭)요
참된 맛을 안 이는 제산(霽山) 스님이 먼저였네

만일암(挽日庵)서 공부 마치고 달구경 하던 밤
차 올리고 피리 불며 서로 끌며 거닐었네

납일(臘日)에 언질(彦銍)이 광주리에 담아 오니
성학(聖學)이 샘물 길어 태련(太蓮)을 부르네

온갖 병, 모든 시름 모두 다 사라져
마음껏 노닐자니 부처님 같네

끓는 동안 기록하고 송(頌)을 논하니
가없는 하늘가에 별똥별이 지나간다

어이하면 기정역서(奇正力書)가 나와 함께 전해질꼬

茶歌

攤書久坐精神小　茶情暴發勢難禁

213

花發井面溫且甘　豆罐擁爐取湯音
一二三沸淸香浮　四五六椀微汗泚
桑苧茶經覺今是　玉川茶歌知大體
寶林禽舌輪營府　花開珍品貢殿陛
咸務土産南方奇　康海製作北京啓
心累消磨一時盡　神光淨明半日增
睡魔戰退起眼花　食氣放下開心膺
苦利停除曾經驗　寒感解毒又通明
孔夫子廟參神酌　釋迦氏堂供養精
瑞石槍旗因仁試　白羊舌嘴從神傾
德龍龍團絶交闊　月出出來阻信輕
中孚舊居已成丘　离峯棲山方安骿
調和如法無爲室　穩藏依古禮庵岍
無論好否南坡癖　不讓多寡靈湖情
細看流俗嗜者多　不下唐宋諸聖賢
禪家遺風趙老話　見得眞味霽山先
挽日工了玩月夜　茗供吹簫煎相牽
正筍彦銓臘日取　聖學汲泉呼太蓮
萬病千愁都消遣　任性逍遙如金仙
經湯譜記及論頌　一星燒送無邊天
如何奇正力書與我傳

—『범해선사시집』(梵海禪師詩集) 권2

일비(一沸) 이비 삼비- 이 책 56면 14번, 68면 18번 시 참조. •상저옹
(桑苧翁)-육우의 호. •옥천(玉川)-노동의 호. •안화(眼花)-'눈이 흐릿
하다'는 뜻인데 이 시에서 차를 마시고 '안화가 인다'라는 것이 무슨
뜻인지 알 수 없다. •일기일창(一旗一槍)-이 책 149면 47번 시 참조.
•인(仁)을 통해 마셨고-이 시를 쓴 범해 스님의「다약설」(茶藥說)에 나
오는 부인(富仁) 스님인 듯하다. •설취(舌嘴)-곡우절 전에 딴 여린 찻
잎의 모양이 새의 혀〔舌〕와 같고 부리〔嘴〕와 같다고 해서 붙인 이름인
데 이를 작설차(雀舌茶)라 한다. •신(神)을 따라 마셨도다-법호에
'신'(神) 자가 들어 있는 스님에게서 차를 얻었다는 말인데 누구인지는
미상이다. •덕용산(德龍山)의…몰랐네-이 연(聯)의 뜻은 미상이다.
•중부(中孚)-초의의 자(字). •이봉(离峯)…모셔 놨네-이 구절의 뜻도
미상이다. 이봉 이하 무위(無爲), 예암(禮庵), 남파(南坡), 영호(靈湖), 제산
(霽山), 성학(聖學), 태련(太蓮)은 모두 범해 스님이 살던 대흥사 주변에
살던 다승(茶僧)들로 초의 선사의 법맥을 이은 분들이다. •당송 시절
성현(聖賢)들-당나라 때 차를 즐겼던 명사들. 육우가 다성(茶聖)이라면
교연(皎然), 피일휴(皮日休), 제기(齊己) 등이 다현(茶賢)이 된다. •조주
(趙州) 스님 화두(話頭)-'끽다거'(喫茶去)를 말한다. 이 책 390면 103번
시 참조. •만일암(挽日庵)-두륜산(頭輪山) 대둔사(大屯寺)의 부속 암자
인데 지금은 없어졌다. •차 올리고…거닐었네-미상. •납일(臘日)
에…담아 오니-미상. •기정역서(奇正力書)-미상.

303자에 달하는 장편 시이다. 중간중간에 해독이 어려운
부분이 있음에도 불구하고 서툴게나마 번역한 것은 이 시가
조선 후기 차 문화의 한 단면을 보여 주는 중요한 작품이기

215

때문이다. 여기에는 차를 달이고 마시는 일반적인 일 이외에 10여 곳에 이르는 우리나라 차 산지가 소개되어 있으며, 또 대흥사를 중심으로 차의 명맥을 이어 온 다승(茶僧)들도 10여 명이 묘사되어 있다. 후일에 누군가에 의해서 완벽한 번역이 나오기를 기대한다.

삶이 맑고 한가한 데다
몇 말 찻잎이 있네

못생긴 질화로에
알맞게 불 피우는데

다관은 오른쪽에
찻잔은 왼쪽에

오직 차에만 힘쓰노니
무엇이 날 유혹하리

茶具銘

生涯淸閒　數斗茶芽
設苦窳爐　載文武火
瓦罐列右　瓷盌在左
惟茶是務　何物誘我
　―『범해선사문집』(梵海禪師文集) 권1

217

부록

한국의 차 문화

1. 신라와 고려의 차 문화

차의 발원지는 중국이다. 중국 사람들은 선사시대부터 차를 음용했을 것이라 추정되지만 기록상으로는 춘추시대(기원전 8~기원전 3)에 차를 마셨다고 한다. 우리나라에서는 신라 선덕여왕(재위 632~647) 때 차를 마셨다는 기록이 있고, 경덕왕(재위 742~765) 때에 충담(忠談) 스님이 남산의 미륵불에 차를 공양하고 왕에게도 바쳤다는 기록으로 보아 이 시기에 차가 승려들 사이에서 음용되었을 것으로 추정된다. 흥덕왕 3년(828)에는 중국으로 사신 갔던 김대렴(金大廉)이 돌아오면서 차 종자를 가져왔는데 왕이 이를 지리산에 심게 해서 차가 널리 성행하게 되었다. 그러나 신라 시대에 차가 얼마나 대중화되었는지는 알 수 없다.

고려 시대에는 왕실 및 귀족과 승려 사이에서 차가 성행했다. 왕실에서 주관하는 연등회(燃燈會)와 팔관회(八關會) 그리고 왕자·왕비의 책봉식에서 진다(進茶) 의식을 거행했는데, 이를 관장하는 다방(茶房)이라는 관청을 만들 정도로 왕실에서 차가 중요시되었다. 다방은 차의 수급 정책을 수립하고 실행하는 기관으로, 다방의 관원은 왕의 측근으로 임명되어 상당한 권한을 가지고 있었다. 또 왕실용 차의 생산을 전담시키기 위해서 각 군현(郡縣)에 특수 행정단위인 '다소'(茶所)를 설치하여 운영하기도 했다. '다소'가 있는 마을을 '다소촌'(茶所村)이라 불렀다. 이 밖에도 '다정'(茶亭)을 설치하여 야외에서 다회(茶會)를 가졌고, 차와 차 도구 등을 판매하는 '다점'(茶店)도 있었으며, 왕이 신하들에게 특별 선물로 차를 하사하기도 했다.

조정의 고위 관리들이 매일 한 번씩 모여 앉아 차를 마시면서 중요한 공무를 의논하던 '다시'(茶時) 제도도 있었던 것으로 보인다. 이 제도는 조선 태종 15년(1415)에 왕이 '다시'를 없애라고 하명했음에도 불구하고 16세기 말까지 존속했다. 왕실에 차를 공납(貢納)하는 과정에서 폐해가 심해지자 농민들이 차나무에 불을 지르는 일까지 있었다는 기록으로 보아 고려 시대에 차가 매우 성행했음을 알 수 있다.

민간에서 차 문화를 주도한 그룹은 승려들이었다. 중국 선종(禪宗)의 6조 혜능(惠能, 638~713)이 일찍이 승려들의 수행을 돕는 도구로 차를 음용한 이래 '다선일미'(茶禪一味)의 사상이 보편화되어 승려들이 직접 차를 재배하고 제조하여 음용하는 것이 일종의 경건한 구도(求道) 과정이 되었다. 그러니 불교 국가였던 고려 시대에 사원에서 차가 성행한 것은 당연한 일이었다. 따라서 승려들은 당시 최고의 차 전문가였다. 승려들이 직접 차를 재배한 것과는 별도로 사찰에 전문적으로 차를 공급하는 '다원'(茶園)도 있었다고 한다. 정포(鄭誧, 1309~1345)는 「스님에게 차를 부탁하다」(從僧索茶)란 시에서

봄바람에 꽃 같은 소년들
다투어 황금을 술집으로 보내네

우습다, 서생(書生)은 아무런 재주 없어
아는 거라곤 스님에게 차를 얻는 일

春風年少貌如花　爭把黃金送酒家
自笑書生無伎倆　祗知僧院索芽茶

이라 하여 좋은 차를 사찰에 부탁하여 얻었음을 알 수 있다. 불교
국가였던 만큼 고려에서는 이렇듯 승려들과의 빈번한 교류를 통
하여 일반 사대부들 사이에서도 차가 크게 유행했다.

돌을 쪼아 바퀴 하나 만들었으니
돌리는 덴 한 팔만 쓰면 되네

어찌하여 그대가 이 맷돌 쓰지 않고
왜 이 초당(草堂)에 보내 주었나

내가 유독 잠 즐기는 걸 알고 있기에
나에게 이것을 부쳐 온 게지

푸르고 향기로운 가루를 갈아 내니
그대 마음 더욱더 고맙네그려

　이규보(李奎報, 1168~1241)의 「차 맷돌을 준 사람에게 사례하
다」(謝人贈茶磨)란 시이다(이 책 22면 2번 시 참조). 당시는 산차
(散茶)가 나오기 전이라 떡차〔餠茶〕를 맷돌로 갈아서 달여 마셨기
때문에 맷돌이 매우 유용한 도구였다. 이 시는 잘 만들어진 맷돌
을 선물 받고 감사하는 시이다. 이로 볼 때 차를 마시는 것이 사대

부들 사이의 일반적인 경향이었음을 알 수 있다. 고려 말의 문호
이색(李穡, 1328~1396)도 「차를 마신 뒤 짧게 읊다」(茶後小詠) 중
에서

(…)
혀로 맛보고 목으로 삼키니
살과 뼈가 정히 평온해지며

방촌(方寸)의 마음이 깨끗해져서
생각에 사특함이 없어지거늘
(…)

이라 노래한 것을 보면 그가 차에 깊이 빠졌음을 알 수 있다(이 책
33면 6번 시 참조).

2. 조선의 차 문화

조선에서는 숭유억불(崇儒抑佛) 정책으로 불교가 억압되자 사찰과 승려 중심으로 발전해 오던 차 문화가 크게 위축되었다. 그러나 궁중에서는 고려 때만큼은 아니지만 여전히 각종 궁중 의식에 차를 사용했고, 중국에서 사신이 오면 차와 함께 찻잔 등의 차 도구를 선물로 주었다. 이러한 수요를 위해서 민간으로부터의 차 공납도 중단되지 않았다. 『세종실록지리지』(世宗實錄地理志)에는 조선 전역의 특산물을 열거하는 가운데 차의 산지(産地)를 명기했는데, 이는 차를 공물로 수납하기 위하여 조사한 것이다. 김종직(金宗直, 1431~1492)은 1471년 함양(咸陽) 군수로 부임하여 북쪽 죽림에 다원을 조성하고 「다원」(茶園) 시 2수와 함께 다음과 같은 서(序)를 썼다.

나라에 바치는 차가 본 군에서는 생산되지 않는다. 그런데 해마다 백성들에게 이를 부과한다. 백성들은 찻값을 가지고 가서 전라도에서 사 오는데, 대략 쌀 한 말에 차 한 홉을 얻는다. 내가 처음 이 고을에 부임하여 그 폐단을 알고 이것을 백성들에게 부과하지 않고 관에서 자체적으로 얻어서 납부하도록 하였다. 그런데 일찍이 『삼국유사』를 열람해 보니 "신라 때에 당나라에서 종자를 얻어 와 지리산에 심게 하였다"라는 말이 있었다. 아, 우리 군이 바로 이 산 밑에 있는데 어찌 신라 때 남긴 종자가 없겠는가. 그래서 부로(父老)들을 만날 때마다 찾아보게 하였더니 과연 엄천사(嚴川寺) 북쪽 죽림(竹林) 속에서 두어 떨기를 발견

하였다. 나는 몹시 기뻐서 그곳을 다원(茶園)으로 가꾸게 하였는데, 인근 땅이 모두 백성들의 밭이었으므로 관전(官田)으로 보상하여 사들였다. 겨우 몇 년 지나지 않아서 제법 번식하여 다원 전체에 두루 퍼졌으니, 4~5년만 기다리면 나라에 바칠 수효를 충당할 수 있을 것이다. 그래서 마침내 시 2수를 읊었다.

이 글에서 우리는 조선 초기에도 차를 공물(貢物)로 바쳤음을 알 수 있다. 그만큼 궁중에서 차의 수요가 있었다는 증거이다. 이와 함께 승려와 사대부 사이에서도 고려 때만큼은 아니지만 차 마시는 문화는 계속되었다.

낮에는 한 사발 차
밤에는 한바탕 잠

푸른 산과 흰 구름이
함께 무생사(無生事)를 말하네

서산대사(西山大師) 휴정(休靜, 1520~1604)의 시로, 차와 함께하는 생활 속에서 푸른 산 흰 구름을 바라보며 색즉시공(色卽是空)의 묘리(妙理)를 깨닫는 경지를 노래한 것이다(이 책 106면 31번 시 참조). 이렇게 승려들 사이에서는 차를 마시는 전통이 면면히 내려오고 있었다. 승려 이외에 일반 사대부들 사이에서도 차 문화는 끊어지지 않았다. 조선 초기 김시습(金時習, 1435~1493)은 이런 시를 지었다.

해마다 차나무에 새 가지가 자라니

그늘에 기르느라 울을 엮어 보호하네

육우의 『다경』에선 색과 맛을 논했는데

관가에서 거두어들일 땐 일창일기만 취하네

봄바람 아직 불지 않아도 싹이 먼저 터 나오고

곡우 시절 돌아오면 잎이 반쯤 피어나네

나지막한 동산 조용하고 따뜻한 곳을 좋아하니

비 때문에 옥 같은 꽃 드리워도 상관없다네

年年茶樹長新枝 蔭養編籬謹護持

陸羽經中論色味 官家榷處取槍旗

春風未展芽先抽 穀雨初回葉半披

好向小園閑暖地 不妨因雨着瓊蕤

시의 제목은 「차나무를 기르며」(養茶)이다. 김시습은 육우의
『다경』을 읽는 등 차에 대해 깊은 조예를 가졌을 뿐만 아니라 직접
차를 재배하기도 하면서 차를 즐겼다. 그리고 이 시를 통해서 민
간에서 차를 재배하여 공물로 바쳤음을 알 수 있다. 이외에도 사
대부들은 차를 늘 곁에 두고 있었다.

조선의 차 문화는 임진왜란과 병자호란을 겪은 후 크게 쇠퇴했
지만 승려들과 양반 사대부들은 여전히 차를 떠나지 않았다. 고려

시대만큼 풍요롭지는 않았지만 승려들의 수행(修行)과 사대부들
의 자기 수양에 차는 늘 중요한 위치를 점했다.

서안(書案) 하나에 바둑판 하나
약 달이는 화로에 찻사발 하나

이만하면 한평생 풍족하니
안달복달 애태울 것 없어라

詩牀及棊局　藥爐兼茶盌
自足了生涯　無爲强悶憊

장유(張維, 1587~1638)가 쓴 「비 오는 날 기암자에게 부치다」
(雨中寄畸庵子)의 일부분이다. 여기서도 차가 청빈한 선비의 필수
품이었음을 엿볼 수 있다.

3. 조선 후기 차 문화의 중흥기

18세기 들어 조선의 차 문화는 중흥기를 맞이한다. 면면히 이어
오던 조선의 차 문화를 중흥시킨 인물은 실학자 다산(茶山) 정약
용(丁若鏞, 1762~1836)이었다. 다산은 젊은 시절부터 차를 즐겨
마셨는데 강진 유배 시절에 만덕사 스님 아암(兒庵) 혜장(惠藏)과
교유하면서 본격적으로 차를 연구하고 마시게 되었다. 다산이 강
진에서 차에 깊이 빠진 것은 차의 풍미를 즐겨서라기보다 건강을
유지하기 위한 것으로 보인다. 다산은 혜장에게 『주역』을 가르쳐
주고 혜장으로부터 차를 배운 것이다. 다산이 혜장에게 차를 보내
달라고 쓴 이른바 「걸명시」(乞茗詩)는 너무나 유명하다.

> 들으니 석름봉(石廩峯) 아래
> 예로부터 좋은 차가 난다지
>
> 때는 마침 보리 말릴 시절이라
> 기(旗)도 펴고 창(槍) 역시 돋았을 터
>
> 궁하게 살면서 장재(長齋)가 습관 되어
> 누린내 나는 것 이미 싫어졌다오
>
> 꽃무늬 돼지고기, 닭으로 쑨 죽은
> 호사스러워 함께 먹기 어렵고

다만 근육이 땅겨 고통스럽고
때로는 술에 취해 깨지 못하니

기공(己公)의 찻잎을 빌려
육우(陸羽)의 솥에다 달였으면 하오

보시하여 이 병을 물리친다면
뗏목으로 물 건너 줌과 무어 다르랴

불에 덖어 말리기를 법대로 해 주오
그래야 우려낼 때 색이 곱겠지

이 시에 관해서는 이 책 149면 47번 시를 참조하기 바란다. 다
산은 개인적으로 차를 즐겨 마셨을 뿐만 아니라 차의 제조법에 대
해서도 조예가 깊었다. 강진 일대 사찰의 승려들에게 가르쳤다는
그의 '구증구포법'(九蒸九曝法)은 전설처럼 전해 오는 얘기이다.
그는 또 실학자답게 다정(茶政)에 대해서도 깊은 관심을 보였다.
그는 『경세유표』 「각다고」(榷茶考)에서 중국의 차 전매제도를 자
세히 고찰하고 황실과 백성들에게 돌아가는 득실을 평가했는데,
이는 우리나라에서의 차 전매제도 도입을 염두에 둔 것이라 생각
된다. 또 그는 우리나라의 다정(茶政)과 차 무역에 대해서 다음과
같이 말했다.

남방 여러 고을에서 산출되는 차는 매우 좋다. 내가 본 바로는

해남, 강진, 영암, 장흥 등 모든 바닷가 고을은 차가 나지 않는 곳이 없다. 내 생각에는 차가 나는 모든 산은 지방관으로 하여금 재배하도록 하고 백성들이 나무하고 꼴 먹이는 것을 금지하여 무성해진 뒤 해마다 차 몇 근을 임형시(林衡寺)에 바쳐서 다시 만하성(滿河省)에 보내 좋은 말과 바꾸어 목장에 나누어 준다면 그 또한 나라의 쓰임을 넉넉하게 하기에 족할 것이다.

─『경세유표』「동관공조」(冬官工曹)〈사관지속(事官之屬), 임형시(林衡寺)〉

18세기 들어 차를 개인적인 취향에 한정하지 않고 국가 경제와 연관 지어 고찰하려는 시도는 다산 이전에도 있었다. 임진왜란과 병자호란을 겪은 조선 후기 사회의 피폐해진 국가 재정과 민생을 염려한 지식인들의 고민에서 나온 결과물이라 할 수 있다. 그 한 예로 이덕리(李德履, 1725~1797)는 그의 저서 『상두지』(桑土誌)「둔전」(屯田) 조에서 이렇게 말했다.

영남과 호남에는 곳곳에 차밭이 있다. 한 말 정도의 쌀로 내야 할 세금을 차 한 근으로 대신 납부하거나 혹은 차 열 근으로 군포(軍布)를 대신해 바치도록 허락해 준다면, 수십만 근의 차를 힘들이지 않고 모을 것이다. 이렇게 모은 차를 배에 실어 서북 지방 시장에서 판매하되 월차(越茶)에 붙인 가격을 기준으로 1냥의 차에 은전(銀錢) 2전을 취한다면, 열 근의 차를 가지고 2만 근의 은을 얻어서 은전 60만 전을 만들 수 있다. 이렇게 하면 불과 한두 해 만에 45둔(屯)의 둔전을 마련할 수 있다.

우리나라에서 크게 중시하지 않았던 차를 활용하여 민생에도 도움이 되고 국가 경제에도 이바지하려는 이들의 노력은 매우 값진 것이라 할 수 있다.

조선 후기 차 문화의 중흥조(中興祖)가 다산이라면 이를 이어받아 차 문화를 완성한 인물은 초의(艸衣, 1786~1866) 스님이다. 초의는 승려라 일찍부터 차를 접해 왔겠지만 1809년 강진에서 다산을 만난 후 본격적으로 차를 연구하기 시작했다. 그는 불가에 몸을 담고 있었으나 다산으로부터 유학을 배운 다음에는 유학에서 새로운 세계를 발견하고 깊이 빠졌다. 한때는 승려들 사이에서 그가 환속(還俗)하려 한다는 의심을 받을 만큼 유학에 탐닉했다. 다산도 그의 환속을 은근히 부추기기도 했다.

다산의 학문적 제자이자 차 제자이기도 했던 초의는 차에 대한 연구를 거듭하여 한국 차 문화사에 길이 남을 「동다송」(東茶頌)을 저술하고 차의 걸작 '초의차'(艸衣茶)를 탄생시켰다. 그가 초의차를 완성하는 데에는 다산의 가르침과 김정희(金正喜), 신위(申緯) 등 인사들의 품평과 조언이 큰 몫을 차지했다. 특히 차를 좋아하고 차 이론에 밝은 추사 김정희의 도움이 컸던 것으로 보인다. 추사는 제주도 유배 시절에 귀찮을 정도로 초의에게 차를 보내 달라고 요구했으며 또 차에 대한 이런저런 조언을 아끼지 않았다.

나는 스님을 보고 싶지도 않고 또한 스님의 편지도 보고 싶지 않으나 다만 차의 인연만은 차마 끊어 버리지도 못하고 쉽사리 부숴 버리지도 못하여 또 이렇게 차를 보내 달라고 조르게 되오. 편지는 보낼 필요 없고, 다만 두 해 동안 쌓인 빚을 모두 챙겨 보내되 더 이상 지체하거나 어김이 없도록 하는 게 좋을 거요.

곡우 전에 딴 찻잎은 얼마쯤 가려 놓았소? 어느 때나 보내 주어 이 차의 굶주림을 진정시켜 주려는지. 멀리서 발꿈치를 들고 날로 바라봅니다.

차를 특별히 보내 주시니 심폐(心肺)가 매우 개운하오만, 늘 덖는 법이 조금 지나쳐 정기가 빠진 것 같다는 느낌이 드오. 만일 다시 만들 경우에는 혹 불 조절에 유의하는 것이 어떻겠소.

위의 글은 추사가 제주도에서 초의에게 보낸 수십 통의 편지글 중 일부인데, 초의가 만든 차를 추사가 얼마나 좋아했는가를 알 수 있으며 또 초의에 대한 그의 애정 어린 충고도 읽을 수 있다. 초의는 후에 일지암(一枝庵)에 거처하면서 만년을 보냈는데 이로 인해 일지암은 한국 차 문화의 성지(聖地)로 인정되었고, 초의는 한국의 다성(茶聖)이라 불리게 되었다.

18세기에 부흥했던 차 문화는 일제강점기 동안 쇠퇴의 길을 걸었고, 해방 후 6·25 전쟁을 거치면서 더욱 쇠퇴했다. 최근에는 한국의 차 문화가 다시 살아나 그 어느 때보다 활발한 융성기를 맞고 있다.

4. 한국의 다서(茶書)

한국에는 육우의 『다경』과 같은 차에 대한 체계적이고 전문적인
저술은 없고 다만 차에 대한 각종 문헌을 만날 수 있다. 그런대로
의미 있는 몇 가지 문헌을 소개한다.

• 「다부」(茶賦)
이목(李穆, 1471~1498)의 작품이다. 차의 품종, 산지, 차밭의 풍
광, 차의 채취, 달이기, 마시기, 다섯 가지 공과 여섯 가지 덕, 차에
대한 자신의 철학 등을 부(賦)의 형식으로 읊은 글로서 조선 전기
에 나온 차에 관한 중요한 문헌으로 생각된다. 아마 우리나라 최
초의 다문헌(茶文獻)이 아닌가 생각된다.

• 『유원총보』(類苑叢寶)
김육(金堉, 1580~1658)의 저서로 일종의 백과전서인 이 책의 「음
식문」(飮食門)에 차와 관련된 고사와 용어를 중심으로 이름과 저
술, 제도와 효능 등을 모아서 수록했다. 주로 중국의 문헌을 참고
하기는 했지만, 그 출처나 유래가 불분명했던 차와 관련된 고사나
용어를 밝혀 놓아 조선 중기 차 문화의 배경과 인식 수준을 고찰
하는 데 도움이 된다.

• 「기다」(記茶)
이덕리(李德履, 1725~1797)의 저술이다. 「기다」는 일명 「동다기」
(東茶記)로도 불리는데 이덕리가 진도 유배 시절인 1785년경에

234

쓴 글로 추정된다. 그는 이 글에서 우리나라 차의 산지, 차의 채취 시기와 방법, 차의 약리적 효능 등을 자세히 기술해 놓았다. 그는 차의 효능에 대하여 감기, 체증, 식중독, 복통에 좋고 학질과 염병의 치료에도 효과가 있다고 말했다. 식은 차를 마시면 가래가 생긴다고 한 점이 재미있다. 그는 또 우리나라 차가 중국 차 못지않게 우수함을 역설하기도 했다.

「기다」에서 그가 가장 역점을 둔 것은 차의 경제적 가치이다. 그는 우리나라에서 거들떠보지 않고 버려두고 있는 차를 중국에 수출해서 은, 말, 비단 등과 교역한다면 피폐해진 국가 재정에 큰 보탬이 될 뿐만 아니라 백성들의 살림도 윤택해질 것이라 주장했다. 그리고 이를 위한 구체적인 방법과 절차까지 제시했다. 즉 국가가 차를 전매해서 서북 지방 국경 지대에 다시(茶市)를 열고 국가적인 차원에서 차를 교역해야 한다는 것이다. 이 모든 것을 관장할 몇 개의 관직을 신설할 것도 제안했다. 차가 이렇게 국부를 창출할 수 있는 좋은 산물임에도 불구하고 이에 무관심한 당국자의 무지를 개탄하고 있다. 그의 또 다른 저서 『상두지』에서 차 무역을 통해 얻는 수익으로 국방을 튼튼히 할 수 있다는 제안은 앞에서 언급한 바 있다.

• 『임원경제지』(林園經濟志)
서유구(徐有榘, 1764~1845)의 저술이다. 방대한 이 저서의 「만학지」(晩學志)에 차의 명칭, 차의 유래, 차의 종류, 명차와 생산지, 재배법, 차의 성질, 차 제조법, 보관법 등이 자세하게 기술되어 있는데 주로 중국의 문헌을 발췌하여 수록한 것이다. 그러나 중간중간

에 '안설'(按說)을 달아 서유구 자신의 견해도 덧붙여 놓아서 우리
나라 차에 대한 그의 견해를 읽을 수 있다.

• 『오주연문장전산고』(五洲衍文長箋散稿)
이규경(李圭景, 1788~1856)이 저술한 백과전서 격인 책인데, 이
책의 「도다변증설」(茶茶辨證說), 「전과다탕변증설」(煎果茶湯辨證
說) 등의 글에 차의 모든 것을 언급해 놓아서 차에 대한 학문적 집
성이라 할 만한 문헌이다. 이 문헌도 중국의 다서(茶書)를 기초로
정리한 것이긴 하지만 역시 우리나라 차에 대한 저자 자신의 견해
도 사이사이에 기술하고 있다.

• 「동다송」(東茶頌)
초의(艸衣, 1786~1866)가 1837년에 완성한 작품이다. 68구
434자에 달하는 장편으로 차의 역사와 효능을 종합적으로 다
룬 우리나라 최대의 다서(茶書)이다. 「동다송」은 홍현주(洪顯周,
1793~1865)가 변지화(卞持和)를 통하여 초의에게 다도(茶道)에
관한 것을 물었고 초의가 그 대답으로 지어 올린 작품이다. 그래
서 「동다송」 첫머리에 "동다송은 해도인의 명을 받들어 초의 사문
의순이 짓다"(東茶頌 承海道人命 草衣沙門意恂作)라 쓰여 있다(백
열록본柏悅錄本). 여기에는 차의 일반적 개관과 함께 중국의 다사
(茶史)와 우리 차의 우수성이 밝혀져 있고, 차의 효능, 차 끓이는
법까지 기록되어 있다. 또 관련된 원전의 본문을 협주(夾注)로 일
일이 밝혀 놓아 초의의 해박한 지식을 엿볼 수 있다.

236

이 밖에도 김명희(金命喜, 1788~1857), 신헌구(申獻求, 1823~1902) 등 여러 사람이 차에 대한 단편적인 기록을 남겼으나 한국의 차 문헌으로 중요한 것은 이덕리의 「기다」와 초의의 「동다송」이라 하겠다.

2부

중국의 차시

이백

李白, 701~762

자는 태백(太白), 호는 청련거사(靑蓮居士)로 사천성 출신이다.
두보(杜甫), 왕유(王維)와 더불어 성당(盛唐)을 대표하는 시인으로
두보의 현실주의적 경향에 비하여 낭만주의 문학을 꽃피웠다.
25세 때 고향을 떠나 천하를 만유(漫遊)하다가 42세 때 장안에서
잠깐 벼슬살이를 하기도 했지만 평생을 유랑하며 지냈다. 62세에
안휘성 당도(當塗)에서 병사했다.

58 집안 조카인 중부 스님이 옥천사의 선인장차를 준 것에 답하다

내가 듣건대 형주(荊州) 옥천사(玉泉寺) 근처 청계산(淸溪山)의 여러 골짜기에 군데군데 종유굴이 있고 굴 안에는 옥 같은 물이 이리저리 흐르며 그 안에 흰 박쥐가 있어 크기가 까마귀만 하다고 한다. 신선에 관한 책을 살펴보니 박쥐를 신선 쥐〔仙鼠〕라고도 하는데, 천년 후에는 몸이 눈처럼 하얘지고, 거꾸로 매달려 살며 종유수를 마셔서 오래 산다고 한다. 그 물가 곳곳에 차나무가 여기저기 자라는데 가지와 잎이 푸른 옥〔碧玉〕과 같다. 오직 옥천진공(玉泉眞公)만이 늘 찻잎을 따 마셔서 80세가 넘도록 안색이 복사꽃 같았으니, 이 차의 맑은 향기가 짙어서 다른 차와 다르기 때문에 능히 젊음을 되돌려주고 마른 기운을 떨쳐 내어 사람을 오래 살게 도와준 것이다. 내가 금릉(金陵)에 노닐 때 문중 조카인 중부 스님을 만났는데 그는 나에게 차 수십 조각을 보여 주었다. 겹겹이 말려 있는 모양이 손과 같아서 선인장차(仙人掌茶)라고 불렀다. 아마 옥천산(玉泉山)에서 새로 나온 것이라 옛날에는 보지 못하던 것이었다. 그가 그 차를 나에게 주고 겸하여 시를 지어 주면서 나에게 답시를 요구하기에 이 시를 짓게 된 것이다. 후에 고명한 스님과 큰 은자들은 선인장차가 중부 선사(中孚禪師)와 청련거사(靑蓮居士) 이백에게서 나온 것임을 알리라.

241

늘 듣건대 옥천산 골짜기에
종유굴이 많이 있고

흰 까마귀 같은 신선 쥐가
푸른 시내 달 아래 거꾸로 매달려 있다네

이 바위틈에 차나무가 자라는데
옥 같은 물이 쉬지 않고 흘러서

뿌리와 가지에 꽃다운 진액 뿌려 주니
따서 마시면 살과 뼈가 윤택해지네

떨기가 늙으면 푸른 잎이 말리고
가지들이 서로서로 연결되는데

햇볕에 말리면 신선의 손바닥 되어
홍애(洪崖)의 어깨를 칠 듯하다네

온 세상이 아직도 보지 못한 것이라
뉘라서 그 이름을 전할 것인가

우리 문중 영재(英才)가 바로 이 스님이라
아름다운 시편과 차를 던져 주었네

무염(無鹽) 같은 모습을 맑은 거울에 비춰 보니
서자(西子) 같은 그대 시에 부끄럽지만

오늘 아침 앉아서 흥이 넘치니
길게 읊어서 하늘에 퍼뜨리리

答族姪僧中孚贈玉泉仙人掌茶

余聞荊州玉泉寺近淸溪諸山 山洞往往有乳窟 窟中多玉泉交流 其
中有白蝙蝠 大如鴉 按仙經 蝙蝠一名仙鼠 千歲之後 體白如雪 栖
則倒懸 蓋飮乳水而長生也 其水邊處處 有茗草羅生 枝葉如碧玉
惟玉泉眞公 常采而飮之 年八十餘歲 顔色如桃李 而此茗淸香滑
熟 異于他者 所以能還童振枯 扶人壽也 余游金陵 見宗僧中孚 示
余茶數十片 拳然重疊 其狀如手 號爲仙人掌茶 蓋新出乎玉泉之
山 曠古未覿 因持之見遺 兼贈詩 要余答之 遂有此作 後之高僧大
隱 知仙人掌茶發乎中孚禪子及靑蓮居士李白也

常聞玉泉山　山洞多乳窟

仙鼠如白鴉　倒懸淸溪月

茗生此中石　玉泉流不歇

根柯洒芳津　采服潤肌骨

叢老卷綠葉　枝枝相接連

曝成仙人掌　似拍洪崖肩

擧世未見之　其名定誰傳
宗英乃禪伯　投贈有佳篇
淸鏡燭無鹽　顧慚西子姸
朝坐有餘興　長吟播諸天

중부(中孚) 스님-이백의 조카로 본명은 이영(李英)이다. •신선에 관한 책-『술이기』(述異記)를 가리킨다. 도가서(道家書)인 『포박자』(抱朴子)에도 이와 비슷한 기록이 실려 있다. •홍애(洪崖)의 어깨-홍애는 전설상의 신선으로 황제(黃帝)의 신하인 영륜(伶倫)의 선호(仙號)라고 한다. 진(晉)나라 곽박(郭璞)의 「유선」(遊仙) 시에, "왼손으로는 부구의 소매를 당기고, 오른손으로는 홍애의 어깨를 친다"(左挹浮丘袖 右拍洪崖肩)라는 구절이 있다. 부구(浮丘)와 홍애는 모두 전설상의 신선으로 이들의 소매를 당기고 어깨를 친다는 것은 작자가 신선의 세계에서 노닌다는 뜻이다. •무염(無鹽)-춘추시대 제(齊) 선왕(宣王)의 비(妃)였던 종리춘(鐘離春)으로 덕(德)이 있지만 외모가 못생겨 추녀(醜女)의 대명사로 쓰인다. •서자(西子)-중국 4대 미녀의 하나인 서시(西施). 이 구절의 뜻은, 자기의 시를 무염에, 조카의 시를 서시에 비유하여 조카의 시가 훌륭하다는 것이다.

이 시는 이백이 747년경 금릉(金陵-지금의 남경南京)의 서하사(栖霞寺)에서 우연히 집안 조카 중부 스님을 만나 그로부터 선인장차와 시를 받고 쓴 답시(答詩)이다. 선인장차는 호북성 당양시(當陽市) 옥천산과 그 주변에서 생산되는

244

특산품으로 잎 모양이 손바닥처럼 생겼다고 해서 이백이 붙여
준 이름이다.

배
적

裴迪, 716~?

섬서성 출신으로 관직은 촉주 자사(蜀州刺史)·상서성랑(尙書省郎)
을 역임했고, 만년에는 망천(輞川)에 은거하면서 왕유(王維)와
교유한 성당의 산수전원시파 시인이다.

경릉(竟陵) 땅 서탑사에
육우(陸羽) 종적 텅 비었네

지공(支公)이 거처했을 뿐만 아니라
일찍이 육우도 살았던 곳인데

초당은 황량해 개구리 출몰하고
다정(茶井)은 냉랭해 물고기 노네

맑은 샘물 한번 길어 올리니
육우의 풍모처럼 그 맛이 유장(悠長)하네

西塔寺陸羽茶泉

竟陵西塔寺　踪迹尙空虛
不獨支公住　曾經陸羽居
草堂荒産蛤　茶井冷生魚
一汲淸泠水　高風味有餘

서탑사(西塔寺)-경릉현(竟陵縣-지금의 호북성 천문시)에 있는 사찰로 육우의 고거(故居)인데, 원명(原名)은 용개사(龍蓋寺)이다. • 육우다천(陸羽茶泉)-서탑사에 있는 샘으로 원래는 동진(東晉)의 고승 지둔(支遁)이 팠다고 하는데 물맛이 좋아 후일 다인(茶人)들이 애용했다고 한다. 육우 사후에는 그를 기려 육우천이라 불렀다. • 지공(支公)-지둔(支遁). • 다정(茶井)-육우다천.

배적과 육우는 생몰 연대가 정확히 알려져 있지 않지만 아마도 상당 기간을 동시대에 살았을 것으로 추정된다. 이 시로 미루어 보면 육우가 배적보다 먼저 죽었으며, 죽은 지 얼마 되지 않아서 육우천이 황폐해졌음을 알 수 있다.

황
보
엽

皇甫冉, 717?~770?

자는 무정(茂政). 756년에 진사 급제하여 무석 현위(無錫縣尉)를
시작으로 벼슬이 좌습유(左拾遺), 우보궐(右補闕)에 이르렀다.
대력십재자(大曆十才子)의 일원이다.

차를 따지 풀잎 따는 것 아니라
멀리멀리 높은 벼랑 올라가리라

펴진 찻잎에 봄바람이 따뜻하고
가득 찬 광주리에 햇살이 비꼈을 터

산사(山寺)로 오는 길 익히 알고 있지만
때로는 들사람 집에서 묵기도 하지

묻노니, 왕손초(王孫草)가
어느 때 찻잔에 거품 꽃을 띄울는지

送陸鴻漸栖霞寺采茶

采茶非采菉 遠遠上層崖
布葉春風暖 盈筐白日斜
舊知山寺路 時宿野人家
借問王孫草 何時泛碗花

풀잎〔菉〕-록(菉)은 조개풀이란 뜻으로도 쓰이고, "菉"을 綠(록)과 같은 글자로 보아 '녹색을 띠는 풀', 즉 일반적인 풀잎의 뜻으로도 쓰이는데 여기서는 후자의 뜻으로 새겼다. •왕손초(王孫草)-두 가지로 해석된 다. 첫째, 왕손(王孫)은 남자의 미칭(美稱)으로 여기서는 육우를 가리키고, '초'(草)는 육우가 높은 산에 올라 채취한 찻잎을 말한다. 둘째, 왕손초를 찻잎의 미칭으로 본다. 이 시에서 왕손초를 찻잎의 미칭으로 보더라도 육우가 딴 찻잎을 가리킨다. •거품 꽃-차가 끓을 때 다관 주위에 생기는 거품을 꽃에 비유한 것. 마지막 연의 뜻은 '어느 때에나 육우 그대가 채취한 찻잎으로 끓인 차를 마셔 보려나'이다.

육우가 『다경』을 저술하기 위해 오랫동안 직접 산에 오르며 각종 찻잎을 따고 맛보는 과정을 가까이서 본 사람의 글을 통해서 알 수 있다.

교
연

皎然, 720?~803?

당나라 때의 유명한 시승(詩僧)으로 속성(俗姓)은 사씨(謝氏),
자는 청주(淸晝), 지금의 절강성 장흥(長興) 출신이다. 남조(南朝)
사령운(謝靈運)의 10대손이다. 차를 깊이 연구하여 중국
다도(茶道)의 아버지로 불린다. 일찍이 육우와 친교를 맺어
그가 『다경』을 저술하는 데에 많은 도움을 주었다고 전해진다.
『교연시집』(皎然詩集) 10권이 전한다.

61 중양절에 육우 처사와 차를 마시다

구일, 산속의 승원(僧院)
동쪽 울타리에 국화가 누렇네

속인(俗人)은 많이들 술에다 띄우지만
차의 향기 도와줌을 그 누가 알랴

九日與陸處士羽飮茶

九日山僧院 東籬菊也黃
俗人多泛酒 誰解助茶香

62 　육우 처사를 방문하다

태호(太湖)의 동서로 난 길을 따라
오왕(吳王)의 고소산(姑蘇山)에 이르렀으나

그리운 사람은 보이지 않고
돌아가는 기러기만 훨훨 나는데

어느 산에서 봄 차를 맛보고 있는가
어느 곳에서 봄 샘물을 마셔 보고 있는가

아니면 혹시 창랑자(滄浪子)처럼
유유히 낚싯배 타고 있진 않을까

訪陸處士羽

太湖東西路　吳主古山前
所思不可見　歸鴻自翩翩
何山嘗春茗　何處弄春泉
莫是滄浪子　悠悠一釣船

태호(太湖)-강소성에 있는 큰 호수. •오왕(吳王)-아마도 오왕 부차(夫差)를 가리키는 듯하다. 부차는 서시(西施)를 위하여 고소대(姑蘇臺)를 짓고 환락에 빠졌다. 옛 오나라가 태호 가에 있었기 때문에 이렇게 말한 것이다. •창랑자(滄浪子)-은자(隱者)를 가리킨다.

월인(越人)이 나에게 섬계차(剡溪茶)를 보내와
금빛 새싹을 쇠솥에 달이노라

하얀 찻잔에 거품과 향 떠 있어
신선들 마신다는 경예장(瓊蕊漿) 같구나

한 모금을 마시니 졸음을 씻어 내
상쾌한 마음이 천지에 가득 차고

두 모금을 마시니 정신을 맑게 해
날리는 비가 가벼운 먼지를 씻어 내는 듯

세 모금을 마시자 도(道)의 경지 이르나니
번뇌를 물리치려 애쓸 필요 없다네

이 차의 청고(淸高)함을 사람들은 모르니
사람들 술 마시는 건 스스로를 속이는 것

밤중에 술독 사이에 있는 필탁(畢卓)이 근심되고
울타리 아래의 도연명(陶淵明)이 우습네

최 사또는 술 마시면 그칠 줄 몰라
미친 듯 노래하며 사람을 놀라게 하니

누가 알리오, 다도(茶道)가 천성(天性)을 보전해 줌을
단구(丹丘)만이 이런 이치 터득했다오

飮茶歌誚崔石使君

越人遺我剡溪茗　采得金芽爨金鼎
素瓷雪色漂沫香　何似諸仙瓊蕊漿
一飮滌昏寐　　　情思朗爽滿天地
再飮淸我神　　　忽如飛雨洒輕塵
三飮便得道　　　何須苦心破煩惱
此物淸高世莫知　世人飮酒多自欺
愁看畢卓甕間夜　笑向陶潛籬下時
崔侯啜之意不已　狂歌一曲驚人耳
孰知茶道全爾眞　唯有丹丘得如此

섬계차(剡溪茶)-섬계(剡溪)는 절강성 동부를 흐르는 강인데 이 지역에
서 나는 차가 이 시로 인하여 유명해졌다. •경예장(瓊蕊漿)-선계(仙界)
에 있다는 경수(瓊樹)의 꽃[蕊]을 넣어서 만든 술로, 이를 마시면 장생
불로(長生不老)한다고 한다. •필탁(畢卓)-이 책 56면 14번 시 참조.

257

• 도연명(陶淵明)-그는 울타리에서 국화꽃을 따서 술에 띄워 마셨다고 한다. 필탁과 도연명은 술을 무척 좋아했던 인물이다. • 단구(丹丘)-전설상의 신선.

교연(皎然)이 절강성 호주(湖州)의 묘희사(妙喜寺)에 은거하고 있을 때 호주 자사(湖州刺史)로 부임한 최석(崔石)과 차를 마시며 쓴 시이다. 차보다 술을 더 좋아한 최석을 제목에는 "꾸짖는다"라고 했지만 정말 꾸짖은 것이 아니고 장난삼아 말한 것이다.

이 시는 중국 차 문화 역사에서 '다도'(茶道)라는 말을 처음 사용한 작품으로 알려져 있다. 교연은 차를 마심으로써 졸음을 물리치고 정신을 맑게 할 뿐만 아니라 '득도'(得道)의 경지에까지 나아갈 수 있다고 여겼다. 즉 차를 마시는 행위 자체가 도(道)를 깨닫기 위한 수행 과정이라 생각한 것이다. 그래서 그를 '중국 선종(禪宗) 다도의 창시자'라 부른다.

전기

錢起, 722~780

자는 중문(仲文)으로 지금의 절강성 호주(湖州) 출신이다. 과거에
여러 차례 낙방하다가 751년 진사시에 합격하여 여러 관직을
거쳤다. 그중 고공낭중(考功郎中)을 역임했기 때문에
그를 '전고공'(錢考功)으로 불렀고, 낭사원(郎士元)과 이름을
나란히 하여 '전랑'(錢郎)으로 병칭되기도 했다.
대력십재자(大歷十才子)의 일원이다.

64 조거와 다연을 갖다

대숲에서 말을 잊고 자순차(紫笋茶) 마시니
신선의 유하주(流霞酒)보다 훨씬 낫다네

티끌 마음 다 씻겨도 흥은 가라앉지 않는데
매미 우는 나무에 해 그림자 비꼈네

與趙筥茶宴

竹下忘言對紫茶　全勝羽客醉流霞
塵心洗盡興難盡　一樹蟬聲片影斜

조거(趙筥)-누구인지 분명하지 않다. •말을 잊고〔忘言〕-말을 하지 않
아도 서로 마음이 통하는 경지. •자순차(紫笋茶)-이 책 152면 48번 시,
276면 70번 시 참조. •유하주(流霞酒)-신선이 마신다는 술.

장손씨 댁에서 낭 스님과 다회를 갖다

우연히 마음 맞는 친구를 만나
재자(才子)의 집에서 돌아가길 잊었네

현담(玄談)도 나누고 글재주도 겨루면서
석류꽃 구경 대신에 차를 마시네

두건을 벗어 던지고 구름을 바라보며
붓을 물고 해가 지거나 말거나

적송자(赤松子) 왕자교(王子喬)가 이곳에 있다면
다시는 유하주에 취하지 않으리

過長孫宅與郎上人茶會

偶與息心侶 忘歸才子家
玄談兼藻思 綠茗代榴花
岸幘看雲卷 含毫任景斜
松喬若逢此 不復醉流霞

261

장손(長孫)-복성(復姓). •마음 맞는 친구[息心侶]-잡념과 욕심이 없는
친구, 여기서는 낭 스님을 가리킨다. •재자(才子)-재주 있는 사람이란
뜻으로 여기서는 장손씨를 가리킨다. •현담(玄談)-노장(老莊)에 관한
담론. 여기서는 심오한 담론의 뜻으로 쓰였다. •적송자(赤松子) 왕자교
(王子喬)-전설상의 신선들.

육우

陸羽, 733~804

자는 홍점(鴻漸), 호는 경릉자(竟陵子)·상저옹(桑苧翁)으로 지금의
호북성 천문시(天門市) 출신이다. 용개사(龍蓋寺) 근처에 버려진
아이를 이 절의 지적 선사(智積禪師)가 거두어 길렀다. 한때는
광대 패에 어울리기도 했으나 스스로 유학을 공부했으며,
760년경에는 지금의 절강성 호주(湖州)의 초계(苕溪)에
은거하면서 불후의 대작 『다경』(茶經)을 저술했는데 그는 이
책에서 차의 성질, 산지(産地), 재배, 찻잎의 채취와 제다(製茶),
차 끓이기와 마시기, 다구(茶具) 등 차에 관한 모든 것을 종합하여
정리했다. 후인들이 그를 다신(茶神) 또는 다성(茶聖)이라 불러
높였다.

황금 술 단지 부럽지 않고
백옥(白玉) 술잔도 부럽지 않네

아침에 성(省)에 드는 것 부럽지 않고
저녁에 대(臺)에 드는 것도 부럽지 않네

오직 부러운 건 저 서강(西江)의 물이니
경릉성(竟陵城) 아래로 흘러왔을 터

歌

不羨黃金罍　不羨白玉杯
不羨朝入省　不羨暮入臺
惟羨西江水　曾向竟陵城下來

제1연에서는 황금과 백옥이 부럽지 않다고 하여 재산을 탐하지
않음을 말했고, 제2연에서는 대성(臺省) 즉 조정에서 벼슬하는
것이 부럽지 않다고 했다. 제3연의 '경릉'(竟陵)은 그의

고향이다. 이 시는 세상의 부귀를 마다하고 고향으로 돌아가고 싶은 그의 마음을 나타내고 있다. 고향으로 돌아가고 싶다는 것은 단순한 귀향이 아니라 산천에서 차(茶)를 연구하며 차와 더불어 살고 싶은 염원을 말한 것이다. 이 시가 차시는 아니지만 『전당시』에 실려 있는 그의 시 2수 중 하나이고, 차와 함께 살아온 그의 생활 자세가 잘 그려져 있어서 여기에 수록했다.

위
응
물

韋應物, 737~792

자는 의박(義博)으로 섬서성 출신이다.

산수전원시파(山水田園詩派)로서 도연명을 본받고자 했기 때문에
그를 '도위'(陶韋)로 병칭하기도 했고, 그의 마지막 관직이 소주
자사(蘇州刺史)였기 때문에 세칭 '위소주'(韋蘇州)라 불린다.

정원에 차가 자라는 것을 기뻐하다

깨끗한 본성은 더럽힐 수 없기에
이를 마셔 티끌 번뇌 씻어 낸다네

이 물건 진실로 맛이 신령해
원래 산과 언덕에서 나는 것

애오라지 정무(政務)의 남은 여가에
거친 뜰에 아무렇게 심어 놨는데

기쁘네, 뭇 풀들 따라 자라나서는
숨어 사는 이 사람과 대화할 수 있다니

喜園中茶生

潔性不可汚　爲飮滌塵煩
此物信靈味　本自出山原
聊因理郡餘　率爾植荒園
喜隨衆草長　得與幽人言

유
우
석

劉禹錫, 772~842

자는 몽득(夢得)으로 강소성 출신이다. 793년 22세로 진사
급제한 후 감찰어사로 있을 때 왕숙문(王叔文)이 주도한
영정혁신(永貞革新) 운동에 참여했다가 지방으로 좌천된 이래
중앙과 지방을 여러 차례 오가면서 정치적 부침을 겪었다.
죽지사(竹枝詞)를 처음 창작한 것으로 유명하다.

절간 뒤편에 몇 떨기 차나무
봄이 오니 대와 어울려 새싹을 내미네

손을 위해 옷을 털고 일어나는 것 같아
고운 떨기 옆에서 새싹을 따서

잠깐 동안 덖으니 향기가 방에 가득
문득 금사수(金沙水) 길어 쏟아부으니

솥에는 소나기 솔바람 소리 나고
흰 구름이 잔에 가득, 거품 꽃이 떠 있네

그윽한 향이 코를 찔러 숙취가 달아나고
맑은 향이 뼈에 스며 번뇌를 씻어 주네

산 남쪽 산 북쪽이 기후가 각각 달라
대숲 밑 이끼 낀 땅만 못하지

염제(炎帝)가 맛봤으나 달이는 법을 몰랐고
동군(桐君)이 비록 기록을 남겼으나 어찌 차 맛을 알았으리

새싹은 꼬불꼬불 반쯤만 펴졌는데
따서 달이는 데에 잠깐이면 된다네

찻물엔 이슬 젖은 목란 향 은은하고
물가의 요초(瑤草)도 이 색깔만 못하지

스님이 말하길 "신령한 맛 알려면 그윽하고 고요해야만
좋은 손님 위해서 찻잎 따고 딴다오

봉함해서 군재(郡齋)에 보내는 것 마다하지 않겠소만
우물물, 동화로가 차의 품격 손상할 터

하물며 몽정차(蒙頂茶), 고저산(顧渚山) 자순차(紫笋茶)를
봉함하고 도장 찍어 바람 먼지 속에 달림에랴

맑고 시원한 차의 맛을 알려면
구름 속에 잠자고 바위에 앉은 사람이라야"

西山蘭若試茶歌

山僧後檐茶數叢　春來映竹抽新茸
宛然爲客振衣起　自傍芳叢摘鷹嘴
斯須炒成滿室香　便酌砌下金沙水

驟雨松聲入鼎來　白雲滿碗花徘徊

悠揚噴鼻宿醒散　淸峭徹骨煩襟開

陽崖陰嶺各殊氣　未若竹下莓苔地

炎帝雖嘗未解煎　桐君有籙那知味

新芽連拳半未舒　自摘至煎俄頃餘

木蘭沾露香微似　瑶草臨波色不如

僧言靈味宜幽寂　采采翹英爲嘉客

不辭緘封寄郡齋　磚井銅爐損標格

何況蒙山顧渚春　白泥赤印走風塵

欲知花乳淸泠味　須是眠雲跂石人

난야(蘭若)-사원. •새싹〔鷹嘴〕-응취(鷹嘴)는 '매의 부리'란 뜻으로 차의 새싹이 매 부리처럼 구부러졌다고 해서 붙인 이름이다. •금사수(金沙水)-절강성의 고저산에 있는 금사천(金沙泉)의 물. 차를 달이는 데에 좋은 물로 이름나 있다. •흰 구름, 거품 꽃-찻물 위에 생긴 흰 거품. •염제(炎帝)-신농씨(神農氏). 그가 썼다는 『신농식경』(神農食經)에 차를 맛보았다는 기록은 있지만, 차를 달이는 방법에 관한 언급은 없다. •동군(桐君)-황제(黃帝) 때의 의사(醫師)로 그가 저술했다는 『채약록』(采藥錄)에는 온갖 초목 금석의 성질과 맛이 기록되어 있지만 차의 참맛은 몰랐다는 뜻이다. •군재(郡齋)-이 시의 작자인 유우석이 집무하는 관청. •우물물…손상할 터-『다경』에 "(차를 달이는) 물은 산수(山水)가 상등이고 강수(江水)가 중등이며 정수(井水-우물물)는 하등이다"라 했는데, 차를 군재로 보내면 비록 동(銅)으로 만든 다관이 있더라도 필시 우물물로 달일 것이니 이곳에서 산수로 달인 차보다 풍미가 덜할

것이라는 스님의 말. •몽정차(蒙頂茶)-이 책 24면 3번 시 참조. •고저산(顧渚山) 자순차(紫笋茶)-이 책 152면 48번 시, 276면 70번 시 참조. •봉함하고…달림에랴-포장해서 멀리 조정에 보낸다는 말. •구름…사람-성시(城市)에서 멀리 떨어진 산속에서 차를 심고 찻잎을 따서 산수로 차를 달여 마시는 사람을 가리킨다.

──────────

이 시는 중국 차 문화사에서 귀중한 자료이다. 귀중한 자료가 된 이유는 "斯須炒成滿室香"(잠깐 동안 덖으니 향기가 방에 가득), "自摘至煎俄頃餘"(따서 달이는 데에 잠깐이면 된다네) 두 구절 때문이다. 녹차를 만들 때의 첫 과정인 살청(殺靑)의 방법에는 초청(炒靑), 증청(蒸靑), 홍청(烘靑)이 있는데, 유우석의 이 시가 쓰인 당나라 때는 증청 즉 찻잎을 증기에 찌고 절구에 빻아서 떡차로 만들어 사용했다. 그런데 이 시에서는 "초성"(炒成) 즉 "덖는다"라고 했다. 이것은 증청이 아니라 초청을 말하는 것이고, 제다 기술상 초청을 언급한 최초의 기록이다. 또 "(찻잎을) 따서 달이는 데에 잠깐이면 된다"라는 구절도 증청이 아니라 초청을 거쳐 차를 달여 마셨다는 것을 말해 준다. 왜냐하면, 증청을 거쳐 만든 떡차는 맷돌에 갈아서 가루로 만들어 달이기 때문에 찻잎을 따서 달이기까지 시간이 많이 소요된다. 그런데 이 시에서 "따서 달이는 데 잠깐이면 된다"라고 했으니 이는 증청을 거친 떡차를 맷돌에 갈아서 달인 것이 아니라 초청을 거쳐 달였다는 것을 말해 준다.

　당나라 때 초청 방법이 없었던 점을 고려한 듯 『유우석집』의

272

한 이본(異本)에는 '초'(炒)를 '연'(碾)으로 표기한 것도 있다. '연'(碾)은 맷돌이란 뜻이다. 그러나 '초'(炒)를 '연'(碾)으로 보더라도 "잠깐이면 된다"라는 구절과 맞지 않는다. 증청을 거친 떡차를 맷돌에 갈아서 달이는 데에는 상당한 시간이 소요되기 때문이다. 이 시를 통하여 우리는 당나라 때에도 일부 지역에서는 초청이 있었다는 사실을 알 수 있다.

69   차를 맛보다

향기로운 차나무 새싹을 막 뭉쳐
오랜 벗 낭사원(郎士元)이 적선가(謫仙家)에 부쳐 왔네

오늘 밤 상강(湘江)에 다시 달이 떠
찻잔 가득 향기로운 거품을 비친다

嘗茶

生拍芳叢鷹嘴芽　老郎封寄謫仙家
今宵更有湘江月　照出菲菲満碗花

뭉쳐[拍]-'박'(拍)은 차를 찌고 절구에 찧은 후에 떡차로 만드는 과정
을 말한다. •오랜 벗 낭사원(郎士元)-원문은 "老郎"(노랑)인데 '랑'(郎)
을 낭사원(郎士元, 727~780?)으로 보았다. •적선가(謫仙家)-적선은
'귀양 온 신선'이란 뜻으로 하지장(賀知章)이 이백에게 붙여 준 별명이
다. 여기서는 유우석이 자신을 이백에 비겼고 또 당시 그가 낭주 사마
(朗州司馬)로 좌천되어 귀양살이를 하고 있었기 때문에 자신이 사는 집
을 '적선가'라 말한 것이다. •상강(湘江)-호남성에 있는 강인데, 당시
그가 좌천된 낭주가 호남성에 있기 때문에 말한 것이다.

274

백거이

白居易, 772~846

자는 낙천(樂天), 호는 향산거사(香山居士)로 산서성
태원(太原)에서 태어나 하남성 신정(新鄭)에서 자랐다. 800년
29세로 진사 급제한 이래 여러 관직을 두루 역임했으며,
원진(元稹)과 함께 신악부(新樂府) 운동을 펼쳐 문단의 혁신을
주도했다.『신악부』50수와「장한가」(長恨歌),「비파행」(琵琶行)의
작가로 이백, 두보와 함께 중국의 3대 시인으로 꼽히기도 한다.

70 밤에 가상주와 최호주가 다산 경회정에서 연회를
연다는 소식을 듣고

멀리서 들으니 경회정에서 밤잔치 열린다는데
미인과 풍악 소리가 몸에 휘감기겠지요

다반(茶盤)에 놓인 차는 두 고을을 갈랐는데
등불 앞에서 모두가 봄을 즐길 터

아가씨들 번갈아 묘한 춤을 다투고
자순차 맛보며 햇차 품질 겨루리

스스로 탄식하네, 꽃 피는 시절 북창(北窓) 밑에서
포황주(蒲黃酒) 마시며 병들어 누운 나를

夜聞賈常州崔湖州茶山境會亭歡宴

遙聞境會茶山夜　珠翠歌鍾俱繞身
盤下中分兩州界　燈前各作一家春
靑娥遞舞應爭妙　紫笋齊嘗各鬪新
自嘆花時北窓下　蒲黃酒對病眠人

276

가상주(賈常州), 최호주(崔湖州)-상주 자사(常州刺史) 가(賈) 모 씨(某氏)
와 호주 자사 최 모 씨. 두 사람의 이름은 미상이다. •다산(茶山) 경회
정(境會亭)-다산은 절강성 호주와 강소성 상주의 접경 지역에 있는 고
저산(顧渚山)으로 좋은 차가 많이 생산되어 다산이라 불렀다. 이 산속
에 있는 정자가 경회정인데, 매년 봄에 상주 자사와 호주 자사가 여러
사람들과 함께 이곳에 모여 조정에 바칠 차를 수확하고 품평하는 성대
한 잔치를 열었다고 한다. •두 고을을 갈랐는데-상주와 호주에서 딴
찻잎을 다반(茶盤) 위에 따로 펼쳐 놓았다는 뜻. •자순차(紫筍茶)-절강
성 호주와 강소성 상주 일대에서 생산되는 품질 좋은 차를 모두 자순차
라 하는데, 호주의 차를 고저(顧渚) 자순차라 하고 상주의 차를 양선(陽
羨) 자순차라 한다. 호주의 차를 고저 자순차라 하는 것은 호주시 장흥
현(長興縣) 서북쪽의 고저산에서 생산되기 때문이고, 상주의 차를 양선
자순차라 하는 것은 양선이 당시엔 상주의 관할 아래 있었기 때문이다.
양선은 의흥(宜興)의 옛 이름이다. •포황주(蒲黃酒)-약초인 포황을 넣
어서 담근 술.

매년 봄에 호주 자사와 상주 자사는 사람들을 이끌고 호주와
상주 접경 지역에 있는 고저산 경회정에 모여 양 지역에서
생산하여 조정에 바칠 차를 품평하는 큰 잔치를 열었는데, 당시
소주 자사로 있던 백거이가 이 잔치에 초청 받았다. 그러나
그때 그는 말에서 떨어져 허리를 다쳤기 때문에 가지는 못하고
성대하게 열렸을 잔치의 광경을 상상하며 안타까운 심경을 이
시에 토로했다.

71   자고 난 후 다흥이 일어 양동주를 생각하네

어제저녁 술을 너무 마셔서
밤새 취하여 비틀거렸지

오늘 아침 배불리 밥 먹고 나서
한참을 흐드러지게 잠을 잤도다

실컷 자고 눈 비비니
눈앞엔 일거리 없어

발길 가는 대로 연못을 돌아 거니니
뜻밖에도 그윽한 풍취가 나타나누나

녹음이 우거진 나무에다가
땅에는 얼룩덜룩 푸른 이끼 끼었네

이곳에 작은 의자 갖다 놓고서
그 옆에서 다기(茶器)를 씻는다

백자 사발은 매우 깨끗하고
붉은 화로 숯불은 이글이글 타는데

찻가루를 넣으니 국진(麴塵)이 향기롭고
끓어서 어안(魚眼) 같은 거품이 뜨네

담아내니 색깔이 아름답고요
마신 뒤에도 향기가 남아 있는데

양모소(楊慕巢)가 없으니
뉘라서 이 맛을 알 수 있으랴

睡後茶興憶楊同州

昨晚飮太多　嵬峨連宵醉
今朝餐又飽　爛熳移時睡
睡足摩挲眼　眼前無一事
信脚繞池行　偶然得幽致
婆娑綠陰樹　斑駁靑苔地
此處置繩床　傍邊洗茶器
白瓷甌甚潔　紅爐炭方熾
沫下麴塵香　花浮魚眼沸
盛來有佳色　咽罷餘芳氣
不見楊慕巢　誰人知此味

양동주(楊同州)-동주 자사(同州刺史)를 지낸 양여사(楊汝士)로 백거이의 처남이다. •작은 의자〔繩床〕-승상(繩床)은 새끼줄로 다리를 맨 접이식 작은 의자. •국진(麴塵)-국진은 누룩에 생기는 담황색의 균이 먼지 같다고 해서 붙인 명칭인데, 여기서는 잘게 갈아 낸 담황색의 찻가루를 가리킨다. 당나라 때에는 잎차가 아닌 떡차를 맷돌로 갈아서 가루를 내어 끓여 마셨다. •양모소(楊慕巢)-모소(慕巢)는 양여사의 자(字)이다.

저녁 햇살 허리를 비출 때까지
따뜻한 침상에 비스듬히 누웠다가
한가로운 잠을 깨니 온갖 병이 사라지네

하루 종일 밥 한 끼 차는 두 사발
내일 아침 이르도록 필요한 것 하나 없네

閑眠

暖床斜臥日曛腰　一覺閑眠百病消
盡日一餐茶兩碗　更無所要到明朝

유정량의 「차의 열 가지 덕」_(茶十德)

- 차로써 울적한 기운을 흩뜨릴 수 있고
- 차로써 잠기운을 몰아낼 수 있고
- 차로써 생기(生氣)를 기를 수 있고
- 차로써 병기(病氣)를 없앨 수 있고
- 차로써 예(禮)와 인(仁)을 이롭게 할 수 있고
- 차로써 경의(敬意)를 표할 수 있고
- 차로써 좋은 맛을 맛볼 수 있고
- 차로써 신체를 기를 수 있고
- 차로써 마음을 우아하게 할 수 있고
- 차로써 도(道)를 행할 수 있도다

茶十德

以茶散鬱氣　以茶驅睡氣

以茶養生氣　以茶除病氣

以茶利禮仁　以茶表敬意

以茶嘗滋味　以茶養身體

以茶可雅心　以茶可行道

유정량(劉貞亮, ?~813)은 당(唐)나라의 정치가로, 우위대장군지내시성
사(右衛大將軍知內侍省事)를 역임했다.

유종원

柳宗元, 773~819

자는 자후(子厚)로 산서성 출신이다. 21세에 진사시에 급제하여
벼슬길에 나아갔으나 재상 왕숙문이 주도한 영정혁신 운동에
참여했다가 실패하여 호남성의 영주 사마(永州司馬)로 좌천되고,
후에는 광동성의 유주 자사(柳州刺史)로 나가서 그곳에서
사망했다. 영주에 좌천되었을 때 그곳의 산수를 묘사한 산문이
산수유기(山水遊記)라는 문체의 탄생을 가져왔다. 한유(韓愈)와
함께 고문 부흥 운동을 펼쳤다.

　손 상인이 대숲 사이에서 친히 햇차를 따서
보내왔으므로 시로 사례한다

향기로운 차나무가 상죽(湘竹)을 가리우고
떨어지는 이슬이 맑은 꽃처럼 엉겼네

다시 또 설산(雪山)의 나그네가
이른 아침에 귀한 싹을 따는데

구름 안개 속에서 급한 여울 내려보고
산꼭대기까지는 지척의 거리

둥글거나 네모난 차 빛깔이 곱고
티 하나 없는 옥과 같아라

아이 불러 황금 솥에 불을 지피니
넘치는 향기가 깊고 멀리 퍼지네

번뇌를 씻어 내어 진상(眞相)을 드러내고
사악함을 제거하여 본원으로 되돌리네

이는 마치 감로반(甘露飯)이
비야성(毗耶城)을 감화시키듯

아! 기특하도다, 저 신선들의 벗이여
유하주(流霞酒)보다 더 귀하지 않은가

巽上人以竹間自采新茶見贈酬之以詩

芳叢翳湘竹　零露凝淸華

復此雪山客　晨朝掇靈芽

蒸烟俯石瀨　咫尺凌丹崖

圓方麗奇色　圭璧無纖瑕

呼兒爨金鼎　餘馥延幽遐

滌慮發眞照　還源蕩昏邪

猶同甘露飯　佛事薰毗耶

咄此蓬瀛侶　無乃貴流霞

―――――――

손 상인(巽上人)-호남성 영주(永州) 용흥사(龍興寺)의 중손(重巽) 스님.
상인(上人)은 스님의 존칭. ·상죽(湘竹)-상비죽(湘妃竹) 즉 반죽(斑竹).
·설산(雪山)의 나그네-설산은 석가모니가 고행한 장소. 여기서 설산
의 나그네는 산중에서 수도하는 중손 스님을 가리킨다. ·진상(眞相)-
순수한 인간의 본성. ·감로반(甘露飯), 비야성(毗耶城)-『유마힐소설경』
(維摩詰所說經)에 "치화보살(時化菩薩)이 사발 가득 향기로운 밥을 유
마힐에게 주었는데, 그 밥의 향기가 비야리성(毗耶離城)과 삼천대천세
계(三千大千世界)에까지 널리 퍼졌다"는 기록이 있는데, 이 시의 감로반
이 곧 유마힐에게 준 향기로운 밥이다. 비야리성은 비야성이라고도 하

286

는데, 불경에 나오는 고대 인도의 대도시로 석가모니가 열반한 곳이라 한다. 유마힐에게 준 향기로운 밥 즉 감로반의 향기가 비야성과 삼천대천세계에 널리 퍼졌듯이, 손 상인이 만든 차의 향기가 멀리 퍼진다는 것이 이 구절의 뜻이다. •신선들의 벗〔蓬瀛侶〕-봉영(蓬瀛)은 신선이 산다는 봉래산(蓬萊山)과 영주산(瀛洲山)을 가리키는데 여기서는 이곳에 사는 신선들을 지칭한다. 이 신선들의 벗은 차(茶)를 가리킨다. •유하주(流霞酒)-신선들이 마신다는 술. 이 구절의 뜻은, 차가 유하주보다 더 귀하다는 것이다.

유종원은 왕숙문이 주도한 영정혁신 운동에 참여했다가 실패하여 805년 호남성의 영주(永州)로 좌천되어 10여 년을 보냈는데, 이 시는 이 시기의 작품으로 추정된다.

요
합

姚合, 777~843

816년에 진사 급제하여 벼슬이 비서감(祕書監)에 이르렀다. 시를
잘하여 특히 5언율시에 능했다고 한다.

벽간춘(碧澗春)은 어린 싹이 연노랑인데
들으니 찻잎 딸 때 매운 음식 피해야

산옹(山翁)께 묻노라, 돈으로 사지 않고
시(詩)로써 차 바꾼 자 몇이나 되는가?

乞新茶

嫩綠微黃碧澗春　采時聞道斷葷辛
不將錢買將書乞　借問山翁有幾人

벽간춘(碧澗春)-지금의 호북성 의창(宜昌)에서 생산되었던 차 이름으
로 벽간차(碧澗茶), 송자벽간(松滋碧澗)으로도 불린다.

제3구의 '산옹'(山翁)은 산에 사는 사람 즉 은사(隱士)인데 두
가지로 해석할 수 있다. 첫째는, 산옹을 시인이 햇차를 달라고
요청하는 상대방을 가리킨다고 볼 수 있다. 둘째는, 시인 자신을
가리킨다고 볼 수 있는데 이 경우에는 스스로에게 자문한

289

것이다. 자문하는 이유는, 시를 써 보내며 차와 바꾸자는 사람이 흔치 않다는 것을 시인이 알고 있기 때문이다. 이렇게 되면 제4구는 "시로써 차 바꾼 자 몇이나 될까?"쯤으로 해석되어야 할 것이다.

이
덕
유

李德裕, 787~850

만당(晚唐)의 정치가로 자는 문요(文饒)이고, 하북성 출신이다.

절서 절도사(浙西節度使)를 거쳐 전후 7년여를 재상으로

재직했다.

75   친구가 차를 보내오다

검외(劍外)의 귀한 차가
편지와 함께 서울에 내려왔네

봉함을 열 때는 달이 막 떠오르고
맷돌 가는 곳엔 샘물 소리 요란하다

밤중에 스님을 초청해 놓고
시 읊으며 대 앞에서 차를 달이니

푸른 다탕(茶湯)에 하각(霞脚)이 부서지고
향기 뜨고 가벼운 거품이 이네

온몸의 잠 귀신 물러나 버리고
며칠 동안 시상(詩想)이 맑기만 하네

남은 차는 함부로 소비하지 말아야
남겨 두어 글 읽을 때 함께 가야지

故人寄茶

劍外九華英　緘題下玉京

開時微月上　碾處亂泉聲

半夜邀僧至　孤吟對竹烹

碧流霞脚碎　香泛乳花輕

六腑睡神去　數朝詩思淸

其餘不敢費　留伴讀書行

검외(劍外)-검각(劍閣) 남쪽의 촉(蜀) 땅. •귀한 차〔九華英〕-"九"(구)는
많다는 뜻이고 "華"(화)는 빛난다는 뜻이다. 그러므로 '구화영'은 수없
이 많은 빛나는 초목 중에서도 빼어난 것〔英〕즉 찻잎을 말한다. •하
각(霞脚)-끓고 난 후 잔 밑에 가라앉은 찻잎 찌꺼기. •거품〔乳花〕-차
가 끓을 때의 거품을 '유화'(乳花), 즉 '우윳빛 꽃'에 비유했다.

293

노동

盧仝, 795~835

자호(自號)는 옥천자(玉川子), 하북성 범양(范陽) 출신이다. 젊었을
때 하남성의 소실산(小室山)에 은거하여 독서했으며 생활이
빈곤했지만 벼슬에 나아가지 않았다. 후에 재상 왕애(王涯)의
집을 가끔 방문한 것이 빌미가 되어 감로지변(甘露之變) 때 왕애와
함께 피살되었다.

붓을 달려 맹 간의가 햇차를 보내 준 것에 사례하다

아침 해 높이 뜨도록 잠에 빠져 있는데
군장(軍將)이 문 두드려 잠을 깨우네

말하길 간의(諫議)께서 서신을 보냈다나
하얀 비단에 비스듬히 세 개 도장 찍혀 있네

봉함 여니 간의의 얼굴 보는 듯하고
손으로 뜯어 보니 둥근 차 삼백 편

들으니 새해에 산속으로 든다 하니
겨울잠 자던 벌레 깨고 봄바람 불 때지

천자께선 모름지기 양선차(陽羨茶) 맛보시니
온갖 풀들 감히 먼저 꽃 피우지 못하네

부드러운 바람이 몰래 고운 꽃봉오리 맺게 하니
봄 되기 전 황금빛 싹 뽑아낸다네

햇잎 따서 덖고 바로 싸서 봉하니
지극히 순수하나 사치스럽지 않네

천자께서 남기신 건 왕공(王公)들이나 마실 터
어인 일로 산에 사는 나에게까지 이르렀나

사립문 닫혀 있어 속객(俗客) 없는 이곳에서
머리에 사모(紗帽) 쓰고 손수 달여 마시는데

푸른 구름 바람 끌어 쉬지 않고 불어 대고
하얀 꽃 뜬 빛이 찻잔에 엉기네

첫 잔은 목구멍과 입술을 적시고
둘째 잔은 외로운 시름을 깨치며

셋째 잔은 메마른 창자를 찾아가니
오천 권의 문자만 들어 있다네

넷째 잔은 가벼운 땀을 나게 해
한평생 불평사(不平事)를 모두 땀구멍으로 흩어 버리네

다섯째 잔은 살과 뼈를 맑게 하고
여섯째 잔은 선령(仙靈)과 통하며

일곱째 잔은 마시지 않아도
두 겨드랑에 맑은 바람 이는 것만 느낄 뿐

봉래산이 그 어디메뇨
옥천자(玉川子), 이 바람 타고 돌아가련다

산 위의 신선들이 아래 세상 다스리나
지위가 맑고 높아 비바람에 막혔으니

어찌 알리, 억조창생 목숨이
벼랑에서 떨어져 고통받는 줄

간의께 묻노니, 이 백성들을
끝내 다시 소생시켜 주실는지요

走筆謝孟諫議寄新茶

日高丈五睡正濃　軍將打門驚周公
口云諫議送書信　白絹斜封三道印
開緘宛見諫議面　手閱月團三百片
聞道新年入山裏　蟄虫驚動春風起
天子須嘗陽羨茶　百草不敢先開花
仁風暗結珠蓓蕾　先春抽出黃金芽
摘鮮焙芳旋封裹　至精至好且不奢
至尊之餘合王公　何事便到山人家
柴門反關無俗客　紗帽籠頭自煎喫

297

碧雲引風吹不斷　白花浮光凝碗面

一碗喉吻潤　　　兩碗破孤悶

三碗搜枯腸　　　唯有文字五千卷

四碗發輕汗　　　平生不平事盡向毛孔散

五碗肌骨清　　　六碗通仙靈

七碗喫不得也　　唯覺兩腋習習淸風生

蓬萊山在何處　　玉川子乘此淸風欲歸去

山上群仙司下土　地位淸高隔風雨

安得知百萬億蒼生命　墮在顚崖受辛苦

便從諫議問蒼生　到頭合得蘇息否

맹 간의(孟諫議)-간의대부(諫議大夫)를 역임한 맹간(孟簡). ・군장(軍將)-맹간이 보낸 하급 무관(武官). ・잠을 깨우네〔驚周公〕-『논어』「술이」(述而) 편에 공자가 "심하도다, 나의 노쇠함이. 오래되었도다, 꿈속에서 주공을 뵌 지도"(甚矣 吾衰也 久矣 吾不復夢見周公)라는 구절이 있는데, 여기서 유래하여 '주공'(周公)이 '꿈'의 뜻으로 쓰였다. 따라서 '경주공'(驚周公)은 '꿈을 놀라게 하다', '꿈을 깨우다'라는 뜻이 되고 나아가 '잠을 깨운다'는 뜻으로 쓰였다. ・둥근 차〔月團〕-달처럼 둥글게 만든 단차(團茶) 즉 떡차를 말한다. ・싸서 봉하니-봉함해서 조정에 공차(貢茶)로 바치는 것. ・푸른 구름〔碧雲〕-다탕(茶湯)의 색깔. ・하얀 꽃〔白花〕-차를 끓일 때 생기는 거품. ・봉래산-신선들이 산다는 바닷속의 산. ・옥천자(玉川子)-이 시를 쓴 노동의 호. ・산 위의 신선들-조정에서 높은 벼슬하는 관리들의 비유.

노동이 소실산(小室山)에 은거했던 젊은 시절의 작품으로,
송대(宋代) 범중엄(范仲淹)의
「화장민종사투다가」(和章岷從事鬪茶歌)와 함께 널리 알려진
차시(茶詩)의 대표적인 작품이다. 이 시는 일곱 잔의 차를
마시면서 느낀 감회를 서술한 부분이 압권으로, 이로 인하여
'칠완다가'(七碗茶歌)로 불리기도 한다. 또 시에 있어서 육우의
『다경』에 비견할 만하다고 하여 노동을 다성(茶聖) 육우에
다음가는 '아성'(亞聖)으로 부르기도 한다.

두
목

杜牧, 803~852

자는 목지(牧之), 호는 번천거사(樊川居士)로 『통전』(通典)을
저술한 유명한 사학가인 두우(杜佑)의 손자이다. 828년 진사시에
급제하여 원대한 포부를 지니고 정치 개혁에 앞장섰으나 당나라
말기의 부패하고 어지러운 정국에서 끝내 이상을 실현하지
못하고 중앙과 지방의 관직을 전전하다가 생을 마쳤다. 시에
능하여 '소두'(小杜-작은 두보)라 불리기도 했다.

산은 실로 동남쪽이 빼어나고
차는 좋은 풀의 으뜸으로 일컬어지네

맡은 직책 비록 보잘것없지만
공차(貢茶) 만들어 바치는 일엔 뛰어나다네

시내 가득 배들이 멈춰 서 있는데
푸른 이끼 위에 깃발을 꽂고는

아름다운 유촌(柳村)의 버드나무 뚫고서
소나무 옆 시내 건너니 물소리 요란하다

돌계단 오르니 구름 낀 봉우리
평평한 골짜기가 눈앞에 펼쳐지네

웃음소리 들려와 하늘에 흩어지고
우뚝 솟은 누대(樓臺)가 앞에 보이네

샘은 부드러워 금빛 물을 쏟아 내고
향기로운 차 싹으로 자순차(紫筍茶) 만드네

길일(吉日)을 택하여 배장(拜章) 만들고
번개처럼 빠르게 기마병이 달린다

안개 낀 시냇가에 춤추는 옷소매
노랫소리 골짜기에 메아리쳐 오네

잎 속의 새들은 경쇠를 연주하듯
흰 눈은 아름답게 못 가 매화 비친다

온 가족이 다 함께 온 것 좋은 일인데
게다가 황제 명령 받들어 왔음에랴

나무 그늘 향기롭게 휘장을 만들었고
길에는 꽃잎 져서 무더기 이루었네

삼월이라 경물은 시들어 가는데
산에 올라 서글피 술 한 잔 기울이네

다시 오길 스스로 기약할 수 없어
고개 숙이고 티끌세상으로 들어간다네

題茶山

山實東吳秀　茶稱瑞草魁
剖符雖俗吏　修貢亦仙才
溪盡停蠻棹　旗張卓翠苔
柳村穿窈窕　松澗渡喧豗
等級雲峰峻　寬平洞府開
拂天聞笑語　特地見樓臺
泉嫩黃金涌　牙香紫璧裁
拜章期沃日　輕騎疾奔雷
舞袖嵐侵澗　歌聲谷答回
磬音藏葉鳥　雪豓照潭梅
好是全家到　兼爲奉詔來
樹蔭香作帳　花徑落成堆
景物殘三月　登臨愴一杯
重游難自尅　俛首入塵埃

다산(茶山)-이 책 276면 70번 시 참조. •배들-원문에 '만도'(蠻棹)라
고 되어 있는데, '만'(蠻)은 고대 남방 민족에 대한 호칭이다. 다산이 남
쪽에 있기 때문에 이렇게 부른 것이다. •유촌(柳村)-마을 이름. 버드
나무가 많아서 붙여진 이름이다. •샘-"산에 금사천이 있는데 매년 공
차 잎을 딸 때 솟아나서 공차 잎 따는 일이 끝나면 말라 버린다"(山有金
沙泉 修貢出 罷貢絕)라는 원주(原註)가 있다. •배장(拜章)-황실에 올리

는 주장(奏章). 여기에 차의 수량, 황실에 도착하는 시일 등을 기록하여 보낸다. •안개 낀 시냇가-이하의 묘사는 서울로 공차를 보내고 나서 잔치를 벌이는 장면이다.

이 시는 851년(두목 49세), 즉 그가 호주 자사(湖州刺史)로 부임했을 때의 작품이다. 당시 다산, 즉 고저산(顧渚山)에서는 유명한 자순차가 생산되어 궁중에 공물로 바쳤는데, 해마다 봄이면 호주와 상주의 자사가 친히 참석하여 찻잎 따는 것을 독려하며 성대한 연회를 개최했다고 한다.

78 봄날 다산에서 병들어 술을 마실 수 없기에
　　손님들에게 드린다

풍악이 울리는 속, 화려한 배에 오르니
때는 청명절 열흘 전이라

수려한 산봉우리에 흰 구름 아름답고
반짝이는 시냇가에 붉은 꽃 곱구나

꽃은 피려다가 아직 피지 못하였고
하늘은 반쯤 흐리고 반쯤 개었네

누가 알까, 병든 태수가
오히려 다선(茶仙)은 될 수 있음을

春日茶山病不飮酒因呈賓客

笙歌登畵船　十日淸明前
山秀白雲膩　溪光紅粉鮮
欲開未開花　半陰半晴天
誰知病太守　猶得作茶仙

305

다산(茶山)-고저산(顧渚山). 이 책 276면 70번 시 참조.

이 시를 쓸 당시 두목은 호주 자사로 있었는데, 호주 자사의 중요한 임무 중 하나는 고저산에서 나는 자순차를 따서 병차(餠茶)로 만들어 조정에 공물로 바치는 일이었다. 이 시의 배경도, 청명절 10일 전에 시인이 찻잎을 채취하고 병차 만드는 일을 감독하기 위하여 다산으로 행차하는 장면으로 되어 있다.

　호주 자사의 행차에는 풍악이 뒤따랐고 산 밑에 도착해서는 성대한 잔치가 베풀어졌다. 그러나 이때 두목은 병으로 술을 마시지 못했기 때문에 대신 이 시를 지어 참석한 손님들에게 보여 준 것이다. 평소 술을 좋아했던 그가 능히 주선(酒仙)으로 불릴 만했지만 그날은 술을 못 마셔 주선이 될 수는 없었으나 '다선'(茶仙)은 될 수 있다는 뜻이다.

서리 맞은 나무에 소매 스치며 돌길 내려가는데
물소리 끊어진 시내엔 얼음이 가득하네

섣달에 차를 들고 금벽동에 노니니
사마상여(司馬相如) 같은 문장이 응당 있으리

遊池州林泉寺金碧洞

袖拂霜林下石棱　潺湲聲斷満溪冰
携茶臘月游金碧　合有文章病茂陵

지주(池州)-지금의 안휘성 귀지시(貴池市). •임천사(林泉寺)-지주성(池
州城) 부근에 있는 사원으로 당시엔 폐사(廢寺)였다고 한다. 금벽동(金
碧洞) 역시 근처의 유람지이다. •사마상여-원문은 "病茂陵"(병무릉)이
다. 서한(西漢)의 문학가 사마상여가 병으로 관직을 사양하고 무릉(茂
陵)에 은거했다고 해서 그를 '병무릉'이라 한 것이다.

당나라 사람들은 유람을 할 때에도 차와 차 끓이는 도구를

가지고 다니면서 차를 즐겼다. 시인은 시냇물도 얼어붙은
한겨울에 차를 휴대하고 금벽동에 노닐며 차를 마시다가 문득
사마상여를 떠올린다. 사마상여는 소갈증(일종의 당뇨병)이
있어서 늘 차를 마셨다고 한다. 시인은 사마상여가 차를 많이
마셨기 때문에 좋은 문장을 저술할 수 있었다고 생각하고
자신도 차를 마시면서 사마상여와 같은 문장을 지을 수 있기를
바라고 있다.

온
정
균

溫庭筠, 812~870

자는 비경(飛卿)으로 산서성 출신이다. 몰락 귀족으로 재주가
있었으나 구속을 싫어하고 술에 젖어 생활하여 권귀(權貴)들의
미움을 받았다. 비록 조그마한 벼슬을 했지만 일생을 불우하게
지냈다. 그는 특히 사(詞)에 능하여 후대 사 작가들에게 커다란
영향을 미친 '화간사파'(花間詞派)의 비조로 불린다.

종유굴 돌 틈으로 흐르는 물소리
수심초(愁心草)의 녹색 먼지 봄 강물 색깔이네

우물에 꽃잎 져 물맛 향기로운데
산에 뜬 달은 사람에 어울리고
소나무 그림자는 즐길 만하네

선옹(仙翁)은 흰 새 깃털 부채를 들고
제단(祭壇) 쓸며 밤중에 『황정경』(黃庭經)을 읽는다

하얀 이에 맑고 옅은 차 향기 남아 있어
다시금 깨닫겠네, 학심(鶴心)이 묘명(杳冥)에 통하는 줄

西陵道士茶歌

乳竇濺濺通石脈　綠塵愁草春江色
澗花入井水味香　山月當人松影直
仙翁白扇霜鳥翎　拂壇夜讀黃庭經
疏香皓齒有餘味　更覺鶴心通杳冥

서릉도사(西陵道士)-서릉이 어디인지, 도사가 누구인지 알려져 있지 않다. •수심초(愁心草)-옛사람은 봄에 돋는 풀을 보면 수심이 생긴다고 해서 봄풀[春草]을 수초(愁草)라 불렀다. 여기서 수초는 찻잎을 가리킨다. •녹색 먼지[綠塵]-당나라 때는 떡차를 맷돌에 갈아서 가루로 만들어 차를 달였는데, '녹진'(綠塵)은 이 가루를 말한다. •선옹(仙翁)-서릉도사를 가리킨다. •『황정경』(黃庭經)-도가(道家) 경전 중의 하나. •학심(鶴心)-고대에는 학을 신선의 새로 여겼다. 그러므로 학심은 선심(仙心) 곧 선옹이 내심으로 추구하는 바를 말한다. •묘명(杳冥)-도가에서 이상으로 삼는 선경(仙境).

이
군
옥

李群玉, 813?~860?

자는 문산(文山)으로 호남성 풍주(澧州) 출신이다. 피리를 잘
불었고 서예에도 능했다. 과거 시험에 낙방하고 포의(布衣)로
지내다가 선종(宣宗)에게 시를 바쳐 굉문관(宏文館)
교서랑(校書郞)에 제수되었으나 곧 사직했다.

형산(衡山)에 은거하는 나그네 있어
나에게 석름차(石廩茶) 보내며 말하기를

"이른 새벽 안개와 이슬을 무릅쓰고
봄 산의 새싹을 따고 또 따서

겹쳐 눌러 둥글고 네모난 차 만들었는데
어떤 차 향기도 이만 못하답니다"

맷돌에 갈아서 금빛 가루 만드니
가볍고 여리기 송화(松花)와 같아

서리 맞은 가지로 화로에 불 지피고
아이놈이 정화수를 따라 부으니

여울물 소리에 고기 눈이 생기고
솥 가득 맑은 기운 퍼져 나가네

정신을 맑게 해서 새벽까지 앉았으니
병든 눈엔 얇은 비단 끼인 것 같네

313

한 사발 마시니 흐린 정신 떨쳐 내고
가슴속 번뇌를 시원히 없애 주네

고저차(顧渚茶)와 방산차(方山茶)
누가 그 등급을 남겨 놓았나

찻사발 들고서 가만히 음미하며
무릎을 흔들며 감탄한다네

龍山人惠石廩方及團茶

客有衡岳隐　遺余石廩茶
自云凌烟露　采掇春山芽
珪璧相壓疊　積芳莫能加
碾成黃金粉　輕嫩如松花
紅爐爇霜枝　越兒斟井華
灘聲起魚眼　滿鼎漂清霞
凝澄坐曉燈　病眼如蒙紗
一甌拂昏寐　襟鬲開煩拏
顧渚與方山　誰人留品差
持甌默吟味　搖膝空咨嗟

용산인(龍山人)-성이 용씨(龍氏)인 은자. '산인'은 은자의 뜻이다. •석름(石廩) 방차(方茶)와 단차(團茶)-호남성의 형산(衡山) 72봉 중의 하나인 석름봉에서 나는 찻잎으로 만든 병차(餠茶-떡차)로, 방차는 네모난 것이고 단차는 둥근 것이다. •둥글고 네모난 차〔珪璧〕-규벽(珪璧)은 옥기(玉器)인데 규(珪)는 네모난 것이고 벽(璧)은 둥근 것이다. •아이놈〔越兒〕-시인이 살고 있던 곳은 옛 월(越)나라 땅인데 그곳에서 시중들던 아이를 '월아'(越兒)라 부른 것이다. •여울물 소리-찻물이 처음 끓을 때 나는 소리. •고저차(顧渚茶)-고저산에서 생산되는 차. 이 책 276면 70번 시 참조. •방산차(方山茶)-복건성 방산에서 나는 명차.

피
일
휴

皮日休, 838?~883?

자는 습미(襲美)·일소(逸少), 호는 녹문자(鹿門子)로 호북성
출신이다. 867년 진사시에 급제하여 벼슬이 태상박사
(太常博士)에 이르렀다. 한유, 유종원의 고문 부흥 운동의 뜻을
이어받고 백거이의 신악부의 전통을 계승하여 현실주의적인
작품을 많이 남겼다. 육구몽(陸龜蒙)과 가까워 '피륙'(皮陸)으로
병칭된다.

고저산(顧渚山)에서 태어나
만석오(漫石塢)에서 늙어

말할 땐 숨에서 차 향기 나고
옷에선 안개 향기 묻어난다네

뜰에는 제멋대로 영수(欞樹)가 막아섰고
과일은 누사(獳師)가 맘대로 먹게 하네

저물녘에 웃으면서 돌아오는데
허리엔 가벼운 광주리 차고 있네

茶人

生于顧渚山　老在漫石塢
語氣爲茶荈　衣香是烟雾
庭從欞子遮　果任獳師虜
日晚相笑歸　腰間佩輕簍

고저산(顧渚山)-이 책 276면 70번 시 참조. • 만석오(漫石塢)-고저산의
한 구역으로 차밭이 많은 지명. • 영수(欘樹)-고저산에 자생하는 옥색
(玉色)의 나무로 그 지방 사람들이 꺾어서 지팡이로 사용했다고 한다.
• 누사(玃師)-누(玃)와 사(師). 둘 다 들짐승의 이름.

피일휴의 「다중잡영」(茶中雜咏) 10수 중 제2수이다. 「다중잡영」
10수는 「다오」(茶塢), 「다인」(茶人), 「다순」(茶笋), 「다영」(茶籯),
「다사」(茶舍), 「다조」(茶竈), 「다배」(茶焙), 「다정」(茶鼎),
「다구」(茶甌), 「자다」(煮茶)이다. 피일휴는 「다중잡영」 10수의
서(序)에서 이렇게 말했다.

(중략) 주(周)나라 이래로 본조(本朝)에 이르기까지의 차에 관
한 것은 경릉자(竟陵子) 계비(季疵-육우의 자字)가 상세히 말해
놓았다. 그러나 계비 이전에는 차를 마신다고 일컫는 자들이
모두 반드시 물에 삶았으니 채소를 삶아 먹는 것과 다를 바 없
었다. 계비가 비로소 『다경』 3권을 지었다. 이로부터 차나무의
내원(來源)을 구분하고 찻잎을 따고 끓이는 기구를 제작하고
달이는 방법을 가르쳐 차를 마시는 자가 두통을 없애고 염병을
물리치도록 했으니 명의(名醫)도 이보다 나을 수 없었다. 그러
니 차의 이로움이 사람에게 어찌 적다고 하겠는가. 내가 처음
계비의 책을 얻어서 완비되었다고 여겼는데 후에 또 그의 「고
저산기」(顧渚山記) 2편을 얻어 보니 그 가운데 차에 관한 사항

이 많았다. 후에 또 태원(太原) 사람 온종운(溫從雲)과 무위(武威) 사람 단석(段碼)이 각각 차에 관한 사항 십수 조항을 보충한 것이 서책에 보존되어 있어 차에 관한 것은 주(周)나라로부터 지금에 이르기까지 조금도 누락됨이 없었다. 옛날 진(晉)나라 두육(杜育)의 「천부」(荈賦)가 있고 계비의 「다가」(茶歌)가 있었으나 내가 마음으로 부족하게 여겼던 것은, 차에 관한 구체적인 내용은 있었으나 시(詩)로 나타난 것이 없다는 사실이고 이 역시 계비가 남긴 한(恨)이다. 드디어 10수의 시를 써서 천수자(天隨子-육구몽)에게 준다.

이 시 「다인」(茶人)은 고저산에서 평생 차와 더불어 살아온 사람들이 자연과 조화를 이루면서 순박하게 생활하는 모습을 지극히 긍정적인 시선으로 그리고 있다.

83   차를 달이다

젖과 같이 향기로운 한 홉의 샘물을
끓이니 거품이 구슬을 잇듯

때로는 게 눈 같은 거품이 생겼다가
고기비늘 같은 잔물결이 잠깐 보이네

끓는 소리는 소나무에 비가 오는 듯
거품엔 푸른 안개 일어나는 듯

중산주(中山酒) 마신 자에게 이 차를 먹인다면
반드시 천 일 동안 취하지 않으리라

煮茶

香泉一合乳　煎作連珠沸
時看蟹目濺　乍見魚鱗起
聲疑松帶雨　餑恐生烟翠
儻把瀝中山　必無千日醉

한 홉〔一合〕-합(合)은 중국 고대의 계량 단위로, 10합이 1되〔升〕이다.
• 구슬을 잇듯〔連珠沸〕-육우는 『다경』에서 찻물이 끓는 것을 3단계〔三
沸〕로 나누었는데 두 번째 단계가 용천연주(涌泉連珠)이다. 이 책 68면
18번 시 참조. • 게 눈 같은 거품〔蟹目〕-명나라 장원(張源)이 찻물이 끓
는 것을 5단계로 나누었는데 두 번째 단계가 해안(蟹眼)이다. 이 책 56면
14번 시, 68면 18번 시 참조. • 중산주(中山酒)-중국 고대에 중산국에
서 만든 술로, 한번 마시면 천 일 동안 취한다고 해서 천일주(千日酒)라
고도 했다.

피일휴의 「다중잡영」 10수 중 제10수이다.

육구몽

陸龜蒙, ?~881

자는 노망(魯望), 자호(自號)는 보리선생(甫里先生)으로 강소성
출신이다. 작은 벼슬을 하다가 후에는 은거하며 고저산 아래에
차밭을 가꾸면서 차를 즐겼다. 피일휴와 이름을 나란히 하여
'피륙'(皮陸)으로 병칭되었다.

소나무 사이에 한가히 앉아
소나무 위의 눈으로 차 달이는데

끓어서 물결치는 꽃 같은 거품 속에
남색 찻잎 가루를 집어넣는다

마신 후엔 정신이 맑고 건강해
갑자기 속된 생각 사라져 버린 듯

다른 책 읽기엔 적합하지 않은 상태
옥찰(玉札)을 보기에 알맞은 마음이네

煮茶

閒來松間坐　看煮松上雪
時於浪花裏　並下藍英末
傾餘精爽健　忽似氛埃滅
不合別觀書　但宜窺玉札

옥찰(玉札)-도가(道家)에서 말하는 선서(仙書). 옥 조각 위에 썼다고 해서 붙여진 이름이다.

피일휴가 「다중잡영」 10수를 지어 육구몽에게 주자 육구몽이 곧 「습미의 다구 10영에 받들어 화답하다」(奉和襲美茶具十咏)를 지었는데 피일휴의 10수와 같은 제목의 시 10수를 지었다. 이 시는 10수 중의 하나이다. 습미(襲美)는 육구몽의 자이다.

안개 낀 골짝에서 졸졸 흐르는 봄 샘물을
돌 항아리에 담아 들사람에게 보내와

초당에 하루 종일 스님 잡아 앉혀 놓고
몸소 앞 시내에서 차 싹을 따 오네

謝山泉

決決春泉出洞霞　石壜封寄野人家
草堂盡日留僧坐　自向前溪摘茗芽

"차는 물의 정신이고 물은 차의 몸이다"(茶者水之神
水者茶之體)라는 말이 있듯이 차를 달이는 데 물의 중요성은
아무리 강조해도 지나치지 않는다. 다성(茶聖) 육우는 "(차를
달이는) 물은 산수(山水)가 상등이고 강수(江水)가 중등이며
정수(井水)는 하등이다"라고 말했는데, 이처럼 산에서 길은
샘물 즉 '산 샘물'이 차에 가장 적합한 물이다. 어떤 친구가 이
귀한 물을 돌 항아리에 담아서 보내왔다. 산수로 달인 차를

325

혼자 마시기 아까워서 시인은 가겠다는 스님을 만류하여 주저앉히고 손수 차 싹을 따서 차를 달인다.

친구 간에 차를 서로 주고받는 것은 흔한 일이지만 물까지 보내는 것은 흔치 않은 일이다. 이 책 44면 10번 시에서 우리는 이숭인이 정도전에게 차 한 봉지와 함께 송악산 샘물을 보내며 쓴 시를 보았다.

제
기

齊己, 863~937

당나라의 시승(詩僧)으로 속명은 호득생(胡得生)이며 만년의
자호는 형악사문(衡嶽沙門)이다. 거문고와 서예에도 일가견이
있었다. 800여 편의 시문을 남겼다.

86   중 상인이 차를 보내 준 것에 사례하다

봄 산 곡우절 전에
손을 모아 찻잎을 따셨겠지요?

여린 싹 광주리에 채우기 어려워
맑은 날이 쉽게도 저물었을 터

내 장차 이웃 절의 손님을 불러
꽃잎 지는 샘물로 달여 마시리

먼 곳에서 보내느라 수고롭겠지만
거르는 해가 없도록 해 주오

謝中上人寄茶

春山穀雨前　并手摘芳烟
綠嫩難盈籠　淸和易晚天
且招鄰院客　試煮落花泉
地遠勞相寄　無來又隔年

중 상인(中上人)-상인(上人)은 학덕이 높은 스님을 가리키는데, '중 상인'이 누구인지는 분명하지 않다.

차를 보내 준 중 상인에게 사례하는 시인데, 감사함을 직접 표한 것은 제7구뿐이다. 그러나 제1연과 제2연에서 곡우절 전에 찻잎을 따는 것이 어렵다는 것을 말하고 또 귀한 차를 혼자 마시기 아까워 이웃 절의 스님을 초정해서 함께 마시겠다고 함으로써 감사한 마음을 간접적으로 나타내고 있다. 제2연은, 곡우 전의 여린 새싹은 양이 많지 않아 하루 종일 따도 광주리를 가득 채우지 못한다는 뜻이다. 그래서 더 귀한 차이고 그래서 더 감사하다는 것을 말한 것이다.

87　　　차를 맛보다

돌집에 저물녘 연기가 일고
소나무 밑 창 앞에선 철 맷돌 소리

오신 손님 만류하여 차를 마시며
차 보내 준 스님 얘기 함께 나누네

차 맛은 시마(詩魔)를 쳐 다스리고요
차향은 졸음 생각을 가볍게 해 주네

삽천(霅川)에 봄바람 불어오던 때
푸른 차밭 옆을 거닐던 일 추억하네

嘗茶

石屋晩烟生　松窓鐵碾聲
因留來客試　共說寄僧名
味擊詩魔亂　香搜睡思輕
春風霅川上　憶傍綠叢行

330

시마(詩魔)-두 가지 뜻이 있다. 하나는 '바르지 못한 시상(詩想)'이고 다른 하나는 '시를 지을 마음을 일으키게 하는 불가사의한 힘'이다. 여기서는 첫 번째 뜻으로 쓰였다. •삽천(雪川)-절강성 오흥(吳興)에 있는 시내.

왕
우
칭

王禹偁, 954~1001

자는 원지(元之)로 산동성 출신이다. 진사시에 급제하여 여러
관직을 거쳤으나 성격이 강직하여 직언을 서슴지 않아 누차
곤경을 겪었다. 북송 시문 혁신 운동의 선구로 평가된다.

용과 봉의 무늬 새겨 새롭게 이름 지은
이 차를 하사 받음, 근신(近臣)이기 때문이네

상령수(商嶺水)로 달이기를 어찌 바랄 수 있으랴만
갈아 낼 때 건계(建溪)의 봄 풍경은 상상해 보네

향기롭긴 구원(九畹)의 난초보다 더하고
둥글기는 가을날 하얀 달 같네

다 없어질까 아껴서 맛보지 않고
덜어 내어 부모님께 드리려 하네

龍鳳茶

樣標龍鳳號題新　賜得還因作近臣
烹處豈其商嶺水　碾時空想建溪春
香于九畹芳蘭氣　圓如三秋皓月輪
愛惜不嘗惟恐盡　除將供養白頭親

용봉차(龍鳳茶)-이 책 141면 45번 시 참조. •상령수(商嶺水)-상령(商嶺)은 섬서성에 있는 빼어난 산으로 이곳의 물이 차 달이기에 좋다고 한다. •건계(建溪)-복건성 민강(閩江)의 지류로 이 일대에서 좋은 차가 많이 생산된다. 용봉차도 여기서 만들어졌다. •구원(九畹)-굴원(屈原)의 「이소」(離騷)에 "나는 이미 구원의 난초를 기르고, 백무의 혜초도 심었노라"(余旣滋蘭之九畹兮 又樹蕙之百畝)란 구절이 있는데, '원'(畹)은 면적의 단위로 일설에는 30무(畝)가 1원(畹)이라고도 한다. 구원이 후에는 일반적으로 난초를 심은 곳이라는 뜻으로 사용되었다.

용봉차는 왕우칭이 벼슬하고 있을 때 처음으로 만들어져 조정에 공납되었기 때문에 당시로는 매우 진귀한 차였다. 황제의 근신으로 이 차를 하사 받은 왕우칭이 그 감격을 시로 표현한 것이다.

정
위

丁謂, 966~1037

자는 위지(謂之)·공언(公言), 강소성 출신으로 진사시에 급제하여
벼슬이 동중서문하평장사(同中書門下平章事)에 이르렀다. 복건성
조운사(漕運使)로 있던 997년에 무이산 차로
용봉단차(龍鳳團茶)를 만들어 조정에 바친 것으로 유명하다.

건계(建溪)의 물은 맑고도 차가운데
다농(茶農)들은 새벽에 일찍 일어난다네

비 내리는 춘사(春社) 전에 찻잎이 싹트니
따 온 찻잎에 봄 얼음 붙어 있네

맷돌에 곱게 가니 향기로운 가루 일어나고
햇차를 달이니 옥유(玉乳)가 엉기네

마음이 괴로울 때 한번 마시면
어찌 저 좋은 술이 부러우랴

咏茶

建水正寒淸　茶民已夙興
萌芽先社雨　采掇帶春冰
碾細香塵起　烹新玉乳凝
煩襟時一啜　寧羨酒如澠

건계(建溪)-이 책 333면 88번 시 참조. •춘사(春社)-풍년을 기원하며 토지신에게 지내는 제사를 사제(社祭)라 하는데 춘사와 추사(秋社)가 있다. 춘사는 음력 2월 상순경에 지낸다. •옥유(玉乳)-차를 달일 때 일어나는 유백색(乳白色)의 거품. •좋은 술〔酒如澠〕-승(澠)은 산동성에 있는 강 이름인데『좌전』(左傳)「소공(昭公) 12년」의 "有酒如澠 有肉如陵"(술이 승수와 같이 많고 고기가 구릉과 같이 많도다)이라는 기록 이래로 '승'(澠)은 '많은 술' 또는 '맛있는 술'의 뜻으로 쓰였다.

정위(丁謂)가 복건 조운사(漕運使)로 있을 때 건계에서 용봉차를 만들어 황실에 바칠 무렵의 시이다. 이 책 141면 45번 시 참조.

범
중
엄

范仲淹, 989~1052

자는 희문(希文), 시호는 문정(文正)으로 강소성 출신이다. 벼슬이
재상급인 참지정사(參知政事)에 이르렀다.
「악양루기」(岳陽樓記)의 저자로 유명하다.

해마다 봄은 동남쪽에서 불어와
건계 먼저 따뜻하고 얼음 조금 녹았네

시냇가의 기특한 차는 천하에 으뜸인데
무이산 신선이 예부터 심었다네

올봄 첫 뇌성이 지난 밤 어디서 울렸는가
집집마다 웃으며 구름 뚫고 들어가니

차 싹이 여기저기 무성하게 뒤섞여
아름다운 나무에 옥구슬처럼 널렸는데

아침 내내 따고 따도 앞치마 못 채우는 건
좋은 것만 가려서 마구 따지 않기 때문

갈아서 즙을 내고 불에 쬐어 말리면
네모난 건 규(圭)와 같고 둥근 건 달과 같네

북원(北苑)에서 기한 맞춰 천자께 올리기에
임하(林下)의 호걸들이 먼저 차의 우열 가린다

339

차 솥은 높고 높은 수산(首山) 구리로 만들었고
병에는 중령천(中泠泉) 물을 가져왔다오

황금빛 맷돌 가에 녹색 먼지 휘날리고
자줏빛 찻잔 속엔 푸른 물결 일어난다

차 맛을 겨루니 제호(醍醐)보다 낫고
차향을 겨루니 난초 향에 필적하네

이렇게 품평하니 어찌 속일 수 있으리오
많은 사람이 지켜보고 있는데

이기면 하늘 오르는 신선과 같고
지면 수치스러운 패장(敗將)과 같다네

아아! 하늘이 낸 바위 위의 꽃이여
섬돌 앞의 명협(蓂莢)에 부끄럽지 않은 공(功)이로다

뭇사람의 혼탁함을 나는 맑힐 수 있고
천 일 동안 취한 것을 나는 깨울 수 있어

이 차로 굴원 혼백 부를 수 있고
유령(劉伶)은 우렛소리 들을 수 있었으니

노동이 어찌 「다가」(茶歌) 짓지 않으랴
육우는 반드시 『다경』(茶經)을 썼네

빽빽한 삼라만상 중에서
다성(茶星)이 없음을 어찌 알리오

상산(商山)의 어르신들은 지초(芝草) 먹기 그치고
수양산(首陽山)의 선생들은 고사리 캐지 않았으리

장안의 술값은 천만(千萬)이나 싸졌고
성도의 약 시장엔 빛이 나지 않았네

선산(仙山)에서 차 한 모금 마시고
가볍게 바람 타고 나는 것만 못하리

그대여 부러워 말게나
꽃 속의 아가씨들 풀 겨루기 하고는
이겨서 머리 가득 구슬 이고 가는 걸

和章岷從事鬪茶歌

年年春自東南來　建溪先暖冰微開
溪邊奇茗冠天下　武夷仙人從古栽

341

新雷昨夜發何處　家家嬉笑穿雲去

露芽錯落一番榮　綴玉含珠散嘉樹

終朝采掇未盈襜　唯求精粹不敢貪

研膏焙乳有雅制　方中圭兮圓中蟾

北苑將期獻天子　林下雄豪先鬪美

鼎磨雲外首山銅　瓶携江上中泠水

黃金碾畔綠塵飛　碧玉甌中翠濤起

鬪茶味兮輕醍醐　鬪茶香兮薄蘭芷

其間品第胡能欺　十目視而十手指

勝若登仙不可攀　輸同降將無窮恥

吁嗟天産石上英　論功不愧階前蓂

衆人之濁我可淸　千日之醉我可醒

屈原試與招魂魄　劉伶却得聞雷霆

盧全敢不歌　　陸羽須作經

森然萬象中　　焉知無茶星

商山丈人休茹芝　首陽先生休采薇

長安酒價減百萬　成都藥市無光輝

不如仙山一啜好　泠然便欲乘風飛

君莫羨花間女郎只鬪草　贏得珠璣滿頭歸

장민(章岷)-자는 백진(伯鎭)으로 지금의 복건성 영현(寧顯) 출신이다. 진사 급제 후 벼슬이 광록경(光祿卿)에 이르렀다. •종사(從事)-중앙 또는 지방 장관의 막료(幕僚). •투다(鬪茶)-차 겨루기. 이 책 50면 13번 시

참조. •건계(建溪)-이 책 333면 88번 시 참조. •무이산(武夷山) 신선-
전설상의 무이산 신(神)인 무이군(武夷君). •올봄 첫 뇌성-이 책 31면
5번 시 참조. •구름 뚫고 들어가니-차를 따기 위하여 높은 산 구름 속
으로 들어간다는 뜻. •북원(北苑)-황실에 바칠 용봉단차(龍鳳團茶)를
만들었던 곳. 복건성 건구현(建甌顯)에 있었다. •수산(首山) 구리-황제
(黃帝)가 수산의 구리를 캐어 형산(荊山) 아래에서 솥을 만들었다는 기
록이 있다. 매우 진귀한 재료인 수산의 구리로 만든 차 솥이란 뜻이다.
•중령천(中泠泉) 물-차를 달이기에 가장 좋은 물이어서 '천하제일천'
으로 일컬어진다. •녹색 먼지(綠塵)-녹색의 차 가루. •제호(醍醐)-이
책 115면 35번 시 참조. 여기서는 좋은 술을 가리킨다. •바위 위의 꽃
(石上英)-바위 위에서 자라는 차나무를 가리킨다. •명협(蓂莢)-요(堯)
임금 때 조정의 뜰에 난 서초(瑞草). 초하룻날부터 매일 한 잎씩 나서
자라고 열엿새째부터 매일 한 잎씩 져서 그믐에 다 떨어지기 때문에 이
것에 착안해 달력을 만들었다고 한다. •뭇사람의…있고-'나'는 차
(茶)를 가리킨다. 굴원이 「어부사」(漁父辭)에서 "온 세상이 모두 혼탁한
데 나만 홀로 맑았다"(擧世皆濁 我獨淸)고 말했는데 '나', 즉 차는 온 세
상의 혼탁함을 맑힐 수 있다는 말이다. 그러니 "뭇사람들의 혼탁함" 때
문에 멱라수에 몸을 던진 굴원의 혼백을 '나'가 불러올 수 있는 것이다.
'나'가 굴원을 죽게 한 혼탁함을 맑게 할 수 있기 때문이다. •천 일…
있어-여기서 '나'도 차(茶)이다. 전설에 의하면 유령이 두강주(杜康酒)
를 마시고 취해 잠들었다가 3년(천 일) 만에 깨어났다고 한다. •유령
(劉伶)은…있네-두 가지로 해석할 수 있다. 첫째, 차를 마시면 마치 우
렛소리와 같은 효과가 나서 취한 유령을 놀라 깨어날 수 있게 한다는
것이고, 둘째, 유령이 「주덕송」(酒德頌)에서 술에 취한 상태를 "조용히
들어도 우렛소리 들리지 않고 자세히 보아도 태산의 형체가 보이지 않
는다"(靜聽不聞雷霆之聲 熟視不見泰山之形)라 했는데 이 시에서 "유령은
우렛소리 들을 수 있었으니"라고 한 것은 그가 차를 마시고 술에서 깨

어났다는 것을 말한다. •상산(商山)의 어르신들-진말(秦末) 한초(漢初)에 지초(芝草)를 먹으며 상산에 은거한 상산사호(商山四皓)를 가리키는데, 상산사호는 동원공(東園公), 기리계(綺里季), 하황공(夏黃公), 녹리선생(甪里先生)이다. 용봉단차와 같이 좋은 차가 있었다면 이들이 지초를 먹지 않았을 것이라는 뜻이다. •수양산(首陽山)의 선생들-주(周)나라의 신하 되기를 거부하고 수양산에서 고사리를 캐 먹다가 굶어 죽은 백이(伯夷)와 숙제(叔齊). 이들도 용봉단차와 같이 좋은 차가 있었다면 굳이 고사리를 캐 먹지 않았을 것이라는 말이다. •장안의 술값, 성도의 약 시장-사람들이 차만 사고 술이나 약을 사지 않기 때문에 장안의 술값이 떨어졌고 성도의 약 시장이 불경기였다는 말.

범중엄의 이 시는 노동의 「칠완다가」와 쌍벽을 이루는 차시의 고전이다.

여
정

余靖, 1000~1064

자는 안도(安道)로 광동성 출신이다. 진사 급제 후 여러 관직을
역임하여 벼슬이 공부상서(工部尙書)에 이르렀다.

백공의 「스스로 햇차를 만들다」에 화답하다

군청(郡廳)에 일 없으니 신선 사는 집이라
들판 채마밭에 자순차를 심었네

성근 비 반쯤 개니 날씨가 따뜻해
가벼운 우레 지나자 새싹을 얻었네

고요한 송재(松齋)에서 정성껏 가려 말렸으니
꾸불꾸불 시냇길 따라 따 온 것이네

강물로 달이니 부평초 떠다니듯
좋은 찻잔에 따르니 백설 같은 거품이네

일창(一槍)만 말렸으니 아주 이른 봄이요
석 잔째 차, 배 속을 더듬어 찾아가니
시구(詩句)가 다시금 아름다웠네

감사하오, 아름다운 채색 종이에
곱게 싸서 보내 주신 것
이로 인해 나의 시상(詩想) 끝없이 펼쳐지리

和伯恭自造新茶

郡庭無事即仙家　野圃栽成紫笋茶
疏雨半晴回暖氣　輕雷初過得新芽
烘褫精謹松齋静　采擷縈迂澗路斜
江水薄煎萍彷佛　越甌新試雪交加
一槍試焙春尤早　三盞搜腸句更佳
多謝彩箋飴雅貺　想資詩筆思無涯

백공(伯恭)-반숙(潘夙, 1005~1075)의 자. •자순차(紫笋茶)-152면 48번
시, 276면 70번 시 참조. •가벼운…얼었네-차나무는 봄날 첫 우렛소
리를 듣고 싹이 돋는다고 한다. •송재(松齋)-백공이 차를 말리고 가공
하는 집인 듯하다. •일창(一槍)-이른 봄에 돋는 뾰족한 새싹의 모양이
창 같다고 해서 붙인 이름. 이 새싹 밑에 생기는 두 개의 어린 잎은 모
양이 깃발 같다고 해서 이기(二旗)라 한다. 이 일창이기를 따서 만든 차
를 작설(雀舌)이라 한다. 앞의 시에서 '일창'을 따서 말려 차를 만들었
다고 하니 매우 이른 봄에 찻잎을 땄다는 것이다. •석 잔째 차…아름
다웠네-노동의 「칠완다가」(七碗茶歌)에 "셋째 잔은 메마른 창자를 찾
아가니/오천 권의 문자만 들어 있다네"라는 구절을 원용하여 차를 마
셔서 좋은 시를 쓰게 되었다는 말이다.

347

매
요
신

梅堯臣, 1002~1060

자는 성유(聖兪)로 안휘성 출신인데 세칭 완릉선생(宛陵先生)이라
했다. 시에 능하여 소순흠(蘇舜欽), 구양수(歐陽修)와 이름을
나란히 했으며 송시(宋詩)의 '개산조사'(開山祖師)라 불린다.

　차를 마시며 공의에게 화답하다

도람(都籃)에 기물 챙겨 도당(都堂)에 올라
맷돌에 갈아 내니 용봉단차 향기롭다

여린 탕, 맑은 물에 거품 꽃 모여 있고
정신을 맑히는 단맛이 유난히 길어서

이백의 선인장차 자랑치 마라
노동처럼 붓을 달려 시를 지으려는데

두 겨드랑에 맑은 바람 일어나
맘껏 불어서 달 옆으로 나를 불어 갔으면

嘗茶和公儀

都籃携具上都堂　碾破雲團北焙香
湯嫩水輕花不散　口甘神爽味偏長
莫誇李白仙人掌　且作盧仝走筆章
亦欲淸風生兩腋　從敎吹去月輪傍

공의(公儀)-매지(梅摯, 994~1059)의 자. 사천성 성도 출신으로 진사에 급제하여 여러 관직을 역임했다. •도람(都籃)-차를 달이는 여러 도구를 넣어 두는 바구니. 육우의 『다경』「사지기」(四之器)에 "도람은 여러 기구를 다 넣어 두기 때문에 이렇게 이름 붙인 것이다"(都籃 以悉設諸器 而名之)란 기록이 있다. •도당(都堂)-당·송·금대의 관청 이름. •용봉 단차(龍鳳團茶)-원문은 "雲團北焙"(운단북배)인데, 북원(北苑)에서 말리고〔焙〕 가공한 용(龍)과 봉(鳳)의 무늬가 찍힌 둥근〔團〕 차로 황실에 바치는 공물(貢物)이다. 이 책 141면 45번 시 참조. 북원(北苑)은 황실에 바칠 용봉단차를 만들었던 곳으로 복건성 건구현(建甌顯)에 있었다. •이백의 선인장차-이 책 241면 58번 시 참조. •노동처럼⋯불어 갔으면-노동의 「칠완다가」에 "일곱째 잔은 마시지 않아도/두 겨드랑에 맑은 바람 이는 것만 느낄 뿐"이란 구절이 있는데, 자신도 이 차를 마시고 노동처럼 날아서 신선이 되는 상상을 해 보는 것이다.

구
양
수

歐陽修, 1007~1072

자는 영숙(永叔), 호는 취옹(醉翁)·육일거사(六一居士), 시호는
문충(文忠)으로 강서성 출신이다. 일찍이 진사시에 급제하여
벼슬이 재상급인 참지정사(參知政事)에 이르렀고, 북송의 문학을
혁신하는 데에 큰 공헌을 했다. 당송팔대가의 한 사람이다.

서강(西江)의 물은 맑고 바위는 늙었는데
바위 위에 나는 차가 봉(鳳)의 발톱 같다네

섣달그믐에도 춥지 않고 봄기운이 빨리 와
쌍정차 새싹이 온갖 풀에 앞서 돋네

붉고 푸른 비단 주머니에 하얀 새싹 담으니
열 근의 찻잎에 여린 싹은 한 냥이라

장안의 부귀한 고관대작들
이 차 한 번 마시고 사흘을 자랑하네

보운차(寶雲茶), 일주차(日鑄茶)도 정묘(精妙)하건만
옛것 버리고 새것 찾는 것이 세상의 인심이라

어찌 알리, 군자는 한결같은 덕을 지녀
지극한 보배는 때에 따라 변하지 않는다는 걸

그대 보지 못했는가, 건계의 용봉단차는
예전의 향·미·색이 변하지 않은 것을

雙井茶

西江水淸江石老　石上生茶如鳳爪
窮臘不寒春氣早　雙井芽生先百草
白毛囊以紅碧紗　十斤茶養一兩芽
長安富貴五侯家　一啜猶須三日誇
寶雲日鑄非不精　爭新棄舊世人情
豈知君子有常德　至寶不隨時變易
君不見建溪龍鳳　不改舊時香味色

쌍정차(雙井茶)-강서성 수수현(修水縣) 쌍정촌에서 생산되는 명차.
·서강(西江)-수수(修水). ·열 근의…한 냥이라-열 근의 찻잎 중에서
최종적으로 선택된 여린 싹은 한 냥밖에 되지 않는다는 뜻. ·보운차
(寶雲茶)-절강성 항주(杭州)에서 나는 차로 송대 공차(貢茶) 중의 하나
였다. ·일주차(日鑄茶)-절강성 소흥(紹興)의 회계산(會稽山) 일주령(日
鑄嶺)에서 나는 차. ·건계(建溪)-이 책 333면 88번 시 참조. ·용봉단
차(龍鳳團茶)-이 책 141면 45번 시, 349면 92번 시 참조.

구양수는 당송팔대가의 한 사람으로 저명한 정치가이자
문인이었는데 차를 무척 좋아한 다인(茶人)이었다. 그는
「차운하여 다시 짓다」(次韻再作)란 시에서 "나이 늙어 가면서
세상 맛은 엷은데/좋아서 쇠하지 않는 건 오직 차 마시는

일"(吾年向老世味薄 所好未衰惟飮茶)이라 노래했을 만큼 차를
좋아했다. 그는 또 차를 달이는 물을 논한『대명수기』(大明水記)
를 저술하기도 했다. 앞의 시는 그의 나이 60세를 넘긴 만년의
작품으로, 쌍정차의 우수성을 잘 묘사했을 뿐만 아니라 향과
맛과 색이 변치 않는 좋은 차를 상덕(常德)을 지닌 군자에
비유하기도 했다.

허차서의 「차 마시는 때」

- 마음과 손이 한가할 때
- 책을 읽고 시를 읊다 피곤할 때
- 마음이 어수선할 때
- 노래를 들을 때
- 노래가 끝났을 때
- 문을 닫고 일을 피할 때
- 거문고를 타거나 그림을 볼 때
- 깊은 밤에 얘기를 나눌 때
- 밝은 창 깨끗한 책상 앞에서
- 침실이나 아름다운 누각에서
- 손님과 주인이 다정하게 사귈 때
- 좋은 손님과 예쁜 여자가 있을 때
- 친구를 방문하고 막 돌아와서
- 날씨가 맑고 화창할 때
- 조금 흐리고 가랑비가 내릴 때
- 작은 다리 아래서 그림 같은 배를 탈 때
- 울창한 숲과 긴 대밭에 있을 때
- 꽃을 가꾸고 새를 기를 때
- 연꽃 핀 정자에서 더위를 피할 때
- 작은 집에서 향을 피울 때

- 술판이 끝나고 사람들이 흩어질 때
- 아이들이 글방이나 기숙사에 있을 때
- 맑고 그윽한 사원에 있을 때
- 이름난 샘과 기이한 돌이 있을 때

飮時

心手閑適　披咏疲倦
意緖紛亂　聽歌聞曲
歌罷曲終　杜門避事
鼓琴看畵　夜深共語
明窓淨几　洞房阿閣
賓主款狎　佳客小姬
訪友初歸　風日晴和
輕陰微雨　小橋畵舫
茂林修竹　課花責鳥
荷亭避暑　小院焚香
酒闌人散　兒輩齋館
淸幽寺觀　名泉怪石
―『다소』(茶疏) 중에서

허차서(許次紓, 1549~1604)는 명나라 때의 차인(茶人), 학자로 호는 남화(南華)이다. 그는 병약하여 벼슬에 나아가지 않고 명산대천을 다니면서 차를 연구하여 많은 저술을 남겼으나 지금 남아 있는 것은 『다소』뿐이다. 『다소』는 39칙(則)으로 구성되어 있는데 여기에는 차의 산지, 찻잎 따는 법, 물의 선택, 차 우리는 법, 차를 보관하는 법, 차 마시기 좋은 환경, 차 마실 때 피해야 할 사항 등 차에 관한 모든 것이 기술되어 있어 육우의 『다경』과 쌍벽을 이루는 것으로 평가된다.

왕
령

王令, 1032~1059

북송의 시인. 자는 봉원(逢原)으로, 하북성 출신이다. 왕안석이
그의 시문을 높이 평가했다.

친구가 나를 진정으로 사랑해서
좋은 차를 초라한 집에 보내왔는데

문원(文園)의 소갈증을 고칠 뿐만 아니라
홀로 깬 초객(楚客)의 혼을 불러올 수도

끓이니 오(吳) 땅 구름 띤 것 같아라
곡우의 흔적은 응당 없겠지

대숲에서 이 차를 함께 마신다면
혜산(惠山)의 찬 샘물이 아직 있다오

謝張和仲惠寶雲茶

故人有意眞憐我　靈荈封題寄蓽門
與療文園消渴病　還招楚客獨醒魂
烹來似帶吳雲脚　摘處應無穀雨痕
果肯同嘗竹林下　寒泉猶有惠山存

장화중(張和仲)-'화중'은 장차기(張次虁)의 자(字)로 복건성 출신이다.
•보운차(寶雲茶)-항주의 보운산에서 나는 차로, 송나라 때 황실에 바
치는 공차였다. 보운산은 지금 항주 용정차(龍井茶)의 주산지이다.
•문원(文園)의 소갈증-문원은 한나라 사마상여를 가리킨다. 그가 문
원령(文園令)을 역임했기 때문에 이렇게 부른 것이다. 소갈증은 당뇨병
인데 그는 소갈증이 있어 늘 차를 마셨다고 한다. •홀로 깬 초객(楚
客)-「어부사」에서 "뭇사람이 모두 취했는데 나만 홀로 깨어 있다"(衆人
皆醉 我獨醒)라고 한 굴원(屈原)을 가리킨다. 그가 초(楚)나라 사람이므
로 '초객'이라 한 것이다. "초객의 혼을 불러올 수"있다는 구절은 이
책 339면 90번 시 참조. •혜산(惠山)의 찬 샘물-혜산천(惠山泉)은 강소
성 무석(無錫)에 있는 샘으로 육우가 '천하 제2천'으로 명명한 바 있다.

제3연의 뜻은 이렇다. 제5구는, 시인이 받은 보운차가 항주 즉
옛 오 땅에서 생산되는 것이기 때문에 이 차에 오 땅의 구름과
안개 기운이 서려 있는 듯하다는 뜻이다. 제6구의 '곡우의
흔적이 없다'는 것은, 곡우절(穀雨節) 전에 딴 우전차(雨前茶)가
가장 좋은 차인데 이 보운차도 응당 곡우 전에 딴 상품일
터이니 곡우절에 내리는 비〔雨〕를 맞지 않았을 것이라는
뜻이다.

소
식

蘇軾, 1037~1101

자는 자첨(子瞻), 호는 동파거사(東坡居士), 시호는 문충(文忠)으로
사천성 출신이다. 부친 소순(蘇洵), 아우 소철(蘇轍)과 함께
삼부자가 당송팔대가의 반열에 들었다. 진사시에 급제하여 여러
관직을 거쳤으나 왕안석(王安石)과의 갈등으로 황주(黃州)로
유배되는 등 정치적 부침을 겪었다. 서예에도 뛰어난 재능을
가졌다.

활수(活水)는 모름지기 활화(活火)로 달여야
낚시터에 손수 가서 깊고 맑은 물을 길어 오네

커다란 바가지로 달을 담아 봄 항아리에 길어 넣고
작은 국자로 강물을 나누어 밤 병에 담는다

다관(茶罐) 바닥에서 설유(雪乳)가 번득이면
갑자기 솔바람 소리 쏟아지는 듯

마른 창자는 석 잔에도 성에 차지 않아서
앉아서 황량한 성의 밤 시각 알리는 소리 듣노라

汲江煎茶

活水還須活火烹　自臨釣石取深淸
大瓢貯月歸春甕　小杓分江入夜瓶
雪乳已翻煎處脚　松風忽作瀉時聲
枯腸未易禁三碗　坐聽荒城長短更

활수(活水)-흐르는 물. •활화(活火)-불꽃이 있고 연기가 없는 숯불.
•설유(雪乳)-찻물이 끓을 때 일어나는 유백색(乳白色)의 거품. 유화(乳
花)라고도 한다.

소식은 1097년(61세)에 해남도(海南島) 담주(儋州)로 유배되어
1100년 4월까지 머물렀는데, 이 시는 해남도 유배 시절에 쓴
작품이다. 차 달이는 물을 긷는 것부터 차를 달인 후 마시는
과정까지를 잘 묘사하여 모든 차시 중에서 가장 널리 알려진
시이다. 청나라 오교(吳喬)가 『위로시화』(圍爐詩話)에서 "자첨이
쓴 전다시(煎茶詩)의 '活水還須活火烹'(활수환수활화팽)은
시(詩)가 아니라 '다경'(茶經)이라 불러야 옳다"라고 말했을
만큼, 이 시는 차시의 전범으로 평가되어 왔다.
　　이 시 제7행의 "枯腸"(고장-마른 창자), "三碗"(삼완-석 잔)은
노동의 「다가」의 "셋째 잔은 메마른 창자를 찾아가니/오천 권의
문자만 들어 있다네"(三碗搜枯腸 唯有文字五千卷)에서 유래한
것인데, 노동의 이 구절에 대한 해석은 두 가지로 갈린다.
첫째는, 가난한 선비의 메마른 창자 속에 기름진 음식은 없고
지금까지 읽은 5천 권의 책만 들어 있다는 해석이고(옛사람은
읽은 책이 머리에 저장되는 것이 아니고 배 속에 저장된다고
믿었다), 둘째는, '고장'(枯腸)을 '시상(詩想)이 잘 떠오르지 않은
상태'의 비유로 보는 견해이다. 두 번째 견해에 따르면, 차 석
잔을 마시니 메마른 창자에서 5천 권의 책을 발견한다는

것이어서 차 석 잔을 마시니 이 책들의 도움을 받아 시상이 잘 풀린다고 해석하는 것이다.

소식의 시는 두 번째 해석을 따르되 이를 뒤집은 것이다. 즉 석 잔을 마셔도 시상이 잘 풀리지 않아서 더 마시겠다는 말이다. 그래서 황량한 읍성(邑城)에서 잠을 못 이루고 경고(更鼓) 치는 소리를 들으며 밤늦도록 앉아 있는 것이다.

황노직이 시와 함께 쌍정차를 보내왔기에 그 시에
차운하여 사례하다

강하(江夏)의 둘도 없는 선비가 기특한 차를 심었는데
여음(汝陰)의 육일거사(六一居士)가 신서(新書)에서
　　자랑했네

가는 일을 아이놈에게 감히 부탁할 수 없고
끓는 물에 이는 거품을 직접 바라본다네

신선의 대열에 끼일 만한 선비가 수척해져서
소갈증 앓는 사마상여 같다오

내년엔 동남쪽으로 가려고 하는데
아름다운 배 타고 태호(太湖)에 묵는 것도 좋겠네

魯直以詩饋雙井茶次其韻爲謝

江夏無雙種奇茗　汝陰六一誇新書
磨成不敢付僮僕　自看湯雪生璣珠
列仙之儒癯不腴　只有病渴同相如
明年我欲東南去　畵舫何妨宿太湖

365

황노직(黃魯直)-황정견(黃庭堅). 노직(魯直)은 그의 자이다. •쌍정차(雙井茶)-이 책 352면 93번 시 참조. •강하(江夏)-황정견의 관향(貫鄉). 황정견의 관향은 강서성의 쌍정인데 쌍정 황씨의 조상들이 호북성 강하(지금의 운몽雲夢 동남부)에서 살다가 쌍정으로 이주했다. •둘도 없는 선비〔無雙〕-황정견을 가리킨다. •기특한 차-쌍정차를 가리킨다. •여음(汝陰)의 육일거사(六一居士)-구양수(歐陽修). 여음은 구양수가 만년에 거주한 곳이고, 육일거사는 그의 호이다. •신서(新書)에서 자랑했네-신서는 구양수가 여음에서 저술한 『귀전록』(歸田錄)으로, 그 안에 쌍정차가 제일이라는 기록이 있다. 신서를 책으로 보지 않고, 황정견이 쌍정차와 함께 소식에게 보낸 모필로 쓴 시라고 보는 견해도 있다. 이 경우에는 제2구를 "여음의 육일거사가 신서를 자랑했네"라고 번역해야 한다. •가는 일〔磨成〕-당시의 차는 떡차이기 때문에 맷돌에 갈아서 달였는데 너무도 귀한 차여서 하인에게 시키지 않고 직접 갈았다는 말. •신선의⋯선비-소식 자신을 말한다. •사마상여(司馬相如)-서한(西漢)의 문학가. 그는 소갈증이 있어서 늘 차를 마셨다고 한다. 이 책 125면 39번 시 참조. •태호(太湖)-강소성에 있는 호수로, 그 주변에서 명차(名茶)가 많이 생산된다.

황정견은 소식의 제자이다. 그는 스승에게 자기 고장에서 나는 쌍정차와 함께 시도 써서 보냈는데 이를 받은 소식이 감사한 마음으로 황정견의 시에 차운한 시이다. 즉 황정견 시의 운자(韻字)인 서(書), 주(珠), 여(如), 호(湖)를 운자로 사용해서 시를 쓴 것이다. 황정견이 소식에게 보낸 시는 이 책 374면 99번 시 참조.

　조보가 보내 준 학원에서 만든 햇차에 차운하다

선산(仙山)의 신령한 풀이 구름에 젖어
향기로운 살결 씻어 내고 분은 아직 바르지 않아

밝은 달이 옥천자(玉川子)에게 던져지니
무림(武林)의 봄날에 맑은 바람 불어오네

옥설(玉雪) 같은 자태에 속마음도 좋으니
분단장으로 얼굴이 신선한 게 아니라네

장난삼아 지은 시를 그대 한번 웃어 주오
예부터 좋은 차는 미인과 같다네

次韻曹輔寄壑源試焙新茶

仙山靈草濕行雲　洗遍香肌粉未勻
明月來投玉川子　淸風吹破武林春
要知玉雪心腸好　不是膏油首面新
戲作小詩君一笑　從來佳茗似佳人

조보(曹輔)-복건성 사현(沙縣) 출신으로 당시 그는 무이산 암차(巖茶)를 가공해서 조정에 바치는 일을 맡은 전운판관(轉運判官)으로 있었다. •학원(壑源)-송나라 때 용봉단차(龍鳳團茶)를 만들었던 곳. 복건성 건구현(建甌縣)에 있었다. 건구현에 있었던 대표적인 제다소(製茶所)는 북원(北苑)과 학원(壑源)이었는데, 북원은 관설(官設)이고 학원은 사설(私設)이다. •신령한 풀-찻잎을 말한다. •밝은 달-달처럼 둥근 단차(團茶)를 가리킨다. •옥천자(玉川子)-「칠완다가」를 쓴 노동의 호. 여기서는 소식 자신을 가리킨다. 이 구절의 뜻은 조보가 밝은 달처럼 둥근 용봉단차를 보내왔다는 것이다. •무림(武林)-항주의 별칭. 소식은 당시 항주 통판(杭州通判)으로 있었다. •분단장〔膏油〕-고유(膏油)는 떡차를 돋보이게 하려고 표면에 바르는 기름이다. 여인으로 말하면 분단장을 하는 것이다. 용봉단차가 옥설 같은 자태를 지닌 것은 기름을 발랐기 때문이 아니라는 것이다.

제목에서 "차운하다"라 했는데 이는 조보의 시에 차운한다는 것이다. 조보가 시를 보냈다는 언급은 없지만, 당시에는 차를 보내면서 시도 함께 보내는 것이 관례였기 때문에 이렇게 말한 것이다.

이 시는 차시의 고전으로 후대에 가장 많이 읽힌 작품이다. 특히 마지막의 "예부터 좋은 차는 미인과 같다네"라는 구절은 인구에 회자되는 명구이다. 첫 구절부터 소식은 차를 묘령의 미인에 비유하며 시상을 전개한다. 제1연에서 그는 이른 봄에 돋는 찻잎을, 맑은 물로 살결을 씻고 단장을 하지 않은 상태의

청신한 여인에 비유하고 있다. 이 제1연은, '산속의 구름이
머금은 습기가 찻잎을 적셔 씻어 낸다'라 해석하기도 하고,
'사람들이 찻잎을 따서 씻는다'라 해석하기도 한다.

제3연에서도 차를 옥설 같은 자태를 지닌 미인에 비유했다. 이
미인은 분단장을 해서 아름다운 것이 아니라 본래의 자태가
아름다운 것이다. "속마음도 좋다"는 것은 겉모습뿐만 아니라
차의 품질도 좋다는 말이다. 마지막에서 "예부터 좋은 차는
미인과 같다네"라 결론을 맺은 것은 당연한 일이다.

제2연의 뜻은 이렇다. 달처럼 둥근 용봉단차가 항주에 있는
옥천자에게 보내진다. 소식은 자신을 옥천자라 자처했다.
옥천자 노동만큼 차를 좋아한다는 자부심이다. 소식은 차를
받고 "무림의 봄날에 맑은 바람 불어오네"라고 했다. 이 '맑은
바람'〔淸風〕은 예사 바람이 아니다. 노동이 「칠완다가」
에서 "일곱째 잔은 마시지 않아도/두 겨드랑에 맑은 바람 이는
것만 느낄 뿐"(七碗喫不得也 唯覺兩腋習習淸風生)이라 했을 때의
'맑은 바람'이다. 노동은 겨드랑에 이는 '맑은 바람'을 타고
신선이 되어 하늘로 올라가는 듯한 기분에 사로잡힌다. 소식의
시에 나오는 '맑은 바람'도 노동의 시에서의 '맑은 바람'과 같다.
소식이 자신을 옥천자라 자처한 이유가 여기에 있다.

솔숲에 나 있는 야생 차나무
소나무와 더불어 함께 여위었으니

가시나무가 차나무를 용납지 않아
서로 얽혀 햇빛을 가리고 있네

하늘이 버린 것
백 살인데 여전히 어리기만 해

자줏빛 차 싹은 길게 자라지 않지만
외로운 뿌리는 유독 오래 산다네

이 차를 백학령(白鶴嶺)에 옮겨 심으니
부드러운 땅에 봄비가 내린 후

열흘을 연달아 그늘이 져서
무성하게 자라도록 하늘이 허락한 듯

그동안의 고달픔 잊을 수 있어
새 부리 같은 새싹이 소복히 자랐네

370

아직은 맷돌에 갈 만하진 않지만
찻잎 따서 향기를 맡을 만하네

일천 개 단차(團茶)가 대궐로 보내지고
일백 개 병차(餠茶)는 차 겨루기에서 뽐내는데

이 차 한 모금 마셔 봄이 어떠리
내 차밭에서 참맛이 나올 것이니

種茶

松間旅生茶　已與松俱瘦
茨棘尙未容　蒙翳爭交構
天公所遺棄　百歲仍稚幼
紫笋雖不長　孤根乃獨壽
移栽白鶴嶺　土軟春雨後
彌旬得連陰　似許晩逾茂
能忘流轉苦　戢戢出鳥味
未任供臼磨　且可資摘嗅
千團輸大官　百餠衒私鬪
何如此一啜　有味出吾囿

백학령(白鶴嶺)—소식이 광동성 혜주(惠州)로 유배되었을 때 거주하던 곳이다. 그는 1094년에 광동성 혜주로 유배되어 합강루(合江樓), 가우사(嘉祐寺) 등지에서 거주하다가 1096년 3월에 백학령의 땅을 매입했고, 이듬해 2월 백학령으로 이거(移居)했다.

제5연에서 차나무를 백학령에 옮겨 심었다고 한 것으로 보아서 이 시는 1096년 3월에서 1097년 2월 사이에 쓰였을 것으로 추정되는데, 소나무 숲에서 자라는 야생 차를 자기 집에 옮겨 심어서 성공한 과정을 묘사한 시이다. 솔숲에서는 가시덤불에 얽혀 잘 자라지 못했지만 생명력이 강해서 옮겨 심은 차나무에서 새싹이 돋았다는 내용이다.

옮겨 심은 차나무를 소식 자신에 비유했다고 보는 견해도 있다. 소나무 숲에서 자라는 상황은 조정에서 벼슬하는 장면이고, 차나무를 얽어매는 가시덤불은 그를 모함하는 소인배들이다. 그리고 제4연에서 "자줏빛 차 싹은 길게 자라지 않지만/외로운 뿌리는 유독 오래 산다네"라 하여 야생 차의 강한 생명력을 노래한 것은, 소인배들의 모함을 받으면서도 변치 않은 소식 자신의 지조를 가리킨다. 그러다가 백학령에 옮겨 심는 지점에서 차나무와 소식이 혼연일체가 된다. 백학령에 이식한 차나무가 정상적으로 자라듯이, 소식도 비록 유배된 몸이지만 혜주로 옮긴 이후엔 그곳 주민들의 존경을 받으며 안정된 생활을 할 수 있었다.

황정견

黃庭堅, 1045~1105

자는 노직(魯直), 호는 산곡도인(山谷道人)·예장선생(豫章先生),
시호는 문절(文節)로 강서성 출신이다. 일찍이 소식의 문하에서
수학하여 일가를 이루었으며, 강서시파(江西詩派)의 개창자이다.
서예에도 능했다.

99   쌍정차를 자첨에게 보내며

인간 세상의 바람과 빛이 미치지 못하는
천상(天上)의 옥당(玉堂)엔 귀한 서적 가득한데

생각건대 동파(東坡)의 옛 거사(居士)께선
붓 휘둘러 백 섬의 밝은 구슬 쏟겠지요?

강남땅 우리 집에서 좋은 찻잎 따서는
맷돌에 갈아 내니 날리는 가루, 눈보다 더 희다

이 차가 그대에게 황주몽(黃州夢) 불러일으키리니
조각배 홀로 타고 오호(五湖)로 가시구려

雙井茶送子瞻

人間風日不到處　天上玉堂森寶書
想見東坡舊居士　揮毫百斛瀉明珠
我家江南摘雲腴　落磑霏霏雪不如
爲公喚起黃州夢　獨載扁舟向五湖

374

쌍정차(雙井茶)-이 책 352면 93번 시 참조. •자첨(子瞻)-소식의 자. •옥당(玉堂)-한림원의 별칭. 당시 소식은 한림원 학사로 있었다. •동파(東坡)의 옛 거사(居士)-동파는 소식의 유배지 황주(黃州)에 있는 지명이고, 소식은 그곳에 집을 짓고 살면서 스스로를 '동파거사'라 불렀다. '옛 거사'라 한 것은, 지난날의 거사가 지금은 처지가 바뀌어 한림원에서 벼슬하고 있다는 사실을 나타내려 한 것이다. •강남땅 우리 집-쌍정차가 생산되는 강서성 수수현(修水縣) 쌍정촌(雙井村)을 말한다. 황정견의 고향이 수수현 쌍정촌이어서 이렇게 말한 것이다. •좋은 찻잎[雲腴]-운유(雲腴)는 높은 산에서 구름 기운과 접촉하며 자라서 잎이 풍성한 찻잎을 말한다. •황주몽(黃州夢)-소식의 황주 유배 시절을 가리킨다. •오호(五湖)-강소성의 태호(太湖).

1087년 황정견이 서울에서 벼슬살이할 때 인편으로 고향으로부터 쌍정차를 받고 곧 소식에게 나누어 주면서 쓴 시이다. 이 시를 쓸 당시 소식은 신종(神宗)의 죽음과 사마광(司馬光)의 재등장으로 5년여의 유배 생활을 청산하고 조정에 복귀하여 한림학사(翰林學士)로 재직하고 있었다. 그러나 냉혹한 정치판에서 그는 신당과 구당 양측으로부터 모두 배척을 받았다. 이러한 상황을 간파한 황정견은 존경하는 선배인 소식에게 귀한 차를 보냄과 동시에 진심이 담긴 권고의 말을 전한다. 이 시 제4연의 내용이다.

"조각배 홀로 타고 오호로 가시구려"는 춘추시대의 월나라 범려(范蠡)의 고사를 인용한 것이다. 당시 오(吳)나라를

격파하는 데에 가장 큰 공을 세우고도 그는 전쟁이 끝난 후
모든 부귀영화를 거부하고 오호(五湖)에서 배를 타고 멀리
떠난다. 이른바 공성신퇴(功成身退)의 처신이다. 소식은 유배
생활로부터 화려하게 복귀했지만 정치의 세계는 살얼음 위를
걷는 것만큼 위태로워서 언제 어떻게 될지 모른다. 이를 잘
알고 있었던 황정견이 소식에게 간접적으로 충고를 한 것이다.
정치판에 안주하지 말고 범려처럼 과감히 떠나라는 충고이다.
소식은 황주 유배 시절에 쓴 「임강선·야귀임고」
(臨江仙·夜歸臨皐)에서 "지금부터 작은 배 타고 가서/강과
바다에 남은 생을 맡기리라"(小舟從此逝 江海寄餘生)라 했는데
그때 그 시절 황주에서의 꿈〔黃州夢〕을 되살려서 범려처럼
오호에 배를 띄우라는 것이다. 과연 소식은 어지러운 정국에서
겪는 부담을 이겨 내지 못하고 1089년 외임(外任)을 자청해서
항주 지주(杭州知州)로 나갔다. 황정견이 이 시를 쓴 지 1년이
조금 지난 시점이었다.

육유

陸游, 1125~1210

자는 무관(務觀), 호는 방옹(放翁)으로 절강성 출신이다. 34세에
첫 벼슬길에 나서서 줄곧 금(金)나라와의 항전을 주장한 애국
시인이다. 9천여 수의 많은 시를 남겼다.

100 　건차 얻은 것을 기뻐하다

어찌하여 귀한 음식이 시골구석에 이르렀나
상자를 처음 열어 기쁘기 한량없네

대유령(大庾嶺) 홍사석(紅絲石) 맷돌에 차 가루 날리고
민계(閩溪) 녹지(綠地) 차에 흰 거품 이네

혀 밑에 하루 종일 단맛이 남아 있고
코끝엔 우레 같은 코 고는 소리 다시는 없네

친구와 함께할 뜻 저버릴 수 없기에
스스로 풍로 들고 대숲으로 간다오

喜得建茶

玉食何由到草萊　重奩初喜坼封開
雪霏庾嶺紅絲磑　乳泛閩溪綠地材
舌本常留甘盡日　鼻端無復齁如雷
故應不負朋游意　自挈風爐竹下來

건차(建茶)-건계차(建溪茶)를 말함. 이 책 94면 26번 시 참조. •상자
[笥]-원래는 여자들이 화장용품을 보관하는 상자인데, 여기서는 차를
넣은 귀한 상자를 가리킨다. •대유령(大庾嶺) 홍사석(紅絲石)-대유령
은 강서성과 광동성 접경 지역에 있는 고개로, 여기서 붉은 실 무늬가
있는 홍사석이 생산되는데 이것으로 벼루나 차 맷돌을 만든다. •민계
(閩溪)-건계(建溪). 건계가 민강(閩江)의 지류이기 때문에 이렇게 말한
것이다. 건계는 무이산(武夷山)을 경유하기 때문에 이 지역에서 좋은 차
가 많이 생산된다. •코끝엔…없네-차가 잠을 쫓는다는 뜻인 듯하다.

양
만
리

楊萬里, 1127~1206

자는 정수(廷秀), 호는 성재(誠齋)로 강서성 출신이다. 27세에
진사시에 급제하여 관직에 있으면서 강직한 성품으로 직언을
서슴지 않았을 뿐만 아니라, 당시 중원을 침범한 금나라와 싸울
것을 주장한 항전파여서 조정의 권귀(權貴)들과 화합하지 못하고
70세 이전에 벼슬을 버리고 은퇴하여 고향에서 농사지으며
생활했다. 그는 차를 목숨처럼 좋아했다고 한다.

101 　육일천 물로 쌍정차를 달이다

매 발톱 같은 햇차를 게 눈 일도록 달이니
솔바람에 이는 거품이 토끼 털처럼 희구나

육일천 물에 달인 차 자세히 음미하니
옛 부옹(涪翁)의 시구(詩句)가 향기롭도다

일주차(日鑄茶) 건계차(建溪茶)는 멀찍이 물러나야
낙하(落霞) 추수(秋水)의 꿈은 고향으로 돌아가네

언제나 돌아가 등왕각(滕王閣)에 올라서
몸소 풍로 살피고 차 달여 맛보려나

以六一泉煮雙井茶

鷹爪新茶蟹眼湯　松風鳴雪兔毫霜
細參六一泉中味　故有涪翁句子香
日鑄建溪當退舍　落霞秋水夢還鄉
何時歸上滕王閣　自看風爐自煮嘗

381

육일천(六一泉)-항주 서호(西湖)의 고산(孤山) 남쪽 기슭에 있는 샘으로 소식(蘇軾)이 명명한 것이다. 그 내력은 소식의 「육일천명」(六一泉銘)에 나온다. 소식은 항주 통판(杭州通判)으로 있을 때 스승인 구양수의 부탁으로 고산에 있는 혜근(惠勤) 스님을 방문했다. 스님은 이듬해 죽었다. 18년 후 다시 혜근 스님의 옛 거처를 찾으니 혜근의 제자 이중(二仲) 스님이 구양수와 혜근의 화상을 모셔 놓고 살아 있는 것처럼 섬겼다. 그리고 그곳에 샘이 솟아나고 있었다. 이중 스님이 명(銘)을 지어 달라고 요청하자 이 샘을 '육일천'(六一泉)이라 명명하고 「육일천명」을 지었다. 구양수의 호가 '육일거사'(六一居士)이다. •부옹(涪翁)의 시구(詩句)-부옹은 황정견의 호이고, 부옹의 시구는 이 책 374면 99번 시를 가리킨다. 양만리가 황정견의 시구를 떠올리는 것은, 두 사람의 시의 주제가 모두 쌍정차이고 또 두 사람의 고향이 같은 강서성이기 때문이다. •일주차(日鑄茶)-이 책 352면 93번 시 참조. •건계차(建溪茶)-이 책 94면 26번 시 참조. •멀찍이 물러나야〔當退舍〕-사(舍)는 30리를 말한다. 직역하면 '마땅히 30리는 물러나야 한다'는 뜻이다. •낙하(落霞) 추수(秋水)의 꿈-왕발(王勃)의 「등왕각서」(滕王閣序)에 나오는 너무나 유명한 "떨어지는 노을은 외로운 따오기와 함께 날고/가을 물은 먼 하늘과 한가지 색이로다"(落霞與孤鶩齊飛 秋水共長天一色)란 구절을 말한다.

육일천의 물로 쌍정차를 달여 마시면서 황정견을 떠올린다. 황정견이 시와 더불어 소식에게 보낸 것이 그의 고향 특산인 쌍정차이기 때문이다. 또 양만리와 황정견은 다 같은 강서성 출신이다. 이렇게 쌍정차를 마시며 황정견을 떠올리다 보니 고향인 강서성의 풍물이 눈앞에 어른거린다. 등왕각은

황학루(黃鶴樓), 악양루(岳陽樓), 봉래각(蓬萊閣)과 함께 중국의
4대 누각의 하나이며 강서성의 상징적 건물이다. 여기서
썼다는 왕발의 「등왕각서」가 생각나고 고향이 몹시
그리워진다. 그래서 "언제나 돌아가 등왕각에 올라서/몸소
풍로 살피고 차 달여 맛보려나"라는 구절로 시를 끝맺는다.

양만리의 '미외지미'(味外之味)

독서할 때에는 반드시 '맛 밖의 맛'(味外之味)을 알아야 한다. 맛 밖의 맛을 모르고 '나는 글을 읽을 줄 안다'라 말하는 것은 거짓이다. 『시경』에 "누가 씀바귀가 쓰다 하는가? 그 달기가 냉이와 같도다"(誰謂荼苦 其甘如薺)라 했으니 나는 이것을 취하여 글 읽는 방법으로 삼는다.

讀書必知味外之味 不知味外之味而曰我能讀書者否也 詩曰誰謂荼苦其甘如薺 吾取以爲讀書之法焉

양만리가 조정에서 물러난 후 쓴 『습재논어강의』(習齋論語講義)의 서문에서 위와 같이 말했다.

차를 마시면서 독서의 방법을 터득했다는 말이다. 『시경』 패풍(邶風) 「곡풍」(谷風) 장에 나오는 '荼'(도)는 '茶'(차)를 가리킨다. 여기에 관해서는 여러 가지 설이 있지만 '荼'에서 '茶'가 유래되었다는 것이 정설이다. '荼'는 씀바귀이다. 씀바귀가 쓰지만 오래 씹으면 단맛이 나는 것을 양만리는 '미외지미'(味外之味)라 표현한 것이다. 마찬가지로 차도 원래는 쓴맛이 나지만 천천히 음미하면 향기로운 맛을 느낄 수 있는데 이것을 독서에 비유한 것이다. 즉 글을 읽을 때 표면적인 뜻만 보지 말고 거듭 읽고 또 읽어서 표면적인 뜻 밖에 있는 뜻을 알아야 진정한 독서라 할 수 있다는 말이다. 또 독서할 때에는 힘들지만 독서를 끝내고 나면 달콤한 보상을 받을 수 있다는 말이기도 하다. 이것이 양만리가 차에서 얻은 교훈이다.

주
희

朱熹, 1130~1200

자는 원회(元晦)·중회(仲晦), 호는 회암(晦庵)·자양(紫陽)으로
강서성 출신이다. 북송 정호(程顥), 정이(程頤)의 학설을 발전시켜
송대 성리학을 집대성한 학자이다.

시내 따라 서북쪽으로 달리고 달려
험난한 언덕을 몇 개나 넘었던가

앞으로 나아가니 황계(荒溪)가 끊어지고
툭 트인 골짜기에 청계(淸溪)가 흐르네

옛 대(臺)와 전(殿)을 한 번 지나니
이번엔 시내 언덕 그윽하도다

얽힌 산굽이를 여러 번 돌고 돌아
찬 바위 모서리에 이르렀는데

샘물은 하늘에서 날아 내려와
한 번 떨어지면 산산이 흩어져

바위 타고 흘러내려 햇빛에 반짝이고
골짜기에 내뿜어 바람 소리 우수수

땔감을 꺾어서 물을 끓이고
차를 달이니 근심 걱정 씻어 주네

387

그 옛날 육자(陸子)께 감사드리네
어느 해나 다시 여기 오실는지요?

康王谷水簾

循山西北鶩　崎嶇幾經丘
前行荒溪斷　豁見淸溪流
一涉臺殿古　再涉川原幽
縈紆復屢渡　乃得寒巖陬
飛泉天上來　一落散不收
披崖日璀璨　噴壑風颼飀
采薪爇絶品　瀹茗澆窮愁
敬謝古陸子　何年復來游

강왕곡 수렴(康王谷水簾)-강서성 여산(廬山)에 있는 강왕곡의 곡렴천
(谷簾泉). 물맛이 좋아 다성(茶聖) 육우(陸羽)에 의해 '천하제일천'이라
명명되었다. • 육자(陸子)-육우를 높여서 부르는 말.

야율초재

耶律楚材, 1190~1244

자는 진경(晉卿), 호는 옥천노인(玉泉老人)으로 거란(契丹)인이다. 몽골 제국의 칭기즈칸 부자를 30여 년간 보좌하며 제국의 문물을 정비하여 기초를 마련하는 데에 큰 공을 세웠다.

103   서역에서 왕군옥에게 차를 청하다

1

건계차를 못 마신 지 여러 해 되어
마음에 누런 먼지 다섯 수레 쌓였소

푸른 찻잔 속, 눈 같은 거품 생각나고
황금 맷돌 주변의 뇌아(雷芽)를 추억하네

노동의 「칠완시」(七碗詩) 같은 시 얻기 어렵고
종심(從諗) 스님의 석 잔 차도 꿈속에 희미하오

그대에게 청하오니 병차(餅茶) 몇 개 보내 주어
잠시나마 이 풍경에 청흥(淸興) 일게 해 주오

5

차를 모른 유령(劉伶)이 언제나 우습네
어찌하여 삽을 메고 수레를 좇게 했나

쓸쓸한 저녁 비에 구름이 질펀하면
소리치는 봄 우레에 옥 같은 싹 날 텐데

건군(建郡)의 심구(深甌)는 오(吳) 땅이라 멀리 있고
금산(金山)의 좋은 물은 초강(楚江)이라 멀리 있어

붉은 화로 돌솥에 둥근 단차(團茶) 달이면
향기로운 차 한 잔에 푸른 노을 마시련만

西域從王君玉乞茶

積年不啜建溪茶　心竅黃塵塞五車
碧玉甌中思雪浪　黃金碾畔憶雷芽
盧仝七碗詩難得　諗老三甌夢亦賖
敢乞君侯分數餠　暫敎淸興繞烟霞

長笑劉伶不識茶　胡爲買鍤漫隨車
蕭蕭春雨雲千頃　隱隱春雷玉一芽
建郡深甌吳地遠　金山佳水楚江賖
紅爐石鼎烹團月　一碗和香吸碧霞

건계차(建溪茶)-이 책 94면 26번 시 참조. •뇌아(雷芽)-봄 우렛소리를 듣고 돋는 새싹. 여기서는 찻잎을 가리킨다. •「칠완시」(七碗詩)-이 책 295면 76번 시를 말함. •종심(從諗) 스님의 석 잔 차-종심 스님이 조주 (趙州) 관음원(觀音院)에 있을 때 새로 온 스님에게 "이곳에 온 적이 있

는가?"하고 물어 "있습니다" 하면 "그러면 차나 한잔 들고 가시게"라 했고, 또 다른 스님에게 "이곳에 온 적이 있는가?"하고 물어 "없습니다" 하면 "그러면 차나 한잔 들고 가시게"라 했다. 이를 본 원주(院主) 스님이 "선사께서는 어째서 이곳에 와 본 사람에게 '차나 한잔 들고 가시게'라 하시고 이곳에 와 본 적이 없는 사람에게도 '차나 한잔 들고 가시게'라 하십니까?"라 하니 "자네도 차나 한잔 들고 가시게"라 말했다고 한다. 차가 오도(悟道)의 경지로 이끌 수 있다는 것인데 이것이 유명한 '끽다거'(喫茶去)의 고사이다. •유령(劉伶)-죽림칠현의 한 사람으로 술을 매우 좋아하여 평소 술을 한 섬씩 마시고 닷 말로 해장을 했다고 한다. 또 항상 작은 수레를 타고 술 한 동이를 매달고 다니면서 종자(從者)에게 삽을 메고 따르게 했다. 그러고는 "내가 죽으면 곧 묻어 버려라"라고 말했다고 한다. •건군(建郡)의 심구(深甌)-복건성 건요(建窯)에서 생산되는 유명한 찻잔. •금산(金山)의 좋은 물-강소성 금산 서쪽에 있는 중령천(中泠泉)을 가리키는데, 파도치는 장강(長江) 가운데 있어서 때로는 물에 잠기고 때로는 위로 드러난다고 한다. 차를 달이기에 좋은 물이어서 당나라 유백추(劉伯芻)는 이를 '천하제일천'이라 했고, 송나라 문천상(文天祥)은 '양자강심 제일천'(揚子江心第一泉)이라 했다. •초강(楚江)-양자강이 옛 초(楚) 땅을 경유한다고 하여 초강이라 말한 것이다.

시인이 칭기즈칸을 따라 서역 정벌에 종사하고 있을 때 강남에 있는 친구 왕군옥(王君玉)에게 차를 보내 달라고 청하는 시이다. 모두 일곱 수인데 여기서는 제1수와 제5수를 번역했다.

　　제1수. 제2연은 황량한 서역에서 차를 마시지는 못하고 그 옛날 중원에서 마시던 차를 그리워하는 장면이다. 제5구에서는

차를 마시지 못하여 노동의 「칠완다가」와 같은 시도 쓸 수
없다고 하소연한다. 제6구도 '끽다거'의 고사를 인용함으로써
도(道)를 깨우쳐 줄 차가 없는 상황을 말한다.

　　제5수. 차를 모르고 술만 마셨던 유령을 우습게 여길 만큼
자신은 차를 애호하는 사람인데 지금은 차를 마실 수 없다.
그래서 봄 우렛소리를 듣고 돋아난다는 찻잎이 너무도 그립다.
제3연에서는 건주(建州)에서 나는 찻잔과 금산의 중령천 물이
자신이 있는 서역과 멀리 떨어져 있다고 말함으로써 역시 차를
마시지 못하는 답답한 처지를 하소연하며 친구에게 차를 보내
달라고 간청하고 있다.

문진형의 '차의 효용'

- 세속 밖에 높이 은거하며 앉아서 도덕을 말할 때, 차로써 마음을 맑게 하고 정신을 기쁘게 할 수 있다.
- 아침 해가 뜰 때나 저녁 해 질 무렵에 흥취가 스산해질 때, 차로써 회포를 풀고 조용히 풍월을 즐길 수 있다.
- 밝은 창 아래 탁본첩(拓本帖)을 펼쳐 놓고 먼지를 털면서 한가하게 읊조릴 때나 등불을 밝히고 밤에 책을 읽을 때, 차로써 수마(睡魔-잠 귀신)를 멀리 물리칠 수 있다.
- 푸른 저고리 붉은 소매의 여인과 비밀스럽게 사담(私談)을 나눌 때, 차로써 서로의 정을 도와주고 뜻을 불태울 수 있다.
- 비 오는 날 창문을 닫고 앉아 있거나 식사 후에 산보를 할 때, 차로써 적막함을 달래고 번뇌를 없앨 수 있다.
- 연회에서 술 취한 손님을 깨울 때나 밤비 내리는 선창에서, 빈 누각에서 길게 휘파람을 불거나 손가락으로 거문고 줄을 퉁길 때, 차로써 흥을 돋우고 갈증을 풀 수 있다.

> 物外高隱　坐語道德　可以淸心悅神
> 初陽薄暝　興味蕭騷　可以暢懷舒嘯
> 晴窗搨帖　揮塵閑吟　篝燈夜讀　可以遠辟睡魔
> 靑衣紅袖　密語談私　可以助情熱意
> 坐雨閑窗　飯餘散步　可以遣寂除煩

醉筵醒客 夜雨蓬窗 長嘯空樓 冰弦戛指 可以佐歡解渴

—문진형(文震亨)의 『장물지』(長物志) 권12 「향명」(香茗)

문진형(1585~1645)은 명말의 문인, 화가이며 탁월한
원림가(園林家)로, 유명한 화가 문징명(文徵明)의 증손자이다.
그는 명나라가 망하자 곡기를 끊고 자결했다고 한다.
『장물지』는 사대부들이 거처하는 집의 원림 조성과 집안의
여러 가지 기물에 대하여 기술한 책이다. 그는 여기서 차의
효용에 대해서도 폭넓게 진술하고 있다.

고
계

高啟, 1336~1374

자는 계적(季迪), 호는 사헌(槎軒), 강소성 소주(蘇州) 출신이다.
원말(元末) 명초(明初)의 시인으로 양기(楊基), 장우(張羽),
서분(徐賁)과 더불어 '오중사걸'(吳中四杰) 또는
'명초사걸'(明初四杰)로 불렸다. 벼슬은 호부우시랑(戶部右侍郎)을
역임했다.

우레 지난 산기슭에 푸른 구름 따뜻한데
차나무들 창(槍)과 기(旗)가 반쯤 돋았네

은비녀 아가씨들 노래 서로 주고받아
광주리에 딴 찻잎 누가 가장 많은가?

돌아와도 손에선 맑은 향기 남았는데
상품(上品)은 먼저 태수에게 바친다네

죽로(竹爐)에 덖은 햇차 맛보기 전에
포장하여 호남의 상인에게 파는구나

산가(山家)에선 곡식 농사 알 수 없어라
해마다 입고 먹는 것이 봄비에 달렸다네

采茶詞

雷過溪山碧雲暖　幽叢半吐槍旗短
銀釵女兒相應歌　筐中采得誰最多
歸來清香猶在手　高品先將呈太守

竹爐新焙未得嘗　籠盛販與湖南商
山家不解種禾黍　衣食年年在春雨

우레 지난-봄에 첫 우렛소리를 듣고 차나무에 싹이 돋는다고 한다.
•푸른 구름-여기서는 무성하게 푸른 차나무를 말한다. •창(槍)과 기
(旗)-차 싹이 아직 펴지지 않은 것을 창(槍)이라 하고, 펴져서 어린 잎
이 된 것을 기(旗)라 한다. 이 책 149면 47번 시, 346면 91번 시 참조.
•봄비-비 내리는 봄날 찻잎을 따는 일.

오
관

吳寬, 1435~1504

자는 원박(原博), 호는 포암(匏庵), 시호는 문정(文定)으로 강소성
출신이다. 벼슬이 예부상서(禮部尙書)에 이르렀다.

탕옹(湯翁)의 차 사랑은 술 사랑과 같아서
석 되니 다섯 말로는 셀 수가 없네

선춘당(先春堂) 문을 열면 남아 있는 물건 없고
다만 풍로와 맷돌만 나란하네

집안엔 딴 일 없어 언제나 차 달이며
하루 종일 찻잔이 입에서 떠나지 않네

연회엔 다동(茶童)만 서서 모시고
찾아오는 손님은 차 벗뿐이네

보내 준 차에 사례하러 노동(盧仝) 배워 시를 짓고
차 달이며 황구(黃九) 본떠 부(賦)를 짓는다

『다경』의 속편(續編)은 다른 사람 힘 빌리지 않고
『다보』(茶譜)의 보유(補遺)도 곧 탈고하려네

한평생 차를 심고 농사일하지 않아
산 아래 다원(茶園)이 몇 무(畝)인지 모르겠네

400

세상 사람 다향(茶鄕)으로 유람함이 옳거니
여기에 역시 무하유지향(無何有之鄕) 있다네

愛茶歌

湯翁愛茶如愛酒　不數三升並五斗

先春堂開無長物　只將茶竈連茶臼

堂中無事長煮茶　終日茶杯不離口

當筵侍立惟茶童　入門來謁惟茶友

謝茶有詩學盧仝　煎茶有賦擬黃九

茶經續編不借人　茶譜補遺將脫手

平生種茶不辦租　山下茶園知幾畝

世人可向茶鄕游　此中亦有無何有

탕옹(湯翁)-작자 자신을 가리킨다. •선춘당(先春堂)-작자의 당호(堂
號)인 듯. •노동(盧仝)-이 책 295면 76번 시 참조. •황구(黃九)-황정
견(黃庭堅). 육촌 이내의 항렬(行列)이 아홉 번째라는 뜻. 황정견의 「전
다부」(煎茶賦)가 있다. •무하유지향(無何有之鄕)-『장자』 「소요유」(逍遙
游)에 나오는 이상향.

이
지

李贄, 1527~1602

명나라 후기의 사상가로 자는 굉보(宏甫), 호는 탁오(卓吾), 복건성
천주(泉州) 출신이다. 반봉건 사상을 펼치며 반항아, 이단아로
활동하다가 그의 저서가 불태워지고 혹세무민(惑世誣民)한 죄로
투옥되어 옥중에서 자살했다. 향년 76세. 저서로『장서』(藏書),
『분서』(焚書) 등이 있다.

나는 늙어 벗이 없고
아침저녁으로 오직 너뿐

이 세상의 청고(淸苦)함을
누가 그대 따르리오

날마다 그대를 밥 삼아 먹으면서
몇 그릇인지 알지 못하고

저녁마다 그대를 술 삼아 마시면서
얼마나 마셨는지 묻지 않도다

새벽에 일어나고 밤늦게 잠들면서
처음부터 끝까지 그대와 함께하길 원하네

그대 성(姓)은 탕(湯) 아니고
나의 성(姓)도 이(李) 아니라

우리 모두 한가지 맛
철두철미 청고하네

403

茶夾銘

我老無朋　朝夕唯汝

世間淸苦　誰能及子

逐日子飯　不辨幾鍾

每夕子酌　不問幾許

夙興夜寐　我與子終始

子不姓湯　我不姓李

總之一味　淸苦到底

다협(茶夾)-차 마실 때 필요한 도구로 젓가락 같은 집게. •청고(淸苦)-
청렴하여 곤궁을 견디어 냄. •너, 그대-차를 의인화(擬人化)한 것이다.
•탕(湯)-다탕(茶湯).

이지는 차를 무척 좋아하여 평생 차를 마셨다고 한다. 이
작품의 제목은 「다협명」이지만 다협에 한정되지 않고 차
전반을 두고 지은 명문(銘文)이다. 제6연과 제7연의 뜻은
이렇다. 그대 즉 차와 나는 성(姓)이 다른 별개가 아니라
청고(淸苦)한 한가지 맛을 지닌 일체여서 뜻을 같이하는 동지와
같다.

풍가빈의 '차 마시기 알맞은 경우'(茶宜)

- 무사(無事)-세상일에 얽매이지 않고 한가한 경우
- 가객(佳客)-주인과 감정을 교류할 수 있고 뜻을 같이하는 손님이 있는 경우
- 유좌(幽坐)-마음이 편안하며 환경이 조용하고 아름다운 경우
- 음시(吟詩)-시를 주고받으며 흥취를 돕는 경우
- 휘한(揮翰)-붓을 휘둘러 시를 쓰고 그림을 그리는 경우
- 상양(徜徉)-정원의 향기로운 오솔길을 걷는 경우
- 수기(睡起)-잠에서 막 깨어난 경우
- 숙정(宿酲)-숙취가 사라지지 않는 경우
- 청공(淸供)-입안을 맑게 하는 다과와 함께할 경우
- 정사(精舍)-정교하고 품위 있는 다실(茶室)에 있을 경우
- 회심(會心)-마음으로 차의 삼매(三昧)를 터득하는 경우
- 상감(賞鑑)-다도(茶道)에 정통하여 차의 색(色), 향(香), 미(味)를 맛볼 줄 아는 경우
- 문동(文僮)-침착하고 영리한 아이가 수발을 드는 경우

―풍가빈(馮可賓)의 『개다전』(芥茶箋) 「다의」(茶宜)

―――――――――

풍가빈은 자(字)가 정경(正卿)으로 산동성 출신이다. 1622년에 진사 급제하여 관직에 나아갔으나 청나라 건국 후에는

405

벼슬하지 않고 은거했다. 「개다전」(芥茶箋)은 서개명(序芥名),
논채다(論采茶), 논증다(論蒸茶), 논배다(論焙茶), 논장다(論藏茶),
변진안(辨眞贋), 논팽다(論烹茶), 품천수(品泉水), 논다구(論茶具),
다의(茶宜), 다기(茶忌)의 11칙(則)으로 구성되어 있다.

진
계
유

陳繼儒, 1558~1639

명대의 문학가이자 저명한 서화가로 자는 중순(仲醇), 호는
미공(眉公)이다.

산중에서 날마다 새 샘물로 차 달이니
그대의 전신(前身)은 노옥천(老玉川)이렷다

파초 잎에 쏟아지는 달빛을 동무 삼아
바위를 베고서 꿈길에 들고
풍로 미풍에 꽃잎이 안개처럼 떨어지네

차 따르는 솜씨는 삼매경(三昧境)을 엿보고
술 깬 후엔 시 백 편 지을 수 있네

당년의 취향자(醉鄕子)가 도리어 우습도다
한평생 장두전(杖頭錢)을 헛되이 던졌으니

失題

山中日日試新泉　君合前身老玉川
石枕月侵蕉葉夢　竹爐風軟落花烟
點來直是窺三昧　醒來翻能賦百篇
却笑當年醉鄕子　一生虛擲杖頭錢

그대-작자 자신을 가리킨다. •노옥천(老玉川)-「칠완다가」의 작자 옥천자(玉川子) 노동(盧仝)을 가리킨다. •술 깬…있네-차를 마시면 술을 깨게 하고 또 창작 의욕을 일깨워 시 백 편을 지을 수 있게 한다는 뜻. •취향자(醉鄕子)-취향에 사는 사람, 즉 하루 종일 술에 취해 있는 사람. •장두전(杖頭錢)-진(晉)나라 완수(阮修)는 걸어 다닐 때 늘 지팡이 끝에 돈 백 전(百錢)을 걸어 놓았다가 술집을 만나면 곧 술을 사 마셨다고 한다. 앞 구절의 "당년의 취향자(醉鄕子)"는 완수를 가리킨다.

황
종
희

黃宗羲, 1610~1695

명말 청초의 학자로 자는 태충(太冲), 호는
이주(梨洲)·남뢰(南雷)이며, 절강성 여요(餘姚) 출신이다.
반청복명(反淸復明) 운동을 벌이다 실패하고 물러나
저술에 몰두했다. 유명한『명이대방록』(明夷待訪錄)의 저자이다.

바람 불어 낙숫물이 막 사라지려는
새벽 어스름 무렵이 찻잎 따는 시간이라

서로 모여 곧바로 산꼭대기 오르는 건
곡우 전에 출시(出市)하려 다투기 때문

양쪽 광주리에 늙은 찻잎 가려 넣으려
등불 밑에 식구들이 모여 앉았고

덖느라 시간 이미 오경(五更)이 지났는데
새로 가린 폭포차를 시험 삼아 맛보네

餘姚瀑布茶

檐溜松風方掃盡　輕陰正是采茶天
相邀直上孤峰頂　出市都爭穀雨前
兩筥東西分梗葉　一燈兒女共團圓
炒青已到更闌後　猶試新分瀑布泉

411

폭포차(瀑布茶)-절강성 여요(餘姚)의 사명산(四明山) 폭포령(瀑布嶺)에
서 생산되는 녹차로, 당나라 때부터 이름난 차여서 육우의 『다경』에도
기록되어 있다.

황종희는 청나라가 들어선 후 조정의 부름에 응하지 않고
여요의 사명산 구역에 있는 화안산(化安山)에 은거했는데,
이곳의 폭포령에서 나는 폭포차를 즐겨 마셨다. 그는 폭포차를
두고 여러 편의 시를 지었다.

석
초
전

釋超全, 1627~1712

자는 주생(疇生), 호는 몽암(夢庵), 속명은 완민석(阮旻錫)으로
복건성 출신이다. 젊을 때는 성리학을 공부했고, 명나라가 망한
후 반청(反淸) 운동을 했다. 만년에는 전국의 명산대천을
유람하며 명차(名茶)를 맛보다가 17세기 말경에 무이산으로
들어가 천심선사(天心禪寺)에서 승려가 되었다.

413

건주(建州)의 단차(團茶)는 정위(丁謂)에서 비롯됐고
공납한 소룡단(小龍團)은 군모(君謨)가 만들었네

원풍년(元豊年)에 칙명으로 밀운룡차(密雲龍茶) 만드니
소룡단에 비해서 훨씬 더 귀했고

원(元)나라 사람들이 어다원(御茶園) 설치하니
산민(山民)들 일 년 내내 공납에 매달리네

명나라 일어나자 차 공납 영영 폐지했으니
귀한 음식이 어찌 먼 곳 사람들 폐가 되리오

전하기론 한 노인이 처음 차를 바쳤는데
죽은 후 사람들이 사당 세워 제사했네

경태(景泰) 연간엔 차밭이 황폐한 지 오랜데도
함산제(喊山祭)에 해마다 제사 비용 거두었네

관청에 바치는 차를 다른 산에서 사 왔는데
곽공청라(郭公靑螺)가 그 폐단 없앴다네

그 후에 암차(巖茶) 역시 점점 자라서
산중에선 이로 인해 생활 조금 나아졌지만

왕년에 황관(黃冠)들 햇차 올리느라 고생이라
사흘 안에 봄 싹을 모두 따야 하다니

깊은 산 모두 뒤져 여린 새싹 텅 비었는데
관에서 금지하니 백성이 은혜 입었네

차 농사 고생이 곡식 농사보다 더 심해
김매고 찻잎 따서 덖고 말리고

곡우절 다가오면 곳곳이 바빠져
이십 일을 밤낮으로 먹고 자는 일 폐하네

도인(道人)과 산사람들 이로써 양식 마련
봄에 심고 가을에 거두며 풍년을 바라듯

무릇 차의 산출엔 지리(地利)를 보나니
계곡 북쪽은 비옥하고 남쪽은 그다음이라

평지의 얕은 물가는 땅의 비옥도가 약하고
깊은 골짝 높은 언덕은 안개, 비가 풍족하네

무릇 차의 생장엔 천시(天時)를 보나니
맑은 날 북풍 불면 가장 기쁘고

구름 끼어 비 내리고 남풍이 불어오면
색과 향이 뚝 떨어져 싱겁고 맛이 없네

근래엔 청장(淸漳)의 제다법(製茶法)을 중시하여
장아(漳芽)와 장편(漳片)을 분리하여 표기하네

매화 향, 난초 향 같은 향은
말릴 때 그 향기를 맡을 수 있어

솥 안이나 광주리 위에 불길이 따뜻하고
마음은 한가하고 손놀림은 민첩하니 공부가 세밀하다

바위 언덕엔 송수(宋樹)가 많지 않은데
움트는 새싹이 단풍처럼 붉구나

아침 내내 따고 따도 한 줌이 안 되니
장주(漳州) 사람 이를 진귀하게 아낀다네

장맛비 산루(山樓)에서 낮 시간이 지루한데
밤에는 차 이야기 천년 되도록 전해지네

416

좋은 차 달여서 마른 창자 적시니
차 끓는 솔바람 소리가 빗소리에 섞이네

武夷茶歌

建州團茶始丁謂　貢小龍團君謨制
元豊敕制密雲龍　品比小團更爲貴
元人特設御茶園　山民終歲修貢事
明興茶貢永革除　玉食豈爲遐方累
相傳老人初獻茶　死爲山神享廟祀
景泰年間茶久荒　喊山歲猶供祭費
輸官茶購自他山　郭公靑螺除其弊
嗣後巖茶亦漸生　山中借此少爲利
往年薦新苦黃冠　遍采春芽三日內
搜眞深山栗粒空　官令禁絕民蒙惠
種茶辛苦甚種田　耕鋤采摘與烘焙
穀雨期屆處處忙　兩旬晝夜眠餐廢
道人山客資爲粮　春作秋成如望歲
凡茶之産視地利　溪北地厚溪南次
平洲淺渚土膏輕　幽谷高崖烟雨膩
凡茶之候視天時　最喜天晴北風吹
苦遭陰雨風南來　色香頓減淡無味
近時制法重淸漳　漳芽漳片標名異

如梅斯馥蘭斯馨　大抵焙時候香氣

鼎中籠上爐火溫　心閑手敏工夫細

巖阿宋樹無多叢　雀舌吐紅霜葉醉

終朝采采不盈掬　漳人好事自珍秘

積雨山樓苦晝間　一宵茶話留千載

重烹山茗沃枯腸　雨聲雜沓松濤沸

건주(建州)-현재 복건성 건구시(建甌市)의 옛 이름으로 무이암차가 이
일대에서 생산된다. •군모(君謨)-채양(蔡襄)의 자(字). •제1연의 '단
차'(團茶), '소룡단'(小龍團), '군모'(君謨) 등에 대해서는 이 책 141면
45번 시 참조. •원풍년(元豊年)-송나라 신종(神宗) 시기인 1078년부터
1085년까지. •어다원(御茶園)-황실에 차를 공급하기 위해서 무이산
구곡계(九曲溪)의 제4곡에 설치한 다원(茶園). 1557년에 폐지되었다.
•명나라…폐지했으니-1391년 명 태조 주원장(朱元璋)이 용봉단차의
공납을 폐지하고 이를 산차(散茶)로 바꾸었다. 그러나 이후에도 차 공
납의 폐단은 줄지 않았다. •경태(景泰) 연간-명 경제(景帝)의 재위 기
간인 1450년부터 1556년까지. •함산제(喊山祭)-무이산에서 해마다
다신(茶神)과 산신(山神)에게 지내는 제사. 매년 경칩일(驚蟄日)에 고을
수령과 관리들 그리고 다농(茶農)들이 어다원의 함산대(喊山臺)에 올라
"차여 싹을 틔우라"라고 외쳤다고 한다. 경태 연간에 차밭이 황폐하여
차를 생산하지 않았는데도 함산제는 계속하여 산민(山民)이 그 비용을
부담했고, 여전히 산중에는 100여 호가 차를 공납하고 있었다. •곽공
청라(郭公靑螺)-곽자장(郭子章, 1542~1618). 청라(靑螺)는 그의 호. 그
가 복건 건녕부추관(建寧府推官)으로 있을 때 다농들의 차 공납의 부담
을 덜어 주었다. 다호(茶戶)들이 후에 그를 위해 송덕비를 세워 주었다

고 한다. •암차(巖茶)-오늘날의 오룡차(烏龍茶)를 말하는데 이것이 무이암차에 대한 최초의 기록이다. •황관(黃冠)-무이산에 사는 도사(道士). 여기서는 승려들도 함께 지칭한다. •청장(淸漳)-복건성 장주(漳州)의 별칭. •장아(漳芽)와…표기하네-장주 차의 포장지에 '아'(芽-새싹), '편'(片-찻잎) 등으로 등급을 표기하는데, 그 방법을 따른다는 뜻. •송수(宋樹)-무이산의 4대 명총(名叢)으로 일컬어지는 대홍포(大紅袍), 철나한(鐵羅漢), 수금구(水金龜), 백계관(白鷄冠) 등 송나라 때 심었던 나무를 말한다.

무이암차에 대한 최초의 전면적 기록으로, 무이암차의 발전 역사, 제다 공예(制茶工藝), 민간 전설, 차와 토질, 기후와의 관계 등을 노래하여 후인들이 무이차의 역사를 이해하는 데에 많은 도움을 주는 중요한 자료이다.

정
섭

鄭燮, 1693~1766

저명한 서화가요 문학가로 자는 극유(克柔), 호는 판교(板橋)이며
강소성 출신이다. 진사에 급제하여 벼슬했으나 관직을 버리고
양주(揚州)로 물러나 그림을 팔아서 생활했다.
'양주팔괴'(揚州八怪)의 한 사람이다.

분강(湓江) 어구에 저의 집 있어요
낭군께서 틈나면 차 마시러 오세요

황토 담장에 지붕은 띠로 덮고
문 앞엔 한 그루 자형화(紫荊花)가 있어요

竹枝詞

湓江江口是奴家 郎若閑時來吃茶
黃土築墻茅蓋屋 門前一樹紫荊花

분강(湓江)-강서성에 있는 강 이름. •저의 집〔奴家〕-노가(奴家)는 옛
날 여자가 자기를 가리키는 겸칭(謙稱).

옛 풍습에 '차를 마시는 것'〔吃茶〕은 남자가 여자에게 차를
예물로 주고 정식 청혼을 하는 행위를 가리켰다고 한다. 이
시에서 아가씨가 남자에게 '차 마시러 오라'고 말한 것은,
정식으로 청혼을 해 달라는 뜻을 암시한 것이다. 여자는 마음에

두고 있는 남자에게 자기 집의 위치와 특징을 자세히 말해
주면서 차 마시러 오라고 할 만큼 매우 적극적이다.

애
신
각
라

홍
력

愛新覺羅 弘曆, 1711~1799

홍력은 청나라 제6대 황제 고종(高宗)의 이름으로 연호는
건륭(乾隆)이다. 재위 60년 동안 강희제(康熙帝), 옹정제(雍正帝)가
이루어 놓은 기초 위에 청나라를 한층 더 발전시켜
'강건성세'(康乾盛世)를 이루었다. 서장(西藏)과 신강(新疆)을
복속시켜 중국 역사상 최대의 영토를 확보했고 또 방대한 분량의
『사고전서』(四庫全書)를 편찬하기도 했다.

111   용정에 앉아서 차를 달이며 우연히 짓다

용정 햇차를 용정 샘물로
차를 달이니 일가의 풍미로다

난석(爛石)에서 자란 어린 새싹을
곡우 전에 덖어서 만든 것이네

어찌 용봉단차만 임금의 차인가
애오라지 작설차로 마음을 적시노니

부르면 변재(辨才) 스님 다시 나와서
웃으며 여전히 문자선(文字禪)을 하시리

坐龍井上烹茶偶成

龍井新茶龍井泉　一家風味稱烹煎
寸芽出自爛石上　時節焙成穀雨前
何必鳳團誇御茗　聊因雀舌潤心蓮
呼之欲出辨才在　笑我依然文字禪

난석(爛石)-부스러진 돌. 곧 작은 돌. 육우의『다경』「일지원」(一之源)에 "(차가 자라는 땅으로) 제일 좋은 것은 난석(爛石)이다"라 했는데 자갈보다는 작고 모래보다는 큰 돌로 이루어진 땅을 말한다. •용봉단차(龍鳳團茶)-이 책 141면 45번 시 참조. •마음〔心蓮〕-심연(心蓮)은 불교 용어로 연꽃처럼 맑고 깨끗한 마음을 가리킨다. •변재(辨才) 스님-1011~1091. 송나라의 고승으로 속성은 서씨(徐氏), 이름은 무상(无象), 법명은 원정(元淨)이며, 인종(仁宗) 황제가 자금가사(紫錦袈裟)를 하사하고 변재(辨才)라는 법명을 내렸다. 1079년에 은퇴하고 항주 용정촌 수성사(壽聖寺)에 거처하면서 근처 사봉(獅峰) 기슭에 차밭을 일구었는데, 여기서 나는 차를 후인들이 용정차라 부르고 변재 스님을 '용정차의 비조(鼻祖)'로 추앙했다. •문자선(文字禪)-불교의 선리(禪理)를 시문(詩文)으로 나타내는 것.

이 시의 작자 애신각라 홍력은 곧 청나라 건륭제(乾隆帝)이다. 그는 "임금에게는 하루라도 차가 없을 수 없다"라 말했을 만큼 차를 매우 좋아했다. 그는 강남 지방을 여섯 차례나 순행했는데 이 시는 1762년 제3차 순행 때 항주 용정에 들러서 지은 작품이다. 불교 용어인 제3연의 '심연'(心蓮)이 자연스럽게 변재 스님으로 연결된다. 용정에 와서 용정차를 마시면서 '용정차의 비조'라 일컬어지는 변재 스님을 떠올리는 것은 너무나 자연스럽다. 차를 마시면서 변재 스님을 떠올림으로써 '다선일여'(茶禪一如)의 경지를 말하고 있기도 하다.

진
장

陳章, ?~?

자는 수의(授衣)·죽정(竹町), 호는 불재(紱齋)로 절강성 출신이다.

봉황령(鳳凰嶺) 머리에 봄 이슬 향기로운데
푸른 치마 아가씨들 손톱도 길어라

시내 건너 구름 뚫고 찻잎 따러 가서는
정오에 돌아오니 한 광주리 차지 않네

공납 독촉 문서가 관부에 내렸는데
어찌 알리, 추워서 차 싹 돋지 않은 걸

덖어서 완성하면 낱낱이 연밥 같은데
누가 알리, 내 마음 연밥같이 쓰다는 걸

采茶歌

鳳凰嶺頭春露香　青裙女兒指爪長
渡澗穿雲采茶去　日午歸來不滿筐
催貢文移下官府　那知山寒芽未吐
焙成粒粒比蓮心　誰知儂比蓮心苦

427

봉황령(鳳凰嶺)-절강성 항주의 남쪽 지역으로 용정차를 비롯한 녹차의
생산지. •구름 뚫고-구름과 안개를 헤치고 높은 산에 오른다는 뜻.

사람들은 향기로운 차를 마실 줄만 알지, 차를 만드는 농부들의
괴로움은 알지 못한다. 시인은 날씨가 추워 아직 싹이 돋지
않았는데도 공납할 차를 바치라고 독촉하는 관리들에게
시달리는 다농(茶農)들을 따뜻한 동정의 시선으로 바라보고
있다.

육
정
찬

陸廷燦, ?~?

생졸 연대는 미상. 자는 추소(秋昭)·만정(幔亭)으로 강소성
출신이다. 복건 숭안 지현(崇安知縣)을 역임했으며 스스로 육우의
후예임을 자처하여 『속다경』(續茶經)을 저술했다.

113 무이차를 노래하다

상저옹(桑苧翁) 집안에 전해 오는 경전 있어
거문고 타며 무이군(武夷君)과 함께하기 좋아하네

가벼운 물결 이는 소나무 아래에서
시냇가 달빛 아래 차를 달이며
이슬 맺힌 매화 가에서 구름 같은 차 달이니

밤에는 잠을 깨워 문서 처리 바탕 되고
낮에는 정신 맑혀 글 짓는 데 도움되네

봄 우레가 바위틈 차 싹 트기 재촉하니
작설(雀舌)이라 용단(龍團)이라 차례로 분류하네

咏武夷茶

桑苧家傳舊有經　彈琴喜傍武夷君
輕濤松下烹溪月　含露梅邊煮嶺雲
醒睡功資宵判牒　淸神雅助畫論文
春雷催茁仙巖笋　雀舌龍團取次分

430

상저옹(桑苧翁)-육우의 자호(自號). •전해 오는 경전-『다경』을 가리킨
다. •무이군(武夷君)-좋은 차가 생산되는 무이산의 산신(山神). •봄
우레-봄의 첫 우렛소리를 듣고 차나무에 싹이 튼다고 한다. •작설(雀
舌), 용단(龍團)-작설과 용단은 무이산차의 산품인데 품질상의 등급에
따른 분류이다.

제1연의 "무이군(武夷君)과 함께하기 좋아하네"란 말은 그가
무이산에 자주 갔다는 말이다. 무이산에 자주 간 것은 무이산의
풍경을 즐기기보다, 육우의 후예로서 좋은 차가 많이 나는
무이산을 사랑했기 때문이다. 또 마침 그는 무이산 근처의
숭안현(崇安縣) 지현(知縣)으로 재직하고 있었다. 무이차를
노래한 시는 당나라 말기부터 창작되기 시작해서 청나라 때
전성기를 이루었는데 이 시의 작자 육정찬은 청나라 때
사람이다.

부록

중국의 차 문화

1. 중국 차의 분류

찻잎을 분류하는 방법은 다양하다. 제조 과정에서 찻잎의 발효 정도에 따라 불발효차와 발효차로 분류하는 것이 하나의 방법이다. 이 중 발효차는 반발효차, 완전발효차, 후발효차로 또 세분된다. 찻잎을 따는 계절에 따라 춘차(春茶), 하차(夏茶), 추차(秋茶)로 분류하기도 하고, 찻잎의 형태에 따라 산차(散茶), 말차(沫茶), 병차(餠茶)로 분류하기도 한다. 이외에도 다양한 기준에 의한 분류가 있을 수 있으나, 일반적으로는 여러 기준을 종합해서 녹차(綠茶), 홍차(紅茶), 오룡차(烏龍茶), 백차(白茶), 황차(黃茶), 흑차(黑茶), 화차(花茶)의 일곱 가지로 분류하고 있다. 이 7대 분류는 대개 차의 제조 방법에 그 기준을 둔 것이다.

 • 녹차

불발효차로서 역사상 최초로 등장한 차이다. 녹차는 중국에서 가장 흔히 볼 수 있고 전체 차 생산량의 약 70%를 차지한다. 발효를 막기 위하여 찻잎을 따는 즉시 찌거나 덖어서 찻잎의 수분을 제거함으로써 효소의 활성을 중지시키고 산화(酸化)를 방지한다. 다음 공정은 「녹차의 제조 과정」(이 책 440면 참조)에 자세하다.

　중국의 대표적인 녹차로는 서호용정(西湖龍井, 절강성), 태호벽라춘(太湖碧螺春, 강소성), 황산모봉(黃山毛峯, 안휘성), 여산운무(廬山雲霧, 강서성) 등이 있다.

• 홍차

완전발효차로서 전 세계인이 가장 많이 마시는 차이다. 찻잎을 찌거나 덖지 않고 자연 상태에서 시들게 하여 손으로 비빈 후 일정한 온도와 습도에서 발효시킨다. 이 과정에서 산화 작용이 일어나 찻잎의 성분이 화학적으로 변화해 홍차 특유의 성분이 생성된다. 충분히 발효된 찻잎을 고온으로 건조시켜 완성품으로 만든다.

대표적인 홍차는 기문홍차(祁門紅茶, 안휘성), 전홍(滇紅, 운남성), 천홍(川紅, 사천성) 등이다. 이 중 기문홍차는 인도의 다르질링(Darjeeling), 스리랑카의 우바(Uva)와 함께 세계 3대 홍차로 꼽힌다.

• 오룡차

찻잎을 반쯤 발효시킨 반발효차로서 일명 '청차'(靑茶)라고도 한다. 찻잎을 햇볕에 말려 엽록소가 파괴되면 공기가 통하는 실내에서 30분 정도 말린 후 대바구니에 담아 흔든다. 이때 찻잎끼리 서로 부딪쳐 잎의 조직이 파괴되고 화학적 변화가 일어나 발효가 진행된다. 일정한 정도로 진행되면 고온으로 덖어서 더 이상의 발효를 막는다. 다음에는 비비고 건조하는 과정을 거쳐 완성된다.

오룡차는 생산지에 따라 4가지로 나뉜다. 복건성의 민강(閩江) 남쪽에서 나는 민남 오룡차는 안계(安溪) 철관음(鐵觀音)이 유명하고, 민북 오룡차는 무이산(武夷山)에서 나는 무이암차(武夷巖

茶)가 유명하다. 무이암차는 대홍포(大紅袍), 육계(肉桂), 수선(水仙), 철나한(鐵羅漢) 등이 대표적이다. 광동 오룡차는 봉황단총(鳳凰單欉)이 유명하고, 대만 오룡차는 동정오룡차(凍頂烏龍茶)·문산포종차(文山包種茶) 등이 대표적이다.

• 백차

경발효차(輕醱酵茶)로 분류되는데 제조 과정이 매우 간단하다. 찻잎을 강한 햇볕에 말린 후 섭씨 40도 정도의 약한 불로 건조시키기만 하면 된다. 이렇게 햇볕에 말리는 과정에서 경미한 발효가 일어난다. 이렇게 하고서도 우수한 차가 만들어지는 것은, 복건성에서만 자라는 '대백다수'(大白茶樹)라는 특수한 차나무에서 딴 찻잎 때문이다. 이 찻잎은 온통 하얀 털로 뒤덮여 있는데 복잡한 제조 과정을 거치지 않기 때문에 완성된 찻잎도 원래의 모양을 간직하고 있다고 한다. 백호은침(白毫銀針), 백목단(白牧丹)이 유명하다. 이 백차는 중국에서만 생산되는 독특한 제품이다.

• 황차

백차와 마찬가지로 경발효차이다. 녹차는 제조 과정에서 덖은 찻잎을 비빈 후 건조가 잘 안 되거나 제때에 비벼 주지 않으면 찻잎이 누렇게 변하기도 하는데, 황차는 비빈 후에 인위적으로 민황

437

(悶黃)이라는 과정을 거쳐 찻잎을 누렇게 변하도록 만든다. 이 과정에서 약간의 발효가 일어난다. 군산은침(君山銀針, 호남성 동정호), 몽정황아(蒙頂黃芽, 사천성) 등이 있다.

• 흑차

후발효차(後醱酵茶)로서 보이차(普洱茶)가 대표적이다. 보이차에는 생차(生茶)와 숙차(熟茶)가 있는데, 찻잎을 덖고 비비고 난 후 여러 모양으로 성형(成形)하고 건조시켜 발효한 것을 생차라 하고, 악퇴(渥堆)라는 과정을 거쳐서 만들어지는 차가 숙차이다. 악퇴는, 비빈 후의 찻잎을 대나무 평상에 넣고 그 위에 물을 뿌리고 젖은 수건을 덮고 또 뚜껑을 덮어 일정한 보온, 보습을 유지하면서 발효시켜 화학적 변화를 촉진하는 과정이다. 이 과정이 숙차의 품질을 좌우한다. 충분히 발효시킨 다음에 다시 비비고 건조한 것을 흑모차(黑毛茶)라 한다. 이 흑모차는 그냥 음용하기도 하며, 여기에 다시 증기를 쐬어 악퇴한 다음 압축하여 엽전 모양이나 벽돌 모양으로 만들어 건조시키면 이른바 '떡차'가 된다.

이렇게 압축하여 덩어리 차를 만든 것은 운반의 편의와 변질을 방지하기 위함이었을 것으로 생각된다. 옛날 차마고도(車馬古道)를 통하여 운남성이나 사천성에서 티베트까지 몇 개월에 걸쳐 차를 운반하려면 부피를 줄여야 했기 때문이다. 또한 흑차가 가장 많이 생산되는 운남성은 아열대 기후의 덥고 습기가 많은 지역이기 때문에 차가 쉽게 변질된다. 충분한 발효를 거친 흑차는 상온에 오래 두어도 변질되지 않으며 오히려 오래 둘수록 자연 발효가 진행되어 더욱 좋은 차가 된다. 메주콩을 삶아 메주를 만들어 띄우듯 하는 것이다. 15년, 20년 등 오래된 보이차가 좋다는 것은 이런 이유에서다.

보이차의 이런 특성 때문에 최근 홍콩 등지에서 보이차는 재산 축적의 수단으로 이용된다고 한다. 보이차를 사서 집에 오래 보관하면 그만큼 오래된 차가 되어 값이 올라갈 뿐만 아니라 변질도 되지 않기 때문에 투자 가치가 높은 것이다. 그래서 흔히 보이차를 '마실 수 있는 골동품'이라 부르기도 한다. 후발효차는 보이차 이외에도 호남성의 흑차와 광서성의 육보차(六堡茶) 등도 오랜 전통을 지니고 있다.

- 화차

찻잎에 여러 꽃잎을 넣어 그 향이 배어나도록 한 차이다. 북경 사람들이 즐겨 마시는 재스민차가 대표적인 화차이다.

2. 중국 차의 제조 과정

• 녹차의 제조 과정

녹차는 일반적으로 살청(殺靑), 유념(揉捻), 건조의 세 가지 기본 공정을 거쳐 완성된다.

① 살청

녹차는 불발효차이기 때문에 찻잎의 발효를 막기 위해서 찻잎을 딴 즉시 열을 가하여 효소의 활성을 죽임으로써 산화를 억제하는데 이런 과정을 살청이라 한다. 이 과정에서 찻잎에 함유된 수분도 증발시킨다. 완전발효차인 홍차(紅茶)를 제조할 때는 살청을 하지 않는다. 살청에는 네 가지 방법이 있다.

증청(蒸靑): 증기로 찌는 방법이다. 이 방법은 중국 당나라 때 처음 개발되었는데 이후 일본으로 전래되어 현재 대부분의 일본 녹차는 증청법으로 제조된다. 이 방법으로 만들어진 차는 빛깔이 좋고 엽록소가 오래 보존된다는 장점이 있다.

초청(炒靑): 찻잎을 가마솥에서 덖는 방법으로 중국 명나라 때 처음 개발되었다고 한다. 우리나라의 수제(手製) 녹차는 대부분 이 방법을 쓰는데 이것이 이른바 '덖음차'이다. 초청법으로 만들어진 차는 증제차(蒸製茶)에 비해 빛깔은 떨어지지만 깊은 맛이 난다. 유명한 중국의 용정차(龍井茶)와 벽라춘(碧螺春)이 이 방법으로 제조된다.

홍청(烘靑): 찻잎을 불에 쬐는 방법인데 황산모봉(黃山毛峯)이 이 방법으로 제조된다.

쇄청(曬靑): 햇볕에 말리는 방법이다.

② 유념

살청한 찻잎을 비비는 과정이다. 찻잎을 비비는 것은, 찻잎의 조직을 파괴함으로써 다즙(茶汁)을 밖으로 유출시켜 찻잎 표면에 부착시키기 위함이다. 이렇게 해야 찻잎에 뜨거운 물을 부으면 차를 쉽게 우려낼 수 있다. 생잎에 뜨거운 물을 부어도 쉽게 우러나지 않는 이유가 여기에 있다. 비비는 과정은 또한 찻잎의 모양을 만드는 데에도 기여한다. 황산모봉을 제조할 때는 이 과정을 생략한다.

③ 건조

찻잎에 남아 있는 수분을 완전히 제거하는 과정이다. 살청과 유념 과정에서 대부분의 수분은 증발하지만 찻잎의 변질을 방지하고 보관의 편의를 위하여 최종적으로 이 과정을 거치는 것이다.

한국의 수제 녹차는 덖고〔殺靑〕 비비는〔揉捻〕 과정을 적어도 3~4회 이상 반복한다. 수제 차를 만들 때는 가마솥의 온도나 덖는 시간 등을 사람의 '감'(感)에 의존해야 하기 때문에 좋은 차를 만들기 위해서는 고도의 숙련된 기술이 필요하다. 인력과 시간이 많이 투여되기 때문에 대량 생산을 하기가 어렵다. 그래서 현재 대규모 제다 공장에서는 증기로 찌고, 비비고, 건조하는 과정을 기계화하여 차를 생산하고 있다.

• 오룡차의 제조 과정

오룡차는 반발효차이기 때문에 살청을 하지 않고 어느 정도 발효
를 시키다가 중단한다. 그 단계는 다음과 같다.

① 위조(萎凋)

채취한 찻잎을 살청하지 않고 시들게 하는 과정이다. 여기에는
쇄청(曬靑)과 양청(凉靑)의 두 방법이 있다. 쇄청은 실외에서 약한
햇볕에 쪼여서 시들게 하는 것이고, 양청은 실내에서 말리는 것인
데 일반적으로 쇄청과 양청을 번갈아 진행한다. 이 과정을 통해서
찻잎의 수분이 증발하고 효소의 활성이 증가하여 찻잎의 쓴맛, 풀
비린내 등을 없애 주며 발효를 촉진한다.

② 주청(做靑)

오룡차 제조의 가장 중요한 과정으로 위조(萎凋)를 거친 찻잎
을 흔드는 과정이다. 찻잎을 흔들어 서로 마찰시킴으로써 잎의 세
포 조직이 경미하게 파괴되어 효소가 산화 작용을 하도록 촉진하
고 발효가 일어난다. 이를 요청(搖靑)이라고도 한다. 이 과정에서
홍색 물질이 나와 잎 가장자리가 붉은색으로 변하는데 이것이 이
른바 '녹엽홍양변'(綠葉紅鑲邊)으로 오룡차만의 독특한 특징이다.

찻잎을 흔들고 나서는 한동안 펴서 말린다. 이렇게 흔들고 말

442

리는 과정을 8시간에서 10시간에 걸쳐 10여 차례 반복한다. 이 반복을 통하여 알맞은 습도와 온도 아래 발효가 진행되며 오룡차 특유의 방향(芳香) 화합물이 형성된다.

③ 초청(炒靑)

②의 단계를 거친 찻잎을 덖어서 더 이상의 발효를 막는 과정인데 녹차의 살청(殺靑) 원리와 같다. 이때 센불로 단시간에 적절한 온도에 도달케 하여 신속하게 효소의 활성을 죽여야 한다. 그렇지 않으면 발효가 계속 일어나서 홍차가 되어 버린다. 이 초청을 통하여 차의 향이 더욱 좋아진다.

④ 유념(揉捻)과 건조

초청을 거친 찻잎을 비벼서 성형(成形)을 하고 건조시킨다. 건조할 때는 고온으로 하여 수분을 충분히 증발시키고 남은 효소의 활성을 완전히 제거한다.

여기까지 진행되어 만들어진 것을 모차(毛茶)라 하는데 아직 향기와 맛이 완성된 것이 아니다. 그래서 모차에 섞인 불순물을 가려내고 가루를 체로 쳐서 걸러 낸 다음 다시 불에 쬐어 말린다. 불에 쬐어 말리는 과정은 저온(低溫)으로 장시간에 걸쳐 이루어지는데 길게는 10시간이 걸리기도 한다. 이 과정에서 쓰거나 껄끄러운 잡맛이 없어지고 오룡차 고유의 색과 맛이 생겨난다.

• 흑차의 제조 과정

① 위조(萎凋)

채취한 찻잎을 시들게 하는 과정인데 이 과정에서 약간의 수분
이 증발한다. 오룡차의 위조와 같다.

② 살청(殺靑)

녹차의 살청과 같은 원리이다. 찻잎을 불에 덖어서 효소의 활
성을 쾌속으로 둔화시켜서 찻잎 속의 유효 성분이 산화하지 않도
록 억제한다. 이 과정에서 수분의 약 50%가 증발하여 찻잎이 부
드러워져서 비비는 다음 단계의 유념 작업을 편하게 도와주며 또
풀 비린내를 없애 준다.

③ 유념(揉捻)

녹차의 유념과 같은 원리이다. 즉 적당히 덖은 찻잎을 비빔으
로써 찻잎의 세포벽을 파괴하여 잎 속의 내함(內含) 물질, 즉 다즙
(茶汁)을 밖으로 유출시켜 찻잎 표면에 부착시킨다. 이렇게 해야
뜨거운 물을 부어 차를 쉽게 우려낼 수 있다. 유념의 강도와 유념
하는 시간에 따라 후에 차를 우렸을 때의 색과 농도와 맛이 달라
지기도 한다.

④ 건조

햇볕에 말리는 쇄청(曬靑)과 불에 쪼여서 말리는 홍청(烘靑)의
두 방법이 있다. 유념을 끝낸 찻잎을 말려서 수분 함량을 10% 내

외로 줄임으로써, 유념에 의해 파괴된 세포벽을 통해 유출된 내함 물질이 더 이상 유출되지 않게 한다. 이렇게 만들어진 차를 모차(毛茶)라 하는데 이런 형태의 차가 산차(散茶)이다.

⑤ 긴압(緊壓)

건조한 차를 증기로 쪄서 엽전이나 벽돌 등 여러 모양의 덩어리로 압축하여 성형(成形)하는 과정이다. 유념을 끝낸 차를 성형하여 건조하면 '보이 생차'가 된다. 이렇게 만들어진 보이 생차는 공기 중에서 자연 발효를 거쳐 완성된다. 자연 발효는 속도가 완만하여 짧게는 2년에서 길게는 8년까지 걸린다.

앞 ④의 단계를 끝낸 모차에 다시 물을 뿌리고 젖은 수건을 덮고 또 뚜껑을 덮어 일정한 보온, 보습을 유지하면서 발효시켜 화학적 변화를 촉진하는 악퇴(渥堆) 과정을 거치면 '보이 숙차(熟茶)'가 된다. 이 악퇴는 보이 숙차를 만드는 가장 중요한 과정으로 자주 뒤집어 주어서 온도와 습도를 일정하게 유지해야 한다. 악퇴를 통한 후발효 기간은 최장 70일이 걸리기도 한다. 생차의 발효 기간에 비하면 그 기간이 놀랄 만큼 단축된 것이다.

악퇴를 거친 후 건조하고 증기로 쪄서 성형(成形)하여 다시 건조시키면 완성된 보이 숙차가 된다. 전통적인 보이차는 모두 생차였으나 1973년 맹해다창(勐海茶廠)과 곤명다창(昆明茶廠)이 연합하여 악퇴 발효법을 성공시킴으로써 보이 숙차 시대를 열었다.

445

3. 중국의 10대 명차

· 용정차(龍井茶)

중국 녹차 중 가장 유명한 차이다. 절강성 항주시 서호(西湖) 서남쪽에 있는 용정촌에서 생산되기 때문에 붙여진 이름이다. 건륭제가 강남 지방을 여섯 차례 순행했는데 다섯 번이나 용정차에 대한 시를 지었을 만큼 이 차를 좋아했다고 해서 '어차'(御茶)로 불렸다. 용정촌 중에서도 지역에 따라 사(獅), 용(龍), 운(雲), 호(虎)의 4개 품종이 있었는데 지금은 사(獅), 요(龍), 매(梅) 3개 품종으로 조정되었다. 그중 사봉용정(獅峯龍井)이 가장 우수하다.

· 벽라춘(碧螺春)

강소성 오현(吳縣)의 태호(太湖) 속의 동정산(洞庭山)에서 생산되는 녹차이다. 완성된 찻잎의 모양이 가늘게 나사[螺] 모양을 하고 있어서 붙여진 이름이다. 동정산에서는 과일나무 사이에 차나무를 재배하기 때문에 벽라춘에서는 과일 향이 난다고 한다. "동정산 벽라춘은/다향(茶香)이 백 리를 취하게 하네"라는 말이 있을 정도로 녹차의 진품으로 평가된다.

- 황산모봉(黃山毛峯)

안휘성의 황산에서 나는 고산(高山) 녹차이다. "고산에서 명차가 난다"라는 말이 있듯이 황산 특유의 지리적, 기후적 조건이 만들어 낸 명차이다. 특급과 일급 황산모봉은 일반 녹차에서 반드시 거쳐야 하는 유념(揉捻) 즉 비비는 과정이 없는 것이 특징이다.

- 군산은침(君山銀針)

호남성 동정호(洞庭湖) 안에 있는 군산도(君山島)에서만 나는 황차(黃茶)이다. 일반적인 다른 찻잎과는 달리 끝이 뾰족하고 온통 은백색으로 덮여 있어서 붙여진 이름이다. 청나라 건륭제가 특히 좋아해서 매년 18근을 바치라 했다고 한다. 유리컵에 넣고 뜨거운 물을 부으면 찻잎이 수직으로 곧추서는 모양을 보는 것이 또 하나의 재미이다.

- 여산운무(廬山雲霧)

강서성 여산에서 나는 고산 녹차이다. 안개가 많아 습도가 높고 일조량이 많지 않은 등의 여러 조건이 복합적으로 작용하여 생산되는 고급 녹차이다. "색과 향이 그윽하고 섬세하여 난향(蘭香)에 비길 만하다"라는 평을 듣는다.

447

- 기문홍차(祁文紅茶)

안휘성 황산 자락의 기문현에서 나는 세계적인 홍차이다. 기문현
에서는 종래 녹차만 생산했는데 1875년 안휘성 이현(黟縣) 출신
의 여간신(余幹臣)이라는 사람이 이곳에서 홍차 제조에 성공하여
지금은 인도의 다르질링, 스리랑카의 우바와 함께 세계 3대 홍차
의 반열에 올라 있다.

- 육안과편(六安瓜片)

안휘성 대별산(大別山) 지역의 육안에서 생산되는 녹차로, 찻잎이
해바라기 씨앗(瓜)을 닮았다고 해서 붙여진 명칭이다. 1982년 제
1회 중국 식품 박람회에서 금상을 받았다. 약리 작용이 뛰어나 소
화, 해독에 효과가 있다고 알려져 있다.

- 신양모첨(信陽毛尖)

하남성 대별산 지역의 신양현에서 생산되는 녹차이다. 대별산은
하남성 남부에서 안휘성으로 뻗어 있는데, 차나무의 생장에 적합
한 지리적·기후적 조건으로 인해서 일찍이 당나라 때부터 차를
생산하여 조정에 공물로 바쳤다고 한다. 1915년 파나마 만국박람
회에서 금상을 받았고, 1958년 제1회 중국 식품 박람회에서 금상

을 받았으며, 1990년에는 용담패(龍潭牌) 신양모첨이 전국 명차 평비회에서 금상을 획득했다.

· 무이암차(武夷巖茶)

복건성 북쪽의 무이산 지역에서 생산되는 오룡차로 반발효차에 속한다. 당나라 때부터 차를 재배하여 송나라 때 황실의 공품(貢品)이 되었고, 원나라 때는 무이산 구곡계(九曲溪)의 제4곡 옆에 황실 공납을 전담하는 어다원(御茶園)을 설치하기도 했다. 무이암차 중 가장 유명한 것은 대홍포(大紅袍)이고 이외에도 철나한(鐵羅漢), 수금구(水金龜), 육계(肉桂), 수선(水仙) 등 많은 품종이 있다.

· 철관음(鐵觀音)

복건성 남쪽의 안계현(安溪縣)에서 나는 오룡차로 역시 반발효차에 속한다. 철관음은 오룡차 중 최상품으로 평가되며 무이암차와 더불어 혈압 강하 등의 약리 작용이 탁월한 것으로 알려져 있다.

중국의 '10대 명차'도 '8대 명주'처럼 국가에서 공인한 명칭이 아니다. 중국에서 생산되는 수많은 차 중에서 오랜 기간 많은 애호가들의 검증을 거쳐 대부분의 사람이 인정하는 10종의 차를 지칭한다. 그러므로 평자에 따라서는 한두 종의 출입이 있기도 하

449

다. 그리고 운남성의 보이차(普洱茶)는 그 품질의 우수성에도 불구하고 일반적으로 10대 명차에 포함시키지 않는 것이 관행으로 되어 있다. 어떻게 보면 보이차가 특별 대우를 받고 있는지도 모른다.

4. 내가 마신 중국 차

나는 일 년에 서너 차례 중국을 여행하면서 수많은 중국 차를 마셔
보았는데 차의 종주국답게 실로 다양한 맛과 향을 지닌 다양한 차
가 있었다. 여기서는 그 대표적인 차 몇 가지를 소개하기로 한다.

* 군산은침(君山銀針)

군산은침은 호남성 동정호(洞庭湖) 안의 섬 군산도(君山島)에서 생
산되는 황차(黃茶) 계열의 경발효차(輕醱酵茶)로 중국 특유의 차
이다. 제조 방법은 녹차와 비슷하지만 불발효차인 녹차와 달리 민
황(閔黃) 또는 민퇴(閔堆)라는 과정이 추가된다. 이 과정은 살청(殺
靑)을 거친 찻잎을 종이에 싸서 상자에 넣어 두어 누렇게 될 때까
지 천천히 가볍게 발효시키는 과정이다. 이것이 군산은침을 비롯
한 황차 특유의 탕색(湯色)과 향을 만들어 내는 결정적 과정이다.

　녹차를 살청할 때 부채질을 해서 습열(濕熱-습한 열기)을 제거
해 주지 않으면 찻잎이 누렇게 변하는데 이러면 녹차로서는 실패
한 것이다. 찻잎이 누렇게 변한다는 것은 습열로 인하여 발효가
진행된다는 징후이다. 불발효차인 녹차로서는 바람직하지 않은
현상이다. 그러므로 녹차는 여러 번 살청하여 습기를 완전히 제거
한 다음에 비비고 건조하여 제품을 완성한다.

　녹차와는 달리 '적절한 습열 조건' 아래에서 '적절한 정도로 발
효'시킨 것이 황차이다. 그러므로 황차는 녹차의 제조 과정에서

451

발견한 우연의 결과라 할 수 있다. 황차의 종류에 따라 제조 방법에 약간의 차이가 있는데 군산은침의 경우는 다음과 같다.

청명 전후 7일에서 10일간 채취한 찻잎을 먼저 살청한 후 섭씨 50~60도 정도의 불에 30분가량 덖는다. 그런 후에 우피지(牛皮紙-크라프트지)에 싸서 40시간에서 48시간가량 놓아두는데 이 과정이 1차 민황으로 이때 약간의 발효가 일어난다. 이것을 섭씨 50도의 불에 1시간 정도 덖은 후에 다시 우피지에 싸서 20시간가량 거치한다. 이것이 2차 민황이다. 2차 민황이 끝나면 건조하여 제품을 완성한다. 이렇게 군산은침은 찻잎을 덖고 민황하여 제품을 완성하기까지 총 72시간이 소요되는 복잡한 과정을 거친다.

이렇게 찻잎을 '가볍게' 발효시킴으로써 녹차의 쓰고 떫은맛을 없애 줄 뿐만 아니라 녹차가 가지지 못한 황차 특유의 향과 맛을 창출한다. 그리고 일반적으로 황차는 비비는 유념(揉捻)을 하지 않거나 경미하게 하기 때문에 우려낼 때 다즙(茶汁)의 침출이 더디다. 유념은 찻잎을 비벼서 찻잎의 세포벽을 파괴함으로써 다즙을 찻잎 표면에 부착시키기 위한 과정인데 이렇게 해야 찻잎에 뜨거운 물을 부으면 차를 쉽게 우려낼 수 있다. 따라서 유념을 거치지 않은 군산은침은 섭씨 100도의 물에 7~8분 우려내야 한다. 섭씨 80도 정도의 물에 3~4분 우리는 녹차와는 다르다.

군산은침은 당나라 때는 황령차(黃翎茶)로, 송나라 때는 백학차(白鶴茶)로, 청나라 때는 기창차(旗槍茶)로 불리다가 1957년에 지금의 군산은침으로 명칭이 고정되었다. 이 차는 당나라 문성공주(文成公主)가 화친을 위해 티베트로 시집갈 때 가지고 갔던 차로 유명하다.

군산은침은 독특한 탕색과 향으로 유명하지만 이보다 더욱 유명한 것은 '다무'(茶舞)이다. 유리잔에 찻잎을 넣고 뜨거운 물을 부으면 찻잎이 위로 떠올라 수직으로 서 있다가 천천히 밑으로 가라앉는 장면을 볼 수 있다. 다시 뜨거운 물을 부으면 이 과정을 세 번 반복한다. 찻잎이 춤을 춘다고 해서 이를 '다무'라 하는 것이다.

찻잎이 수직으로 떠 있는 모양을 '설화하추'(雪花下墜-눈꽃이 아래로 떨어지다)라 하고, 밑에 가라앉은 모양을 '선순출토'(鮮筍出土-새 죽순이 땅에서 나다), '도검임립'(刀劍林立-칼이 숲처럼 서 있다)이라 하여 좋은 구경거리로 삼는다. 그래서 '군산 도무차(跳舞茶-춤추는 차)를 맛보지 않으면 중국의 차 문화를 알지 못한다'는 말이 생겼다. 그러나 군산은침을 춤추게 하려면 고도의 기술이 필요하다. 그냥 뜨거운 물을 붓는다고 차가 춤을 추는 것은 아니다.

'차를 품평하는 것은 곧 고사(故事)를 품평하는 것이다'라는 말이 있듯이 명차(名茶)에는 그에 따른 전설과 고사가 있게 마련이다. 군산은침에도 무수한 고사가 있다. 순임금의 두 비(妃) 아황(娥黃)과 여영(女英)이 이 차나무를 심었다고도 하고, 어떤 노승이 해외에서 여덟 그루의 묘목을 가지고 와서 심었다고도 하는 등의 전설이 많은데 다음과 같은 고사가 흥미를 끈다.

아주 오래전 군산에 장순(張順)이라는 착한 사람이 살았다. 어느 날 동정호 용왕의 아들이 잉어로 변하여 호수에서 노닐다가 어떤 어부에게 잡혔다. 마침 그곳을 지나다가 이를 불쌍히 여긴 장순이 이 잉어를 고가로 매입하여 집으로 데리고 와서 상처를 치료해 주고 동정호로 돌려보냈다. 그랬더니 잉어가 사람으로 변하여 장순에게 감사의 표시로 한 알의 진주를 남겨 주었다. 장순이

453

진주를 어떻게 할지 망설이는데 하늘에서 한 마리 봉황이 진주를 물고 달아났다. 장순이 따라가 보니 봉황이 산속 바위틈에 진주를 떨어뜨렸다. 그리고 이듬해 봄에 바위틈에서 금빛 찬란한 차나무가 자랐다. 장순이 이 차나무를 정성껏 길러서 '용린'(龍鱗-용의 비늘)이라 이름했다. 이 차나무가 퍼져서 오늘의 군산은침이 되었다는 이야기이다.

- 여산운무(廬山雲霧)

여산운무차는 녹차로, 동진(東晉)의 혜원 선사(慧遠禪師)가 여산의 동림사(東林寺)에 주석(駐錫)한 이후 주로 승려들이 자급자족할 목적으로 재배한 것이 그 시발점이 되었다고 한다. 그 당시 여산 일대에서는 승려들이 좌선(坐禪)하고 염불하는 일 외에 차 만드는 것이 중요한 일과였다.

차나무의 생장에는 다음의 몇 가지 조건이 갖추어져야 한다. 첫째, 기온이 따뜻해야 한다. 연평균 기온이 섭씨 15도에서 20도 사이가 좋다. 섭씨 30도를 넘으면 성장은 빠르지만 찻잎이 쉽게 늙어 버린다고 한다. 둘째, 습도가 높아야 한다. 연간 강우량이 1,500mm 이상이 되어 습도가 80~90%가 되어야 한다. 셋째, 직사광선의 일조량이 짧아야 한다. 이를 위해서는 안개가 많을 필요가 있다. 햇빛이 안개를 통과하여 비치기 때문에 차나무가 방향 물질(芳香物質)을 합성하는 데에 도움이 된다고 한다. 안개는 또한 습도를 높이는 데에도 도움이 된다. 여산은 연평균 190일가량 안개가 낀다. 여기에다 해발 1,000m 정도의 고지대라면 더욱 좋은 차가 생산된다. 운무차는 이러한 조건을 모두 갖춘 데서 생산되기 때문에 송나라 때는 궁중에 바치는 공차(貢茶)로 선정되기도 했다.

운무차에 관해서는 민간에 다음과 같은 이야기가 전한다. 옛날 다정조(多情鳥)라는 새가 남방으로부터 차의 씨앗을 물고 화과산(花果山)으로 가다가 여산을 지나게 되었는데 여산의 빼어난 경치를 보고 탄성을 발하다가 씨앗을 바위틈에 떨어뜨렸다. 이에 금방 차 싹이 바위를 뚫고 자라 차나무가 되었다는 전설이다.

여산운무차는 중국 10대 명차 중의 하나이고, 1982년에는 상업부 전국 명차 평비회(評批會)에서 '전국 명차'로 선정되었으며, 1989년 제1회 전국 식품 박람회에서 금상, 1995년에는 제2회 중국 농업 박람회 명차 평비회에서 금상을 수상하기도 했다. 그만큼 이름난 차여서 '색과 향이 그윽하고 섬세하여 난향(蘭香)에 비길 만하다'라는 평을 듣는다. 실제로 운무차를 우려내면 금황색에 난향이 그윽하게 풍긴다. 고급 운무차는 여산의 오로봉(五老峯)과 한양봉(漢陽峯) 사이에서 난다고 한다.

1959년 차에 일가견이 있는 중국 공산당 주덕(朱德, 1886~1976) 위원장이 부인과 함께 여산을 방문하고 운무차를 마신 후 그 맛에 취하여 다음과 같은 시를 남겼다.

여산이라 운무차는
짙은 맛, 튀는 성질

오래도록 마신다면

장수하는 방법일세

廬山雲霧茶　味濃性潑辣
若得長時飮　延年益壽法

• 양선차(陽羨茶)

양선차는 강소성 의흥(宜興) 일대에서 생산되는 녹차이다. 양선은 의흥의 옛 이름이다. '의흥 일대'란 의흥의 호부진(湖㳇鎭)과 절강성의 장흥(長興)을 모두 포괄하는 지역을 말한다. 이 두 지역은 탁목령(啄木嶺)을 경계로 북쪽은 호부진이고, 남쪽은 장흥이어서 매우 가까운 거리에 있다.

기록에 의하면 양선차는 멀리 삼국시대 오(吳)나라 때부터 생산되었다고 하는데, 이 차가 널리 알려지게 된 것은 당나라 때 다성(茶聖) 또는 다신(茶神)으로 불렸던 육우(陸羽)에 의해서였다. 766년경에 의흥의 한 스님이 산속에서 나는 야생차를 상주 자사(常州刺史) 이서균(李栖筠)에게 바쳤는데 이서균이 육우의 감정을 거쳐 조정에 헌상함으로써 명차의 반열에 올랐고 이후 명나라 말까지 876년 동안 공차의 영예를 누렸다.

조정의 수요가 늘어나자 801년에는 장흥의 고저산(顧渚山)에 공다원(貢茶院)을 설치하고 감독관을 파견하여 품질을 관리하게 했다. 여기서 일하는 일꾼이 3만 명이고, 전문적으로 차를 제조하는 인력이 1천 명이었다고 하니 그 규모를 짐작할 수 있다. 매년 청명절 전에 햇차를 만들어 급히 장안으로 보내면 조정에서는 청명연(淸明宴)을 베풀어 이를 축하했다고 한다. 당나라 이영(李郢)의 시 「다산공배가」(茶山貢焙歌)의 한 구절이 당시의 상황을 잘 말해 준다. '다산'은 고저산의 별칭이고, '공배'는 조정에 바치는 차를 말려서 제조한다는 뜻이다.

대궐까지 사천 리를 열흘 만에 달려서
반드시 청명연에 도착해야 해

十日王程路四千　到時須及淸明宴

한편 양선차를 '자순차'(紫筍茶)라고도 하는데, 육우가 "향기가 세상에서 으뜸이다"라 극찬했다(자순차에 대해서는 이 책 152면 48번 시와 276면 70번 시 참조). 또한 명나라의 문호 원굉도(袁宏道)도 "무이차(武夷茶)는 약 맛이 나고 용정차(龍井茶)는 콩 맛이 나는데 양선차에는 황금과도 바꿀 수 없는 맛이 있다"라고 말한 바 있다.

그러나 무엇보다도 양선차를 세상에 널리 알린 것은 당나라 노동이 쓴 「칠완다가」인데 이 시의 원제목은 「붓을 달려 맹 간의가 햇차를 보내 준 것에 사례하다」(走筆謝孟諫議寄新茶)이다(이 책 295면 76번 시 참조). 노동은 조정에서 벼슬을 내려도 나아가지 않고, 후에는 의흥의 양선차 산지인 명령(茗嶺)에 은거하고 있었는데 상주 자사로 있던 친구인 간의대부(諫議大夫) 맹간(孟簡)이 햇차를 보내오자 감사하다는 뜻을 붙여 이 시를 쓴 것이다.

이 시를 「칠완다가」(七椀茶歌)라고도 하는데 양선차를 일곱 번 우려내어 마시며 쓴 시라는 뜻이다. 이 시는 양선차를 유명하게 했을 뿐만 아니라 후대인들에게도 깊은 영향을 미쳤다. 그래서 이 시는 육우의 『다경』, 당나라 조정의 다금(茶禁) 정책과 함께 당대의 차 문화에 가장 큰 영향을 미친 3대 사건으로 꼽힌다. '다금'은 차에 세금을 부과하거나 차의 제조 판매를 국가가 독점한 일을 말한다.

양선차는 청나라 말 이래 민국 시기(1912~1949)에 이르는 동안 쇠퇴했다가 1979년에 본격적으로 부활하여 지금은 양선설아(陽羨雪芽), 형계운편(荆溪雲片), 선권춘월(善卷春月), 죽해금명(竹海金茗) 등의 상표로 출시되고 있다. 양선(陽羨)·형계(荆溪)는 의흥의 옛 이름이고, 선권(善卷)은 의흥의 유명한 종유굴 이름이며, 죽해(竹海)는 의흥 교외에 있는 대나무로 유명한 관광지이다. 현재 양선차는 중국 10대 명차의 반열에 들지는 않지만 오랜 역사를 지닌 우수한 녹차임에 틀림없다.

· 안길백차(安吉白茶)

안길백차는 명칭이 '백차'이지만 녹차로 분류되며 제조 방법도 녹차와 동일하다. 그러므로 백호은침(白毫銀針)이나 백목단(白牧丹) 등의 백차와는 전혀 다르다. 이 차가 백차로 불리는 이유는, 봄철 싹이 날 때의 찻잎이 순백색이기 때문이다. 그러다가 늦은 봄이 되면 백색과 녹색이 섞이고, 여름에는 완전히 녹색으로 변한다.

그러므로 이 차나무는 일반 차나무의 변종으로 극히 희귀한 품종이다. 900여 년 전 송나라 휘종(徽宗)이 쓴 『대관다론』(大觀茶論)에 "백차는 보통 차와는 다르다. 그 줄기가 넓게 퍼지고 잎이 얇고 맑은데 벼랑과 숲 사이에서 우연히 자라기 때문에 인력으로 기를 수 없다"라는 기록이 있은 후 그 이름만 들었지 실제로 본 사람이 없었다. 휘종은 이 차의 산지를 기록하지 않았던 것이다.

이후 1930년에 절강성 안길현 효풍진(孝豊鎭)에서 새싹이 백옥같이 흰 백차나무 수십 그루를 발견했다고 하는데 그 뒤 어떻게 되었는지 아무도 모른다. 1982년에는 안길현 산골짝에서 백차나무 한 그루를 발견하고 그곳 임업과의 기술자 유익민(劉益民)이 옮겨 심는 데 성공하여 농가에서 재배하기 시작했다. 그러다가 2003년에 전문가들이, 안길현의 백차가 송나라 휘종이 언급한 백차임을 고증했다.

안길백차는 여름이 되면 잎이 완전히 녹색으로 변해 일반 녹차와 다름없으므로 찻잎이 흰색을 유지할 때 따야 한다. 그러므로 찻잎을 따는 시기는 1년 중 청명(淸明-4월 5일 무렵) 전후의 약 1개월간에 불과하다. 이 백차는 특수한 생태 환경에서 자라는 변종이기 때문에 대자연이 인간에게 하사한 진귀한 선물로 평가받는다.

명차에는 으레 그에 걸맞은 전설이 있게 마련인데 백차도 예외가 아니다. 당나라 때 다성(茶聖)으로 불린 육우가 천하의 명차를 두루 맛본 후 『다경』을 집필하고 나서도 더 좋은 차가 있을 것 같은 생각이 들었다. 그래서 다동(茶童)을 데리고 다시 천하제일의 차를 찾아 나섰다. 그러던 어느 날 절강성 호주(湖州) 지방의 한

산속에서 평소 보지 못한 차나무를 발견했다. 이 차나무의 잎은 보통 차나무 잎과 다르지 않았으나 가까이 가서 보니 새싹이 백옥같이 흰색이어서 매우 아름다웠다. 이를 본 육우는 뛸 듯이 기뻐하며 그 자리에서 찻잎을 따서 간단히 조제(調製)한 후 개울물로 달여 마셨더니 정신이 맑아지고 기분이 상쾌했다. 이에 그는 하늘을 우러러 "마침내 너를 찾았구나, 마침내 너를 찾았어! 내 일생이 헛되지 않았도다"라고 소리쳤다.

이 말이 채 끝나기도 전에 그의 몸이 가벼워져 하늘로 날아올랐다. 차로 인해 득도(得道)하여 신선이 된 것이다. 하늘의 옥황상제는 육우가 인간 세계의 '다성'임을 알고 그로 하여금 여러 신선에게 차를 올리게 했다. 이에 육우가 백차를 진상했더니 신선들이 맛보고는 모두 '묘하다'라고 감탄했다. 이를 본 옥황상제는 육우에게 천병(天兵) 500명을 주어 지상의 백차나무를 몽땅 하늘로 옮겨 심게 했다. 이때 육우는 이렇게 좋은 차를 지상에서 멸종시킬 수 없다고 여겨 몰래 백차 씨앗 하나를 떨어뜨렸다. 이것이 1982년 안길현에서 발견된 백차나무라는 이야기이다.

안길백차는 찻잎이 빳빳하고 끝이 뾰족하여 마치 바늘과 같이 날카롭다. 그러나 우려내면 외형과는 달리 맛이 매우 부드럽다. 탕색(湯色)은 짙은 녹색을 띠지 않고 연한 살굿빛이다. 이 차는 절강성 서북부의 천목산(天目山) 북쪽 기슭, 대나무가 많은 곳에서 자라기 때문에 우려낸 차에서 은은한 죽향(竹香) 또는 판율향(板栗香)이 난다. 판율은 왕밤이다. 녹차이면서 일반 녹차와는 달리 자극성이 없어 위장이 약한 사람에게 적합한 차이다. 구수한 맛을 지니고 있는데 우리나라 녹차를 연하게 우려낸 듯하다.

나는 2015년 중국 남경대학의 초빙교수로 있을 때 이 차를 처음 마셔 보았다. 학생들의 생활용품과 문구류, 식품 등을 판매하는 교내 매점에서 이 차를 구입해서 마셨는데 맛이 좋아서 남경대학에 있는 동안 계속 마셨고, 귀국해서도 인편에 부탁해서 지금도 마시고 있다.

· 호남 흑차(黑茶)

호남 흑차는 주로 호남성 안화(安化)에서 생산되는 후발효차이다. 호남 흑차의 기원은 멀리 진한(秦漢) 시대에 안화 거강진(渠江鎭)에서 만들었다는 '거강박편'(渠江薄片)에까지 소급된다. '박편'은 '얇은 조각'이란 뜻인데 얇은 동전 모양의 차로서 한(漢)나라 때 황실에 바치는 공차였다고 한다. 일설에는 장량(張良)이 만들었다고 해서 '장량박편'이라고도 한다. 호남성 마왕퇴(馬王堆) 한묘(漢墓)에서 발견된 흑미(黑米) 모양의 과립이 안화 흑차라는 연구 보고도 있다.

안화 흑차는 당나라 때부터 크게 흥성했는데 주로 변경 지역의 소수민족이 주 수요자였다. 이들 소수민족은 양고기 등 육식을 주로 하고 과일과 채소 섭취가 적기 때문에 이들에게 필요한 인체 필수 광물질, 비타민 등의 공급원으로 흑차를 마셨던 것이다. 그래서 이들 사이에 다음과 같은 민요가 전해 내려온다.

차라리 사흘 동안 밥을 먹지 않아도

하루라도 차가 없으면 안 된다네

하루라도 차가 없으면 (음식이) 체하고
사흘 동안 차가 없으면 병이 난다네

이렇듯 차는 이들에게 실로 '생명의 음료'였다. 이들이 마신 차가 흑차로 운남(雲南)의 보이차(普洱茶)와 호남의 흑차였다. 보이차는 일찍이 차마고도(茶馬古道)를 통해 거래되었는데, 운남에서 출발하는 차마고도 이외에 호남성의 안화를 기점으로 하는 또 한 갈래의 차마고도가 있어서, 이 길을 통하여 특히 명말 청초에 안화의 흑차가 서북 변방으로 대량 유입되었다.

호남 흑차는 같은 흑차 계열인 보이차와 그 제조 방법이 거의 비슷하다. 따라서 그 효능도 보이차만큼 다양해서 '건강 기능 식품의 왕'으로 불린다. 그러나 보이차만큼 널리 알려지지 않아서 1950년대에 한때 생산이 중단되기도 했다가 2010년 상해 세계박람회에 전시된 이후 폭발적인 관심을 끌어 지금은 보이차 못지않은 가치를 인정받고 있다.

안화 지역에서는 다음 세 가지를 '흑차 삼보'(黑茶三寶)라 하여 자랑하고 있다. 첫째, '금화'(金花)이다. 금화는 안화 흑차에 함유된 특수 물질을 일컫는데 학명은 '관돌산낭균'(冠突散囊菌, Aspergillus cristatus 또는 Eurotium cristatum)으로 영지버섯이나 동충하초(冬虫夏草) 등에도 들어 있다고 한다. 이 물질은 지방을 용해하고 항산화 작용을 하며 일정한 정도의 항암 작용도 하는 것으로 알려져 있다. 둘째, 풍부한 칼슘, 인, 철, 아연, 셀레늄, 게르마

늪 등의 미량 원소와 비타민을 함유하고 있다. 셋째, '차 다당류(多糖類)'가 들어 있어 혈당을 낮추고 콜레스테롤 수치를 낮춰 준다고 한다. 이 밖에도 흑차는 비만을 방지하고, 이뇨 작용을 하고, 알코올과 니코틴 해독에도 효과가 있는 것으로 알려져 있다.

호남 흑차는 다음 세 가지로 분류된다. 첫째, 긴압차(緊壓茶)로 이른바 '떡차' 형태의 차이다. 여기에는 복전(茯磚), 화전(花磚), 흑전(黑磚), 청전(靑磚)의 네 종류가 있다. 전(磚)은 벽돌 모양으로 성형한 차를 말한다. 둘째, 산장차(散裝茶)로 덩어리 모양으로 성형시키지 않은 차이다. 여기에는 천첨(天尖), 공첨(貢尖), 생첨(生尖)의 세 종류가 있다. 셋째, 원추형(원기둥꼴)으로 성형한 화권차(花卷茶)인데 무게에 따라 십냥차(十兩茶), 백냥차(百兩茶), 천냥차(千兩茶) 등으로 분류된다. 냥(兩)은 중국의 옛 무게 단위이다.

이 중에서 가장 일반적이고 인기 있는 것은 복전차(茯磚茶)이다. 복전차는 한여름 복날에 만든다고 해서 '복차'(伏茶)라고도 한다. 이 차가 유명해진 것은 앞에서 말한 '금화'가 여기에만 함유되어 있기 때문이다. 금화는 일정한 온도와 습도하의 제조 과정에서 자연히 생기는 일종의 곰팡이 포자인데 아마 복날에 제조된다는 사실과 관련이 있는 듯하다. 2018년 호남 익양다창(益陽茶廠)이 창립 60주년 기념으로 만든 1kg 복전차는 1,680위안(한화 약 30만 원)에 거래되었다고 한다. 현재 '금복'(金茯), '금화복'(金花茯) 등의 상표로 시판되고 있는 차가 모두 복전차이다.

호남 흑차 중에서 으뜸가는 것은 천냥차(千兩茶)이다. '천냥'을 요즘 사용하는 단위로 환산하면 약 36kg에 해당된다. 이 36kg 무게의 차를 원추형으로 성형하여 높이가 약 1.5m, 직경이 20cm에 달하는 거대한 떡차로 만든 것이 천냥차이다. 천냥차는 이 지방의 유씨(劉氏) 집안에서 대외비로 만들다가 1952년에 백사계다창(白沙溪茶廠)에서 민간의 기능 보유자를 초빙하여 독점적으로 생산하기 시작했다. 그러나 수작업으로 이루어지는 전 과정에서 인력이 너무나 많이 소요되고 또 고도의 기술을 요하기 때문에 채산이 맞지 않아 1958년에 생산을 중단하고 기계로 생산하는 화전차(花磚茶)로 대체되었다. 1952년에서 1957년까지 제작된 천냥차는 그 희소성 때문에 지금 수백만 위안(한화 수억 원)에 거래된다고 한다.

그러다가 천냥차의 전통적 제조 방법이 인멸될 것을 우려하여 1983년에 백사계다창에서 기능 보유자를 널리 구하여 다시 수작업으로 약 300개의 천냥차를 만들었다. 이때 만든 천냥차 1개의 가격이 5,615위안(한화 약 100만 원)에 거래되고 있다. 1997년에는 백사계다창에서 독점적으로 전통적 천냥차를 본격적으로 생산하기 시작하여 오늘에 이르고 있다.

천냥차는 혈전(血栓)을 제거하여 동맥경화를 예방하는 등의 신비로운 물질이 다량 함유되어 있어 만병통치의 음료로 각광 받고 있다. 운남성의 보이차와 쌍벽을 이루는 흑차이다. 같은 화권차 계열의 백냥차, 십냥차는 무게가 각각 천냥차의 10분의 1, 100분의 1에 해당하는 차이다.

- 용정차(龍井茶)

용정차는 중국의 대표적인 녹차로 중국 10대 명차 중에서도 으뜸
으로 평가되고 있다. '용정'은 절강성 항주 서쪽의 옹가산(翁家山)
서북 기슭에 있는 직경 약 2m의 샘으로 원래 이름은 '용홍'(龍泓)
이다. 이 샘은 큰 가뭄에도 마르지 않아서 옛사람들은 샘이 바다
와 통해 있고 그 속에 용이 살고 있다고 믿었다. 그래서 용정이란
명칭을 얻었고, 용정이 있는 마을을 '용정촌'이라 불렀다. 이 일대
에서 생산되는 차가 용정차이다.

　지금은 산지에 따라서 용정차를 서호용정(西湖龍井), 전당용정
(錢塘龍井), 월주용정(越州龍井)으로 구분하고 있다. 서호용정은
항주의 서호 지역에서 생산되는 차이고, 전당용정은 소산(蕭山)·
부양(富陽) 등지에서, 월주용정은 소흥(紹興) 지구에서 생산되는
차인데 이 중 서호용정이 정통 용정차로 품질이 가장 우수하다.
이전에는 서호용정을 산지에 따라 사봉(獅峰), 용정(龍井), 운서
(雲栖), 호포(虎跑), 매가오(梅家塢)로 등급을 나누었고 그중에서
사봉용정을 제일 좋은 차로 여겼다.

　사봉용정이 유명해진 데에는 청나라 건륭제와 관련된 이야기
가 한몫을 차지한다. 건륭제는 "임금에게는 하루라도 차가 없을
수 없다"라 말할 만큼 차를 좋아했다. 그는 여섯 번이나 강남을 순
행했는데 그때마다 항주에 들러 용정차를 즐겼다. 네 번째 항주에
왔을 때 사봉산(獅峰山) 아래에서 찻잎 따는 광경을 보던 중 태후
가 위독하다는 전갈이 와서 급히 귀경하여 준비해 간 용정차를 마
시게 했더니 병이 나았다. 태후는 차 맛을 보고 '묘약'(妙藥)이라

칭찬했다. 이에 황제는 명령하여 사봉 아래 호공묘(胡公廟) 앞의 차나무 18그루를 '어다'(御茶)로 봉하고 매년 햇차를 따서 태후에게 바쳤다고 한다.

용정차는 종전에 11등급으로 세분했으나 1995년 이래로는 특급부터 5급까지 6등급으로 분류하고 있다. 등급의 분류는 찻잎의 산지와 채취 시기 등 여러 요인으로 결정된다. 용정차의 채취는 1년에 네 차례 이루어지는데 청명 3일 전에 딴 것을 명전차(明前茶)라 하여 최상급으로 친다. 이때의 찻잎이 이른바 일기일창(一旗一槍)이다. 일기일창이란 이른 봄에 처음 돋아나는 새싹 하나와 잎 하나를 말한다. 곡우(穀雨) 전에 딴 우전차(雨前茶)가 그다음이다. 입하(立夏) 전에 딴 것을 삼춘차(三春茶) 또는 작설(雀舌)이라 하고, 삼춘차를 따고 나서 한 달 후에 채취한 것을 사춘차(四春茶) 또는 경편(梗片)이라 한다.

어떤 종류의 차든 좋은 차가 생산되는 데에는 온도, 습도, 강우량, 일조량, 안개 등의 주위 환경이 결정적 역할을 한다. 서호 일대는 봄에 싹이 날 때 가랑비가 내리고 적당한 안개가 덮이며 밤낮의 온도 차가 크기 때문에 차나무의 생장에 매우 좋은 조건을 갖추고 있다.

한편 용정차가 너무 유명해져 복건용정, 안휘용정 등의 가짜가 범람하자 국가에서는 2001년에 용정차를 원산지 보호 산품으로 지정하여 서호를 중심으로 168km 이내에서 생산되는 차만 용정차로 규정하고 있다. 현재 서호용정차의 주산지는 매가오촌(梅家塢村)이다. 여기에는 광대한 차밭이 조성되어 있고 수많은 다실(茶室)이 들어서 있으며, 찻잎을 판매하는 상점이 즐비하여 국내

466

외의 유람객으로 항상 붐비고 있다.

흔히 색록(色綠), 향욱(香郁), 미감(味甘), 형미(形美)를 일컬어 용정차의 '사절'(四絶)이라고 한다. 즉 색이 푸르고, 향기가 짙고, 맛이 달고, 형태가 아름답다는 것이다. 그러나 이것은 용정차만의 특징이라기보다 좋은 녹차가 지닌 일반적인 특성이라 할 수 있다. 청나라의 어느 품평가는 용정차를 "달콤한 향기는 난초와 같아서 그윽하고도 차지 않고, 마시면 담박하여 맛이 없는 것 같지만 마신 후에는 태화(太和)의 기운이 입안에 가득함을 느끼게 되니 이 것은 무미지미(無味之味)라 지극한 맛이다"라 말하기도 했다. 이 런 수사를 빌리지 않더라도 용정차는 좋은 차임에 틀림없다. 그러 나 나는 아직 특급 용정차를 마셔 보지 못했다. 특급 용정차는 생 산량이 극히 적어서 일반 시중에서는 구하기 어렵고 특별한 경로 를 통해서만 구입할 수 있다고 한다.

• 황산모봉(黃山毛峰)

녹차 황산모봉은 중국 10대 명차의 하나인데, 황산 일대의 독특 한 기후 조건과 토양이 만들어 낸 걸작이다. 황산모봉의 원래 명 칭은 '황산운무'(黃山雲霧)였는데, 황산모봉으로 바뀐 연유는 이렇 다. 황산 근처의 흡현(歙縣) 조계(漕溪) 출신인 사정안(謝正安)이 1875년 조계에 '사유대다행'(謝裕大茶行)을 설립했다. 그는 몸소 황산에 가서 찻잎을 채취하여 자기만의 방법으로 종래의 차를 개 량하여 새로운 차를 만들어 판매하면서 이를 '황산모봉'이라 이름

467

했다. 그는 황산모봉의 창시자인 셈이다. 이후 그는 상해에 진출하여 황산모봉의 성가를 크게 높였다.

개혁개방 후 1993년에는 사정안의 5대손 사일평(謝一平)이 '사유대다행'을 '황산시 휘주 조계다창'(黃山市徽州漕溪茶廠)으로 개칭했다가 2010년에 '황산 사유대 다엽 고분유한공사'(黃山謝裕大茶葉股份有限公司)로 개편하여 오늘에 이르고 있다. 현재 이 회사는 황산모봉 이외에도 같은 안휘성의 명차 태형후괴(太平猴魁), 기문홍차(祁門紅茶), 육안과편(六安瓜片)도 함께 생산·판매하고 있다. 지금도 황산 입구에 이들 제품을 판매하는 사유대 차 상점이 있다.

황산모봉은 특급과 1·2·3급으로 분류되는데 현재 특급 모봉은 황산의 도화봉(桃花峰), 운곡사(雲谷寺), 송곡암(松谷庵), 자광각(慈光閣) 등지에서 재배된다고 한다. 특급과 1급 모봉은 제조공정에서도 다른 차와 구별된다. 일반적으로 녹차는 열을 가하여 찌거나 덖고[殺靑], 비비고[揉捻], 건조하는 세 과정을 거쳐 완성된다. 그런데 특급과 1급 모봉은 이 중에서 비비는 과정을 생략한다고 한다. 전문가가 아닌 나로서는 그 이유를 잘 알 수 없지만, 사람들이 황산모봉을 형용하여 "가볍기는 매미 날개와 같고, 여리기는 연꽃 수염과 같다"라고 말한 것으로 보아 아마 비비는 과정에서 여린 찻잎이 부스러지는 것을 방지하기 위함이 아닌가 생각된다. 비비는 과정을 생략했음에도 불구하고 뛰어난 맛을 간직하고 있으니 과연 좋은 차라고 할 만하다.

청나라 때 황산에 살았던 해악(海岳) 스님은 이 차를 예찬하여 "정신과 속을 조화롭게 하고 몸을 가볍게 하며 오래 마시면 눈을

468

밝게 하고 생각하는 데에 도움이 되니 왕후장상(王侯將相)의 팔진미(八珍味)가 부럽지 않다"라 했다.

고급 황산모봉을 다보(茶寶) 또는 다녀홍(茶女紅)이라 부르는데 여기에는 슬프고도 아름다운 이야기가 전해진다. 옛날 황산에 나향(蘿香)이라는 아름다운 아가씨가 있었다. 그녀가 억울하게 죽은 애인 석용(石勇)의 시신을 개울가 차나무 옆에 두고 눈물과 피를 섞은 개울물로 정성껏 차나무를 길렀더니 새잎이 돋아났다. 이 찻잎으로 차를 만들어 죽은 애인의 입에 흘려 넣었더니 다시 살아났다는 이야기이다. 그래서 지금도 이른 새벽에 개울물을 끓여 황산모봉 찻잎에 부으면 찻잔 위로 김이 가득 피어오르며 아름다운 아가씨가 차나무 옆에 꿇어앉아 찻잎을 따는 형상이 나타난다고 한다.

· 동정 벽라춘(洞庭碧螺春)

벽라춘은 중국 10대 명차에 속하는 녹차로 강서성 태호(太湖) 안의 동정산(洞庭山)에서 생산된다. 이 차는 원래 '하살인향'(嚇煞人香-사람을 몹시 놀라게 하는 향)으로 불렸는데 그 유래는 이렇다. 그 지역 주민들은 해마다 동정동산(洞庭東山)의 벽라봉(碧螺峰)에서 찻잎을 따서 차를 만들어 왔는데 어느 해에는 딴 찻잎이 너무 많아서 광주리에 다 담을 수가 없었다. 그래서 찻잎 따는 아가씨들이 가슴의 배두렁이(兜肚)에까지 찻잎을 담아 산을 내려왔다. 그런데 오는 도중에 배두렁이 안의 찻잎이 체온에 의하여 약간 시들어 짙은 향기가 났다. 그 향이 너무나 매혹적이어서 이후 사람들은 이 차를 '하살인향'이라 부르고, 이듬해부터는 아예 찻잎을 광주리에 따 넣지 않고 배두렁이에 담아서 돌아왔다고 한다.

그러다가 '벽라춘'이란 명칭을 얻게 된 유래는 두 가지이다. 하나는, 차의 색깔이 푸르고〔碧〕모양이 꼬불꼬불하여 나사〔螺〕처럼 생겼으며 봄철〔春〕에 채취하기 때문이다. 또 하나는, 청나라 강희제가 명명했다는 설이 있다. 1699년 강희제의 제3차 남방 순행 때 강소 순무어사(巡撫御使) 송락(宋犖)이 황제에게 이 차를 바쳤다. 황제가 맛을 보고 매우 흡족하여 차의 이름을 물었다. 이에 송락이 '하살인향'이라 답하고 그 유래를 설명하니 황제가 이렇게 말했다.

"이 차는 매우 좋은 차이지만 그 명칭이 우아하지 않디. 내 생각으로는 이 차가 벽라봉에서 나고 또 찻잎이 나사처럼 꼬부라졌으니 벽라춘이라 하라."

이렇게 해서 벽라춘으로 정해지고, 해마다 봄이면 조정에 바쳤다고 한다.

벽라춘 차나무가 자라는 동정산은 태호 안에 있는 섬으로 동정동산과 동정서산으로 나뉘어 있다. 이곳은 연평균 기온이 섭씨 15.5~16.5도 사이로 기후가 온화하고 연 강수량이 1,200~1,500mm나 되어 우량이 충분하며 필요한 만큼의 안개가 끼어 있어 차나무의 생장에 적합하다. 이곳 차 재배의 특징은 복숭아, 자두, 살구, 매화, 귤, 석류 등의 과일나무와 차나무를 섞어 심는다는 것이다. 그래서 과일나무의 꽃향기와 과일의 맛이 차에 스며들어 벽라춘은 '화향과미'(花香果味-꽃향기와 과일 맛)라는 독특한 풍

470

미를 지니게 되었다. 벽라춘의 또 하나의 특징은 완성된 찻잎이 극히 가늘어 500g의 찻잎을 만드는 데에는 약 6만 개의 어린 싹이 소요된다고 한다.

현재 벽라춘은 동정산 이외에도 태호 주변의 소주(蘇州), 율양 (溧陽), 의흥(宜興) 등지에서도 생산되는데 동정산 차와는 향과 맛이 다르다고 한다. 차 전문가들의 견해에 의하면, 동정산에서 생산되는 차는 화과향(花果香)이 나고 탕색은 연한 황색을 띠며 맛도 연하다. 태호 주변에서 생산되는 차는 판율향(板栗香-왕밤의 향)이 나고 탕색은 녹색이며 맛이 화과향보다 조금 진하다. 화과향은 상해 사람들이 좋아하고, 판율향은 북방 사람들이 즐긴다고 한다.

내가 이 차를 처음 마셔 본 것은 지금으로부터 20여 년 전이다. 그때 나는 북경사범대학의 연구교수로 있었는데 그 대학의 팽림 (彭林) 교수와 함께 강소성 무석(無錫)에 간 일이 있었다. 그때 팽림 교수의 동생 팽량(彭梁)이 무석의 큰 농기구 회사의 중역이어서 나를 안내했고, 무석이 태호 가에 위치한 도시라 동정산과 가까워 자연히 벽라춘을 맛보게 되었다.

그곳에서 처음 맛본 벽라춘은 그야말로 황홀한 맛이었다. 내가 매우 좋다고 하니 팽량은 내가 귀국한 후에도 해마다 벽라춘 한 통씩을 보내왔다. 그런데 2~3년 후부터는 맛이 달라졌다. 진품(眞品)이 아니었기 때문일 것이란 생각이 들었다. 아니나 다를까, 우리나라 신문에도 중국에서 가짜 벽라춘이 나돈다는 보도가 있었다. 벽라춘이 워낙 유명한 차이기 때문에 가짜가 생긴 것이다. 팽량인들 그때는 가짜가 나돈다는 사실을 몰랐을 것이다. 지금은 더

더욱 가짜가 많을 것이라 생각된다. 차 전문 서적에는 벽라춘의 진위(眞僞)를 감별하는 방법이 제시되어 있지만 일반인은 감별하기가 쉽지 않다. 마셔서 은은한 과일 향이 나는 것이 진짜이다.

2015년 내가 남경대학 초빙교수로 있을 때 차를 잘 아는 윤은자(尹恩子) 교수의 안내를 받아 시내 차 전문점에서 특급 벽라춘을 사서 마신 적이 있다. 특급이라 그런지 맛이 꽤 괜찮았다. 그러나 20여 년 전 처음 마셨을 때의 그 맛은 아니었다. 이 차의 포장지에는 '본 찻잎은 냉장 보관하면 맛이 더욱 좋습니다'라는 문구가 적혀 있었다. 이로써 개봉한 후의 차를 냉장 보관하면 좋다는 지식을 하나 얻었다.

술이든 차든 중국에서는 가짜가 워낙 많아서 진품을 만나기가 어렵다. 또 진짜라 해도 품질의 표준화가 이루어지지 않았기 때문에 같은 상표의 상품이라도 맛에 차이가 있다. 그러니 운이 좋아야 좋은 상품을 만날 수 있을 뿐이다

벽라춘에도 예외 없이 아름답고도 슬픈 전설이 있다. 동정서산의 어느 마을에 벽라(碧螺)라는 아름다운 아가씨가 있었는데 노래를 잘 불렀다. 한편 동정동산에는 아상(阿祥)이라는 총명하고 용감한 청년이 태호에서 고기를 잡으며 살아가고 있었다. 서산의 벽라가 부르는 노랫소리가 아상에게까지 들렸으나 두 사람이 만나지는 못했다. 그러던 어느 날 태호 물속에 사는 추악한 용이 뛰어올라 근처 산기슭에 버티고서 사람들을 위협했다. 용은 촌민들에게 자기를 위해 사당을 지어 주고 매년 소녀 한 명씩을 바치라고 요구했으나 촌민들이 이를 거절하자 태호의 물로 서산을 수몰시키고 벽라를 인질로 잡아가겠다고 협박했다.

이를 보고 용감한 아상이 촌민들의 안전을 위하여 용과 격투를 벌였다. 7일 동안 싸웠지만 승부를 내지 못하고 용과 아상은 피차 중상을 입고 호숫가에 쓰러지고 말았다. 촌민들이 와서 용을 죽여 버렸으나 아상은 상처가 심해 혼수상태에서 깨어나지 못하고 있었다. 벽라는 아상의 상처를 치료하기 위하여 약초를 캐러 가던 중 아상과 용이 싸우다가 피를 흘린 곳에서 돌연 차나무 싹이 돋아난 걸 보고 용과 싸운 아상을 기념하기 위하여 산 위에 옮겨다 심었다. 그 후 이 차나무는 무럭무럭 자라났지만 벽라의 간호에도 불구하고 아상의 상태는 나날이 더 나빠졌다.

그러던 어느 날, 아상이 흘린 피를 먹고 자란 차나무 생각이 나서 그 차의 싹을 입으로 물고 와 차를 끓여 마시게 했더니 신기하게도 아상의 의식이 회복되었다. 이후 매일 새벽마다 산 위에 올라가서 찻잎을 물어다가 차를 만들어 마시게 하여 아상의 건강은 완전히 회복되었다. 하지만 벽라는 이 고된 일로 지친 나머지 기력이 쇠하여 앓다가 죽고 말았다. 비통에 잠긴 아상은 벽라를 그 차나무 밑에 묻어 주고 벽라의 명복을 빌었다. 그 후 촌민들은 이 차나무를 '벽라차'라 불렀다. 벽라춘은 이렇게 아상이 흘린 피와 벽라의 일편단심을 먹고 자란 차나무이다.

• 무이암차(武夷巖茶)

복건성 민강(閩江) 북쪽의 무이산에서 생산되는 오룡차(烏龍茶)로 중국 10대 명차의 하나이다. 무이산의 바위틈에서 자란다고 해서 암차(巖茶)라 부른다. 무이산은 기후가 온난하고(연평균 기온 섭씨 18도 안팎), 강우량이 충분하고(연평균 강우량 2,000mm), 안개가 많아 습도가 높으며(연평균 습도 80%), 일조량이 적다. 또 낮과 밤의 온도 차가 크고 토질이 산성이라 차나무의 생장에 적합한 조건을 두루 갖추고 있다.

무이암차는 당나라 때부터 널리 알려졌다. 만당(晩唐)의 문학가 손초(孫樵)가 「초 형부에게 차를 보내는 글」(送茶與焦刑部書)에서 "만감후(晩甘侯) 15인을 보내어 계시는 거처에서 모시게 하옵니다"라고 했는데 이 '만감후'가 무이차의 별명이라고 한다. 무이차를 의인화(擬人化)한 것이다(만감후에 대해서는 이 책 161면 50번 시 참조-"설화차와 운유차는…"으로 시작하는 제33~36구 아래의 주석). 그후 오대십국(五代十國) 때에는 무이산 근처의 건구(建甌)에 북원(北苑)을 설치하여 조정에 바치는 공차를 조달케 했다. 송나라 때는 북원에서 용봉단차를 만들어 조정에 바쳤고, 원나라 때는 북원을 폐지하고 대신 1302년에 무이산 구곡계(九曲溪)의 제4곡에 어다원을 설치하여 명나라 중엽까지 계속해서 무이산차로 용봉단차를 만들어 공급했다. (용봉단차에 대해서는 이 책 90면 23번 시와 141면 45번 시 참조.)

한편 황실을 비롯한 귀족층의 용봉단차에 대한 수요가 많아지면서 차 재배 농가에 무리한 물량을 부과하게 되고 이 과정에서 농민들은 극도로 시달렸다. 드디어 농민들이 다른 지역으로 도망가는 사태까지 벌어져 명나라 가정(嘉靖) 36년(1557)에는 어다원을 폐지하기에 이른다. 이로써 어다원은 255년의 역사에 종말을 고했고 일세를 풍미했던 용봉단차도 자취를 감추게 되었다. 그리고 명말 청초에는 산차(散茶) 형태의 오룡차(烏龍茶)가 등장하고, 17세기에는 멀리 유럽에까지 전파되었다.

어느 때부터인지 무이암차의 가장 특징적인 풍미를 '암운'(巖韻)이란 두 글자로 표현해 왔는데 이 암운이 구체적으로 어떤 것인지에 대하여 수많은 논의가 있어 왔다. 무이암차가 무이산의 바위 틈에서 자라기 때문에 '바위〔巖〕의 운치(韻致)'를 지닌다고 생각해 버리면 간단하지만 '바위의 운치'는 구체적으로 또 어떤 것인지 밝혀져야 한다. 이에 대한 수많은 논의 중에서 1943년 임복천(林馥泉)이 제시한 '암골화향'(巖骨花香)이 가장 설득력이 있으나 이 역시 추상적이기는 마찬가지이다. 그래서 심지어 암운이 천인합일(天人合一)의 경지를 뜻한다는 말까지 나왔다. 2009년에 국가직업평다사(國家職業評茶師) 남강(南强)의 저술 『무이암차』(武夷巖茶)에서 그가 암운에 대해서 말한 것이 흥미롭기에 소개한다.

암차의 또 하나의 최대 특징은 온화(溫和)하고 평정(平正)하며 위(胃)를 보양하고 안색을 윤택하게 하며 사계절에 모두 알맞다는 것이다. 성질이 차서 위장병이 있는 사람이 상음(常飮)할 수 없는 녹차와도 다르고, 성질이 뜨거워 더운 여름철에는 적게 마시는 것이 좋은 홍차와도 다르다. 그래서 어떤 사람이 녹차를 묘령의 소녀에 비유했고, 홍차를 다정하고 아름다운 부인에 비유했으며, 오룡차를 대가(大家)의 규수(閨秀)에 비유했는데 (오룡차인) 암차는 규수 중에서도 가장 풍격과 운치를 갖추었다고 하겠다. 암차의 이러한 특징이 이른바 암운(巖韻)인 것이다.

무이암차는 찻잎의 형태, 차나무의 형태, 찻잎의 향, 무이산 안에서의 생장 구역 등에 따라서 여러 가지로 분류되고 그 종류도 1천여 종이나 된다고 한다. 이 중에서 대표적인 차는 대홍포(大紅袍), 수선(水仙), 육계(肉桂), 철나한(鐵羅漢), 수금구(水金龜), 백계관(白鷄冠) 등이다. '진하기로는 수선보다 나은 것이 없다', '향기롭기로는 육계보다 나은 것이 없다'라는 말이 있을 만큼 수선과 육계가 뛰어난 암차이지만 여기서는 대홍포를 간단히 소개하기로 한다.

• 대홍포(大紅袍)

대홍포는 '무이암차의 왕'이라 불리고 나아가 '중국다왕'(中國茶王)으로까지 일컬어질 만큼 유명한 차이다. 대홍포는 현재 무이산 구룡과(九龍窠) 절벽 중간에 세 그루가 남아 있다. 1921년의 「장숙남유기」(將叔南游記)에 의하면 이외에도 천유암(天游巖), 수렴동(水簾洞), 북두암(北斗巖) 등에도 몇 그루가 있다고 기록되어 있지만 고증할 길이 없고 지금은 구룡과의 세 그루가 유일하다. 이를 대홍포 모수(母樹)라 하는데 재배한 것이 아닌 자생한 차나무로 높이가 약 2m, 수령이 360여 년 되었고, 여기서 나온 차는 매년 몇 백 그램에 불과하다고 한다.

이렇게 귀한 차나무이기 때문에 민국 시기에는 국민당이 병력을 파견해서 이 차나무를 보호했고, 해방 후에는 공산당이 역시 병력을 파견하여 보호했으며, 문화대혁명 기간에도 홍위병이 지켰다고 한다. 1998년 8월 18일 제5회 암다절(巖茶節)에 처음으로 여기서 딴 찻잎으로 만든 제품을 경매에 부쳤는데 20g에 156,800 위안(한화로 약 13,000,000원)에 낙찰되었다고 한다. 이후에도 2002년, 2004년, 2005년에 있은 경매에서 18만 위안에서부터 21만 위안에 낙찰되었다고 하니 그 가치를 짐작할 만하다.

그러니 일반인들은 대홍포를 마실 수 없었다. 이 문제를 해결하기 위하여 1985년에 무이산 다엽연구소장 진덕화(陳德華)가 대홍포의 무성번식(無性繁殖)에 성공하여 대중화의 길을 열었다. 이를 속칭 '소홍포'(小紅袍)라 하는데 대홍포 모수(母樹)에 비해 맛에 손색이 없다고 한다. 물론 이 소홍포도 등급에 따라 품질의 차이는 있다. 어느 해인가 내가 무이산에 갔을 때 마셔 본 소홍포는 수선이나 육계보다 더 뛰어나다는 인상을 받았다. 지금도 대홍포의 무성번식을 위한 연구가 계속되고 있다고 한다.

2006년에는 대홍포 모수에서 찻잎 채취하는 것을 금하고, 마지막으로 딴 찻잎은 현재 북경의 고궁박물원에 보관하고 있다고 한다. 그리고 같은 해에 대홍포 모수를 1억 위안의 식물보험에 가입하고 무이암차 제작 공예를 제1회 국가급 비물질 문화유산으로 지정했다.

대홍포에도 여러 가지 신기한 전설이 있다. 그중 대표적인 전설 두 가지. 첫째, 궁중의 황후가 병이 나서 오랫동안 낫지 않았다. 이에 황제가 태자에게 널리 민간에서 약초를 구해 오라고 명했다. 태자가 무이산 속에서 한 노인이 호랑이에게 잡아먹힐 위기에 처한 것을 보고 호랑이를 물리쳐 노인을 구했다. 태자가 황후의 병환을 말하니 노인이 구룡과(九龍窠)로 가서 찻잎을 따 주었다. 급히 궁중으로 돌아가 황후에게 이 차를 달여 먹였더니 병이 나았다. 황제가 대홍포 한 벌을 하사하여 겨울에 대홍포를 추위로부터 보호하라 했으며 노인을 호수장군(護樹將軍-나무를 보호하는 장군)에 봉하고 대대로 세습하도록 했다. 이로부터 구룡과의 차나무를 대홍포로 부르게 되었다.

둘째, 옛날 한 선비가 과거 시험을 보기 위해서 서울로 가다가 무이산을 지날 즈음에 복통이 심해서 참을 수가 없었다. 마침 천심사(天心寺)의 방장 스님을 만나 그가 달여 주는 차를 마시고 병이 나았다. 그 후 선비는 과거에 장원 급제하고 황제의 부마(駙馬)가 되어 고향으로 귀환하던 중 무이산에 들러 방장 스님에게 그때 자기에게 달여 준 차가 무엇인지 물었다. 이에 스님이 구룡과로 데리고 가서 차나무를 가리켰다. 선비가 크게 기뻐하며 장원 급제했을 때 하사 받은 대홍포를 벗어서 차나무에 입혔다. 이때부터 스님이 이 차나무를 대홍포라 불렀다.

480

작품 원제(가나다순)

481

483